書下ろし

科《しな》野《の》秘帖

風の市兵衛⑭

辻堂 魁

祥伝社文庫

目次

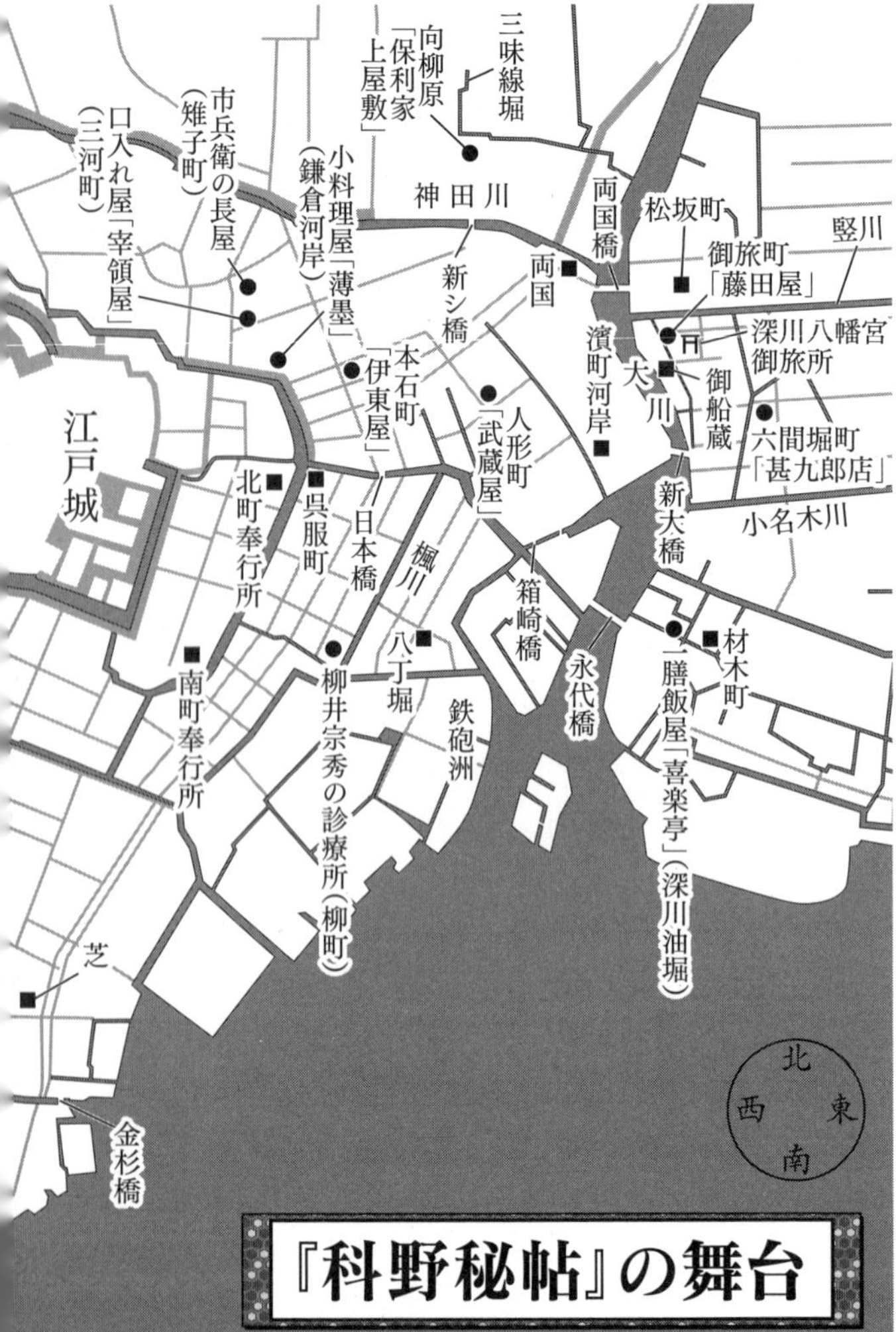
三味線堀
向柳原「保利家上屋敷」
市兵衛の長屋（雉子町）
口入れ屋「宰領屋」（三河町）
小料理屋「薄墨」（鎌倉河岸）
神田川
両国橋
松坂町
竪川
御旅町「藤田屋」
両国
新シ橋
濱町河岸
深川八幡宮御旅所
大川
御船蔵
六間堀町「甚九郎店」
本石町「伊東屋」
人形町「武蔵屋」
江戸城
北町奉行所
呉服町
日本橋
新大橋
小名木川
楓川
箱崎橋
材木町
八丁堀
永代橋
一膳飯屋「喜楽亭」（深川油堀）
南町奉行所
柳井宗秀の診療所（柳町）
鉄砲洲
芝
金杉橋
北
西
東
南

『科野秘帖』の舞台

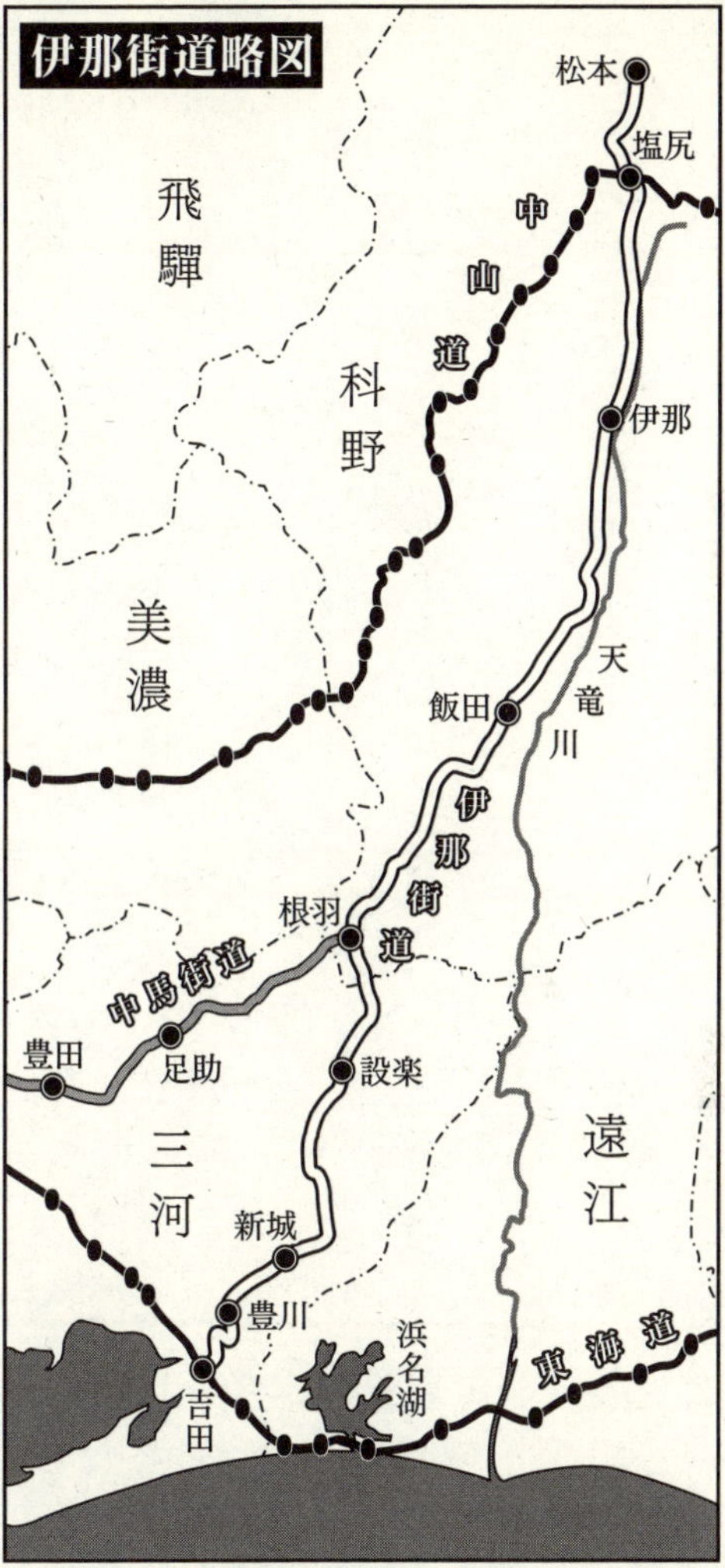
伊那街道略図
松本
塩尻
中山道
飛騨
科野
伊那
美濃
天竜川
飯田
伊那街道
根羽
中馬街道
豊田
足助
設楽
三河
遠江
新城
豊川
浜名湖
東海道
吉田

片岡家屋敷（諏訪坂）
新堀川
古川町「保利家下屋敷」
三田
品川↓

序章　血を分けた倅《せがれ》

その町方《まちかた》が、呉服《ごふく》橋を渡って呉服町の北、西河岸《にしがし》町の方へ折れかけたとき、後ろから呼び止められた。

「渋井《しぶい》さん」

ふりかえると、お濠端《ほりばた》の柳の木陰に、お藤《ふじ》が石の地蔵みたいに突っ立っていた。

「あ？　ああ……」

溜息《ためいき》のあとに、つい声がもれた。

地蔵みたいに突っ立っていても、お藤の顔つきは地蔵みたいに穏《おだ》やかではなかった。目に少々棘《とげ》があった。

丸髷《まるまげ》にふくよかな顔だちと、紫紺《しこん》の地に小紋《こもん》模様を抜いた単衣《ひとえ》、そこへ淡《あわ》いはなだ色の広帯をしゃきっと締《し》めた隙《すき》のない拵《こしら》えは、いかにも豊かな町家暮らしのおかみさんらしい風情《ふぜい》だった。なのに、棘のある目つきがせっかくの器量を損《そこ》ねている。

「ちょっと待ってくれ」

北町奉行所定町廻《じょうまちまわ》り方《かた》同心・渋井鬼三次《きさじ》は、紺看板（法被《はっぴ》）に梵天帯《ぼんてんおび》の挟《はさ》み箱《ばこ》を担《かつ》いだ中間《ちゅうげん》に言った。木陰のお藤の方へ、だらだら、と雪駄《せった》を煩《わずら》わしそうに鳴らした。

朝の刻限、お濠端の呉服町は表店《おもてだな》が開いたばかりで、人通りは少なかった。それでも、お仕着《しき》せの小僧や下女が足早にいき交い、山のように荷を積み上げてがらがらと通りすぎる荷車と人足らのかけ声が、往来《おうらい》を活気づけていた。

「おう、用かい」

渋井は、ちぐはぐな目に太い八の字眉《まゆ》の情けなさそうな顔つきに、無理やりな笑みを拵えて言った。

「用かい、じゃないわよ。知らせを出したでしょう。読んでないの」

目に浮かべた少々の棘と同じくらいの不機嫌さをこめて訊《き》きかえしたお藤に、柳の枝葉を透かして、まだら模様の朝の淡い日射しが降っていた。

「良一郎《りょういちろう》の、あの知らせなら、読んだ」

渋井は、盛り場の顔利きややくざの親分衆らが、「あいつが現われると、闇《やみ》の鬼さえ渋面《しぶづら》になるぜ」と言い出して《鬼しぶ》と綽名《あだな》のついた不景気面を、水鳥がのどかに遊ぶお濠へ投げた。

「読んだなら、どうして返事をくれないの。良一郎のことが、心配じゃないの。良一郎は渋井さんの血を分けた子なのよ」

「わかってるさ。わかっちゃいるが、おれは立場上、言いづれえじゃねえか。血を分けた倅《せがれ》でも、今は文八郎《ぶんぱちろう》さんが父親なんだし」

「何を言っているの。わたしたちが離縁したからって、渋井さんに親のつとめがなくなったわけじゃないのよ。うちの人はああいう気性だから、渋井さんに遠慮して良一郎に強く言えないの。良一郎だって、うちの人に打ちとけるのがむずかしくて、家には居づらかったんでしょうね。あの子にそんな思いをさせたのは、渋井さんのせいなのよ。可哀相《かわいそう》に。良一郎のことは、渋井さんがなんとかすべきじゃない？」

「けどよ、文八郎さんは良一郎がいるのを承知でおめえと夫婦になったんだろう。おれのことなんか気にせず、父親らしく倅にぴしゃりと言やあいいんだよ」

「それは言い逃れよ。渋井さんはいつだってそう。やっかいなことはわたしに押しつけて、自分は仕事だ、忙しいって言いながら、でもいつも呑《の》んだくれてた」

「そりゃあ、女房のおめえに暮らしのことは全部任せて、お役目ひと筋にと……」

「身勝手ね。良一郎の育て方にも暮らしのことにも、ちゃんと向き合おうとせず逃げてばっかりだった。わたしがどんだけ苦労して良一郎を育てたか、爪《つめ》に火をともすように暮らしを支えていたか、どんだけ恥ずかしい思いをして親にお金を借りにいったか、渋井さんはちっともわかっていなかった」

渋井さんって、本当は意気地《いくじ》なしなのよ、弱虫なのよ――とお藤は、渋井をなじりつつ声をつまらせた。

七年前、離縁する間際まで繰りかえした口喧嘩《くちげんか》が、相変わらず始まった。お藤の「渋井さん……」という呼び方のよそよそしさと口調の刺々しさは、小気味いいくらいだった。

渋井とお藤は、一年近くこんな不仲な夫婦生活を続けた末に、七年前、話し合って別れた。お藤は「町方役人の暮らしなんて、もうこりごり」と言い捨て、八歳の良一郎の手を引いて実家に戻った。

これでも恋女房だった。実家は本石町《ほんこく》の十軒店《じっけんだな》に近い老舗《しにせ》の扇子《せんす》問屋で、お藤は何不自由のない豊かな暮らしを送っていた。

それを捨てて、三十俵二人扶持《ぶち》の町方役人の女房になった。町家のお嬢さま育ちのお藤には、不浄役人とはいえ、二本差しの町方暮らしが珍しかった、というのもあったのだろう。渋井は二十代の半ば、お藤は二十歳《はたち》。二人は若かった。

実家に戻った二年と半年後、お藤は実家と同じ問屋仲間の文八郎に縁づいた。

あれから七年。お藤と文八郎との間には女の子ができて、その子も四歳。倅の良一郎は十五歳になっている。

半月前、お藤が文を寄こした。良一郎に悪い仲間ができたらしい。本所《ほんじょ》の賭場《とば》に入り浸って家に戻ってこない。このまま放っておいて、あの子がお縄になるようなことをしでかしたら、家業に障《さわ》りが出て、えらいことになりかねない。なんとかして、と。

賭場に入り浸り家に戻ってこねえってか、そりゃあ放っておけねえが……

渋井は思いつつ、お濠へ物憂《ものう》げな目を投げていた。

白壁の上に高くのびた曲輪《くるわ》内の木々の緑が、朝の青空に映《は》えている。お濠の水際の石垣を、苔《こけ》が覆っていた。

言われてみれば確かに、渋井は町方の勤めにかこつけて家を顧みない亭主だった。お藤には寂しい思いをさせた。それを思うと、お藤が少し可哀相になった。

「お常《つね》は、大きくなったかい」

お藤は目頭をぬぐって頷《うなず》いた。

お常とは、お藤と文八郎の間にできた四歳の娘のことである。

「あの子は素直で気だてがいいから、助かっているわ。良一郎はわがままだし、頑固。気性も荒っぽくて、わたしたちの言うことなんか、聞きやしない。たまに家に帰ってくるのは、お金をせびりにくるときだけ。うちの人には口を利くどころか顔も合わさず、ぷいと飛び出して、半月もひと月も消息が知れない」

「良一郎に金を、渡しているのかい」

「仕方がないじゃないの。お金を渡さなかったために、盗みを働いたりしたらとんでもないことになるでしょう。ああ、どうしてあんな子に、なっちゃったのかしら。小さなときはいい子だったのに。血筋は争えないわね」

半分はおめえの血筋だろう、と渋井は思ったが、口に出さなかった。

「文八郎さんは、どう言ってる」

「仕方がない。親が子を見捨てるわけにはいかないし、もう少し様子を見てみようって。あの人は心が寛《ひろ》くて、本当によくできた人だわ」

お藤はそれとなくあてつけた。

渋井はお濠からお藤へ見かえり、「よかろう」とこたえた。

「良一郎に会って話してみる。身勝手を押しつけた親の言うことをどこまで聞くか、わからねえがな」

渋井はお濠端から絽《ろ》の黒羽織を翻《ひるがえ》した。

その背中に、お藤が袈裟懸《けさがけ》を浴びせるように言った。

「必ずよ。親のつとめを果たしてくださいね」

しつこい念の押し方が少々癇《かん》に障った。

八丁堀《はっちょうぼり》の坂本町《さかもと》に、町方の御用聞きを務める手先らの溜《たま》り場がある。手先らはそこで世間の表裏の噂《うわさ》や評判を仕入れ、ときにはつく旦那《だんな》を替える談合をしたりもする。手先は町方が個々に雇い、陰に陽に町方の耳や目の代わりをする手下である。

柄《がら》の悪い男らだが、そういう男らでなければ手先は勤まらなかった。渋井は溜り場の戸口から顔をのぞかせ、

「助弥《すけや》、いくぜ」

と、柄の悪そうな男らの頭ごしに声をかけた。

男らがいっせいに渋井へ見かえり、「ご苦労さまでございやす」と口々に言った。その中から「へい、旦那」と、ひょろりと背の高い助弥が跳《は》ねるように立ち上がった。

「旦那、今日はどちらから」

助弥は坂本町の往来をゆく渋井の後ろに飄々《ひょうひょう》と従い、まず訊いた。

往来はまだ朝の気配にくるまれている。山王《さんのう》神社の境内《けいだい》で、あぶら蟬《ぜみ》が鳴いてい

た。渋井は、青空を見上げて言った。

「そろそろ夏も、終わりだな」

「早いっすね。もう半年近くがすぎやした。けど、暑いのはこれからですぜ」

助弥が朝の日射しに目を細め、旦那につくときにだけ携えることが許される鍛鉄の目明し十手《じって》を、ぎゅっと帯へ差し直した。

「まず両国《りょうごく》へいく。それから本所へ廻る。本所で野暮《やぼ》用だ」

「がってん承知。両国から本所へ、野暮用でやすね」

助弥が軽々と繰りかえし、渋井は中背の骨張ったいかり肩を軋《きし》ませた。

神田三河《かんだみかわ》町の請《う》け人宿《にんやど》《宰領屋《さいりようや》》は、早朝の仕事探しの男女の騒々しさが収まり、一段落した刻限だった。

板敷の店の間に続く四畳半は、宰領屋の主人・矢藤太《やとうた》が接客と執務に使っていた。接客に使うといっても、帳簿や名簿などの帳面を積んだ書棚のほかに、隅《すみ》に柳行李《やなぎごうり》を積み上げげただけの殺風景な部屋である。

店の間と四畳半を引き違いの腰障子が仕切っていて、腰障子の反対側にまいら戸がたっている。まいら戸の奥は矢藤太と家族、住みこみの使用人の住まいになっている。

路地に面した格子窓に、この夏買い換えたぎやまんの風鈴が吊《つ》るされ、ちり……と、晩夏の朝の気まぐれなささやき声のように、かすかな音色《ねいろ》を奏《かな》でていた。

その部屋に、奉公人の小僧が淹《い》れた薄い茶の碗《わん》と煙草《たばこ》盆を前にして、二人の男が向き合い着座していた。

ひとりはまいら戸を背にし、滝縞《たきじま》の着流しに胡坐《あぐら》をかいた宰領屋の主人・矢藤太。その矢藤太と向き合う今ひとりは、艶《つや》やかな総髪を麻の元結で束ね、一文字に結《ゆ》った髷を総髪に乗せた侍であった。

侍は、地味な紺無地の単衣に包まれた痩軀《そうく》の背をしなやかにのばし、細縞の小倉《こくら》の平袴《ひらばかま》をさっぱりと着けていた。朝のささやきに耳を澄ませるかのようなのどかさで端座し、袴の右わきに黒塗りの鞘《さや》が艶やかに光る大刀を静かにおいていた。

しかし、矢藤太に向けたきれ長な奥二重《おくぶたえ》の強い目つきが、下がり気味の眉尻《まゆじり》にやわらげられ、鼻梁《びりょう》のやや高い鼻筋から大きめのきゅっと閉じた唇の不釣合い加減が、厳《いか》めしいというより、純朴で柔和な顔だちを作っていた。

その部屋での二人のやりとりは、主人の矢藤太が話を進め、大旨《おおむね》、対座する侍が聞き役に廻っている。

「当然、そんな話を請け負う気はまったくなかった。馬鹿ばかしくてさ。むろん、今だって請け負う気はねえよ」

と、矢藤太がわざとらしく声を強め、そして、すぐに声を落として続けた。

「女郎が腕利きの侍を雇いたい、それも今どき仇討《あだう》ちの助っ人を雇いたいというから、呆《あき》れたというか笑わせられるというか。とに角、わざわざ旅所《たびしょ》まで話を聞きにいって、とんだくたびれ儲《もう》けだったことだけは、確かってわけさ」

矢藤太は、あはは……と腹の中に落とした声を吐き出すみたいに笑った。

「ただな、仕事になるかならないかの話はおいといてだ、女郎の話を聞いているうちに、これが笑っていられなくなった。はっきり言って、大概のことじゃあ驚かねえこのおれの胸がざわついた。なぜざわついたか、市兵衛《いちべえ》さん、察しがつくかい」

藤太は、市兵衛さんと呼んだ唐木《からき》市兵衛をからかうようにのぞきこんだ。

「察しはつかないが、矢わたしが女の仇討ちの相手なのか」

市兵衛が、なぜか照れ臭そうにこたえた。

「心あたりが、あるのかい」

そう訊きかえされ、市兵衛は少し困ったみたいに表情を曇らせた。その顔つきに、童子《どうじ》のような戸惑いを浮かべている。

あはは……と、矢藤太はまた声高に笑った。

「市兵衛さんらしいや」

しかしすぐに真顔に戻り、上体を前へ傾け加減にした。

「仇《かたき》の相手は市兵衛さんじゃねえ。安心しな。だが、さすがいいところを突くね。そうなんだ。その女郎の仇討ちの相手が、なんと……」

と、わざとらしく二人しかいない部屋を見廻した。

「柳《やなぎ》町の宗秀《そうしゆう》先生だというから、驚くじゃねえか」

「宗秀先生？　柳井《やない》宗秀先生が女の仇討ちの相手だと言うのか」

「いかにもでござる」

「それは変だ。宗秀先生は、若いころからひたすら学問に励み、医業ひと筋に生きてこられた方だ。武士ではあっても、これまで刀を抜いたことなどないのではないか。仇と狙《ねら》われるようなことが、宗秀先生にあるとは思えない」

「おれだって、まさか宗秀先生にそんなわけはねえだろうと、思っているさ。元々、本所のその筋の知り合いから腕利きの侍に心あたりはねえか、と廻ってきた話だ。宰領屋は武家とつき合いが広いからよ。だが、あんまり表沙汰《おもてざた》にできる話じゃねえ。だから初めは、どういう筋の仇討ち話かは知らなかった。話だけでも聞いてくれねえかと、知り合いに頼まれて、出かけたわけさ」

「その筋の知り合いと、女とのかかわりは？」

「女郎がな、武家育ちの上品な女らしいんだ。ぬけるような色白で、器量は悪くねえ。歳《とし》は二十七、八。三年ぐらい前に、旅所に流れてきた。その筋の知り合いは女郎の馴染《なじ》みになった。身請けしたいと何度か申し入れたが、女が首を縦にふらねえ。わけありとは感じていたが、ある日、女が父の仇を追っていてその仇討ちの助っ人を探していると聞かされた。知り合いは女のためにカになってやろうと思ったのさ」

「女がどういう素性《すじよう》か、わかるのか」

「自分の素性も仇討ちの事情も、詳しいことはいっさい話さねえ。知り合いもよくわかっちゃいねえそうだ。さっきも言ったように、女の話を聞くまでは馬鹿ばかしくってまともにとり合う気はなかった。武家の女が女郎に身を落としてまでも父の仇をひたすら追い求め、なんて、近ごろじゃあ小芝居でさえ嘘臭くって流行《はや》らねえ」

市兵衛は、物思わしげに唇をきゅっと結んだ。

格子窓の風鈴が、ちり、りり、とかすかにゆらめいた。

「早い話が、頭のおかしくなった女郎の戯言《ざれごと》じゃねえのか、と思っていたのさ。そんな話にうかつに乗ったら、あとで妙なとばっちりをかぶって、稼業にだって障りが出るんじゃねえか、とかさ。おれとしては、知り合いの手前、話だけは聞くが、それで仕舞《しま》いという腹だった。ところが、女の口から宗秀先生の名前が出てきたんじゃあ、こいつは聞き捨てにできねえだろう」

「だが、女は事情を話さないのだな」

「女が言うには、父の仇を討ちわが武門の存念を明らかにしたい、その一念のみで、決して胡乱《うろん》な事情ではない。けれども、何とぞそれ以上のことはお許しくだされと、しおらしく拒む様子が女郎じゃなく武家の女に見えてくるから、不思議だ」

　市兵衛は、格子窓の風鈴に目を投げた。

　さっきかすかに鳴った風鈴は、夏の朝の光の中でじっと垂《た》れ下がっている。

　宗秀は、供も連れずに柳行李を自ら担ぎ、身軽にどこへでも往診に出かけていく。江戸の町を足早にゆく中背の背中が痩《や》せて丸くなり、少し薄くなった総髪に結った髷は、白いものが目だっていた。

　宗秀は、病や怪我《けが》に苦しむ人々に寄り添った。富や身分を求めず、ただひっそりと生きていた。柳井宗秀はそんな町医者である。

　そんな宗秀と、親の仇と狙われる二刀を佩《お》びた無骨な侍の姿が重ならなかった。

「宗秀先生の国は、信濃《しなの》の下伊那《しもいな》だ」

風鈴を見つめて、市兵衛は呟《つぶや》いた。

市兵衛と三つ年上の宗秀との交友は、十八歳で大坂の米問屋に寄寓《きぐう》していたころに始まって以来、およそ二十年の歳月におよんでいる。だが、宗秀が信濃の下伊那領の武家としか知らなかったことに、市兵衛は改めて気づいた。

「信濃の下伊那？　すると、もしかしてあの宗秀先生も、信濃の下伊那あたりで、他人には話せねえ事情を、ひとつや二つは抱えているかもしれねえってことかね」

矢藤太がわけ知りに言った。

矢藤太は、江戸の請け人宿・宰領屋の主人に納まるまでは、京の遊里島原《しまばら》で女衒《ぜげん》をやっていた。矢藤太が抱える他人には話せない事情は、ひとつや二つではすまなかった。

市兵衛は矢藤太へ向きなおり、笑みを浮かべた。

「宗秀先生に訊いてみよう」

「宗秀先生、腰をぬかすかな。それとも、腹を抱えて笑うかな。案外と、どうでもよさそうに、ああそうかい、と言うだけかもな。市兵衛さん、先生がどうこたえたか、あとで聞かせてくれよ」

第一章　御旅《おたび》

一

蘭医《らんい》・柳井宗秀を乗せた御忍駕籠《おしのびかご》が、新《あたら》シ橋から三味線堀《しゃみせんぼり》へ向かう往来《おうらい》をとって、向柳原《むこうやなぎわら》に長屋門をかまえる下伊那領保利《ほり》家二万石の上屋敷に入った。

宗秀が保利家江戸屋敷の門をくぐるのは、初めてである。短いときではあったが、保利家とは深いかかわりがあった。しかし、すぎ去ったときに未練や悔恨《かいこん》はない。

過去はもうないこと。未来はまだないこと。ただ、ときは今のみ……

宗秀は網代の引戸をわずかに開け、つらなる邸内の内塀《うちべい》と空の下に枝葉をのばす木々を見やりつつ、呟《つぶや》いた。

御忍駕籠は邸内をしばらくいき、ほどなく、黒川七郎右衛門《くろかわしちろうえもん》の邸内屋敷にかすかな軋《きし》みをたてて吸いこまれていった。

黒川が床《とこ》についている座敷には、小さな庭に面して縁廊下が廻《めぐ》らされ、軒《のき》には釣燈籠《つりどうろう》が下がっていた。黒板塀のきわに塀の上まで枝をのばした松の木が見え、白蓮《びゃくれん》が咲き錦鯉《にしきごい》が泳ぐ小さな池も、明障子の開け放たれた座敷から眺《なが》められた。

床の枕元《まくらもと》の方を枕屏風《びょうぶ》が囲んで、羽織袴《はかま》の三名の郎党が座敷の一隅に居並んでいた。

郎党らはいっせいに、宗秀へ黙礼した。

屏風の中へ進むと、枕元に若党がいて、床に横たわった黒川を団扇《うちわ》でゆっくりとあおいでいた。座敷は暑いというほどではなかったが、少々蒸《む》した。庭の松でみんみん蟬《ぜみ》が、けたたましく鳴いていた。

団扇を使う若党の反対側の枕元に、保利家のお抱え医師と思われる剃髪《ていはつ》の男がいた。

「お待ちしておりました。よろしくお頼み、いたします。こちらは御医師の……」

と、若党が畳に手をつき、宗秀に言った。

お抱え医師は若かった。宗秀に向いて改めて名乗り、

「菅沼《すがぬま》宗秀先生のお名前は、国元の医者ならば聞かぬ者はおりません。お目にかか

れ、光栄に存じます。どうぞ、これへ」

と、黒川の枕元を宗秀にゆずって座をずらした。

「今は菅沼家を離れ、わが郷里、下伊那領柳井村の宗秀と名乗っております。何とぞ、お見知りおきを……」

宗秀は言って、黒川の枕元に着座した。

玄関から宗秀の柳行李《やなぎごうり》を運んだもうひとりの若党が、床の足元の方に控えた。

黒川は眉間《みけん》に深い皺《しわ》を寄せ、ぎゅっと目を閉じていた。痛みを堪《こら》えてか、吐息のたびに低いうなり声が聞こえた。

「七郎右衛門、わたしだ。きたぞ」

宗秀は黒川に顔を近づけ、静かに言った。黒川が固く結んだまぶたをほどくみたいに、薄《うっす》らと開けた。ううん、と吐息をつき、

「……宗秀、待ちかねた……頼む」

と、かすれかすれに言った。まぶたの中の潤んだ目が、宗秀にすがっていた。

「手をつくす。おぬしも、気を強く持たねばならぬ」

「殿の御《おん》ため、お家のため、わたしはまだ、死ねぬ」

「そうだ。これからが働き盛りだからな」

宗秀がかえすと、黒川はかすかに笑い、再びしかめた顔の奥へ眼差《まなざ》しを隠した。

「疵《きず》を診《み》る。少々痛いぞ」

黒川は、顔をしかめたまま頷《うなず》いた。

刀疵であった。疵は背中から左腋《わき》の下を裂き、腹部にまで達していた。あばらにも損傷があると思われた。臓腑の状態まではわからなかった。包帯が鮮血で、ぐっしょりとなっていた。

外傷の縫合《ほうごう》は、宝暦《ほうれき》（一七五一～一七六四）の前からすでに行なわれていた。小さな外傷ならば、縫合と薬の塗布による簡単な処置ですんだ。だが、骨や臓腑に損傷を与えているかもしれぬほどの深く大きな疵になると、外科医術の高い技を習得した医者でなければむずかしかった。

何よりも疵口が大きく、早急に血を止めねばならなかった。応急の処置は施《ほどこ》してあったが、猶予《ゆうよ》ならぬ事態だった。

屋敷内に漢方の典医と病の診療にあたる蘭医はいたものの、特別な外科医術の技を持つ医者は国元にしかいなかった。

これほどの外科治療を施さねばならない事態は、予測していなかった。江戸市中に医者を求めるしかなかった。天下の江戸であっても、数は限られていた。

だが、京橋《きょうばし》の柳町で診療所を開く町医者の宗秀を呼べ、と命じたのは、ほかならぬ黒川七郎右衛門であった。京橋は向柳原から遠く離れている。

「この事態を、屋敷の外に断じて知られてはならぬ。宗秀の腕は確かだ。元はわれらの仲間だ。宗秀は信用ができる。宗秀を呼べ」

深手にもかかわらず、黒川は江戸屋敷の三人の年寄に指図した。

保利家は国元に城代家老をおいたが、江戸家老は特におかず、政務をとる三人の年寄の中のひとりが務めた。黒川はその年寄たちに命じたのである。

そうして、宗秀が呼ばれた。

「すぐに縫合にかかる。七郎右衛門、痛みで身体《からだ》が動かぬように押さえるが、よいな」

「ああ、かまわぬ。は、早くやれ。うう……」

宗秀は若党に煮沸した湯を急ぎ用意するように命じ、つき添うお抱え医師に助力を頼んだ。

「承知いたしました。なんなりとご指示くだされ」

疵口の縫合に、それからおよそ一刻《いっとき》（約二時間）がかかった。

止まらぬ血に汚れていた黒川の背中から、腋の下、脇腹にかけて、疵をふさぐ縫合の跡が、ひと筆の赤い筋を綺麗《きれい》に描いていた。あふれていた血が封じこめられて、赤いひと筋の奥へ、息をひそめたかのごとくであった。

「おお、美しい。見事な」

と、若い医師が宗秀の施した縫合の跡を見て、感嘆の声を発した。

「できることはやりました。臓腑にまで損傷がおよんでいれば、具合にもよりますが、治癒はむずかしい。そうでないことを神仏に祈り、あとは安静に努め、様子を見るしかありません」

宗秀は黒川へ顔を寄せた。

「七郎右衛門、よく耐えた。もうひと頑張りせねばならぬぞ。おぬしならこれしき、耐えられるな。おぬしは若いころから、粘り強かった」

「すまぬ……少し、楽になったような、気がする……」

黒川が途ぎれ途ぎれに言った。

「そうだ。そういう気持ちが大事だ」

またくる——と、宗秀は帰り支度を始めた。

「菅沼さま、ご重役方が内本家にてお待ちでございます。ご案内いたします」

座敷の一隅に控えていた郎党らのひとりが案内に立って、宗秀の柳行李を運ぶ若党が後ろに従った。

　黒川の屋敷を出て、みんみん蟬の鳴き騒ぐ中、邸内の道をしばらくいって、内門をくぐった。内玄関から次の間へ通り、床の間と床脇のある書院に招き入れられた。

　三人の裃《かみしも》姿の重役が、床の間を背にして宗秀を迎えた。

　江戸上屋敷に勤める三人の年寄であった。

　国元には二人の年寄が城代家老の下にいて、保利家は江戸と国元の五人の年寄と城代家老によって、当主・保利岩見守広満《いわみのかみひろみつ》に代わり政務がとられている。

　重役らの神妙な眼差しが、畳に手をついた宗秀にじっとそそがれていた。

「菅沼、手を上げろ。よくきてくれた」

　真ん中の重役が先に言った。

　宗秀は遠慮なく顔を上げ、やわらかな顔つきで三人を順に見廻《みまわ》した。

「平山《ひらやま》、岡下《おかした》、福士《ふくし》、懐かしいな」

　そう言うと、案内の郎党が、「菅沼さま、ご重役方でございますぞ」と、宗秀の言葉遣いの無礼をそっとたしなめた。

「よいのだ。お家にいたころ、菅沼はわれらの親しき朋輩《ほうばい》だったのだ。ここはよいから、退《さ》がっておれ」

平山が郎党を制した。

宗秀は平山と微笑《ほほえ》みを交わし、小さく頷いた。

「みな年寄役に就いておるのか。出世したのだな」

「殿の御ために働くことを命じられた。とても名誉なことと思っている。恪勤精励《かっきんせいれい》、相勤める所存だ」

「平山は今、上屋敷の家老役だ。国元の溝口《みぞぐち》と新条《しんじょう》も、年寄に就いている」

岡下が言い添えた。

「おお、平山が江戸家老か。あのときの五人がすべてお家の重役に。凄《すご》いではないか。おぬしらが政《まつりごと》を率いておるなら、下伊那はきっと住みよくなっておるだろう」

「皮肉を言うてくれるな。政には順位があるし、できることとできぬことがある。すべての者が満足できる政などない」

「公明正大であることと、民によりそう志《こころざし》が政の形だ。おぬしらなら大丈夫だとも」

「菅沼らしいことを言う。昔と変わらぬな」

平山が苦笑を浮かべ、三人は面映《おもはゆ》そうに互いに見合った。

「黒川どのの容体《ようだい》は、いかがか」

福士が訊《き》いた。

黒川どの？　福士の呼び方に違和を覚えた。

「今はまだなんとも言えぬ。刃《やいば》は骨に達していた。臓腑に届いていなければいいのだが。そうであったなら、わたしの手に負えん。できる限りのことはした。ただ、疵は大きいけれども、一ヵ所だけというのは幸いだった。ここ一両日が山場になるだろう」

「下伊那一の名医、とたたえぬ者のなかった菅沼宗秀の治療を受けたのだ。治らぬはずがあるまい」

宗秀はすぐに話を変えた。

「黒川に、一体何があった」

「ふむ。そのことだ。われら三人、ただ懐かしむためだけに、菅沼とこうして会っているのではない」

平山が言うと、福士が両開きにした明障子を閉じるために立った。

白壁の内塀に囲われた庭が明障子によって隠された。昼すぎの明るみが、明障子にさえぎられた。

陰りが書院を淡く包み、静寂が屋敷にたちこめた。

蟬の声は止《や》んでいた。

「黒川どのは、御側御用人《おそばごようにん》として殿さまのご相談役を仰せつかる身なのだ」

「なんと、そうなのか。黒川が御側御用人に。驚いた。それは大した出世だな」

「まことに有能なお方だ。家柄さえ許せば、城代家老に就く器《うつわ》と言っていい。しかし、われらは誰も、家老職に就ける家柄ではない。殿さまの広満さまが黒川どのの才を惜しまれ、直々に御側御用人にとりたてられた。まことに、ご慧眼《けいがん》と申さざるを得ぬ。黒川どのは今や、保利家にとってなくてはならぬお方になられた」

「殿さまのご相談役なのだから、当然のことだ」

「黒川どのの進言に、殿さまがどれほどの信頼をおいておられるか、心ある家中の者はみな知っておる」

平山に続いて、岡下と福士が言った。

宗秀は黙って頷きながら、三人のかつての同志・黒川へのへりくだった物言いに、やはり妙な違和を覚えた。耳障《みみざわ》りであった。あまり馴《な》れ馴れしくするな、もう昔とは違うのだぞ、と咎《とが》められている気がした。

そのとき、静寂に包まれた邸内の遠くの方から、悲鳴のような叫び声が、かすかにきこえた。獣の声に似ていた。

「あれは？」

宗秀と平山の目が合った。

「先ほど言ったろう。政には順位があり、できることとできぬことがあって、すべての者が満足できる政などない。そう思わぬか、菅沼」

「そうだとも。黒川どのが、殿さまの御ためお家のために、どれほど粉骨砕身して働いてこられたか、わからぬ愚か者がいる」

「みな、おのれの都合のいいことばかり求める。おのれの欲に執着し、その結果、殿さまをお悩ませし、お家を損なっているということが、わかっておらぬ」

また獣の声に似た悲しげな叫び声が、障子戸の隙間《すきま》から忍びこんできた。

岡下と福士の目が、叫び声の方へ空《うつ》ろにさまよったかに見えた。平山が、裃の肩衣《かたぎぬ》の埃《ほこり》を軽く払うような仕種《しぐさ》をした。そして、

「つまり、不平不満は必ずある、ということだ」

と、宗秀へ険しい目を向けた。宗秀はこたえなかった。

「黒川どのを中心にわれら、殿さまにもお家にも、正しいと信ずる政を行なってきた。ところがそれを、逆に恨みに思う者がいる。その者らは、不平不満を抱く家中の者を集め、お上に盾《たて》を突き、ご政道をおのれらの都合のいいように歪《ゆが》めようともくろ

んでいる。そのためには、われらへ凶刃を向けることもいとわぬ一味なのだ」

「無念だ、菅沼。黒川どのがやつらの凶刃を受けた。今朝のことだ。だが、黒川どのはあれほどの疵を負われながら、お家の内紛が御公儀に知られることがあってはならぬ、内密にせよと申され、それゆえおぬしにきてもらった」

「黒川どのが言われたのだ。宗秀を呼べと。黒川どのは、おぬしがお家を離れてから、江戸で町医者をしていることを、ずっと気にかけておられた」

「わかるな、菅沼」

平山が念を押すように言った。

「文化《ぶんか》（一八〇四～一八一八）の紛争がお家にいかほどの損失をもたらしたか、おぬしは知っているだろう。あの一件では、領民もお家も疵ついた。あのような事態は二度と起こしてはならぬ。黒川どのはあれほどの疵を受けながら、自らの命よりお家のことを気にかけられた。菅沼、いっさい他言無用に頼む」

「わかった。わざわざ頼まずとも、医者は用がない限り、病傷者の事情を他人に話しはせぬ。心配にはおよばぬ。誰がやったのか、名も訊かぬ方がよいのであろうな」

平山が沈黙のまま、静かに頷いた。

聞こえるか聞こえないか、というほどの悲鳴が明障子を透かして聞こえてくる。

「すると、あの悲鳴のような声は……」

「背後に糸を操る者がいるに違いない。それを問い質《ただ》しておる。手をくだした者など、どうせとるに足らぬ者だ。少々手荒にやっているようだ」

岡下が憎々しげに言った。

「どうせとるに足らぬ者か。あの一件の折り、赤木軒春《あかぎけんしゅん》も身分の低いわれらのことを、とるに足らぬ者、と蔑《さげす》んでいたな」

宗秀が言うと、岡下は「う……」と息をつめ、顔をそむけた。

「岩見守さま、殿さまはご存じなのか」

「当然ご存じだ。ひどくお怒りである。厳しく断罪せよと、命じておられる。おぬしのことをお聞きになられ、目通りを許す、と申されたが、われらがおとめした。実情はどうであれ、形のうえではおぬしは追放の身だ。お家を追われた者が殿さまにお目通りをするというのは、やはりいかがなものかと判断した。悪く思わんでくれ」

「それでよい。気にするな」

「いたみ入る。これは治療の礼だ」

平山が、袱紗《ふくさ》にくるんだ礼金を差し出した。

「酒食の支度を調《ととの》えておる。休んでいってくれ」

「いや。貧乏医者だが患者が待っておる。すぐ戻らねばならぬ。明後日、またくる。容体に変化があればいつでも呼んでくれ。もっとも、このあとにできる手だては限られておるがな。これはありがたく……」

「すぐに駕籠の支度をさせる」

「必要ない。新シ橋から船で京橋まで帰る」

では——と座を立ったとき、邸内のどこかで新たな声が上がった。

「ええい」

離れてはいるが、濁った太い声だった。

かすかな悲鳴は、少し前から途絶えていた。

邸内の樹木に囲まれた一隅、午後の木もれ日にきらめく長刀が、土坑《どこう》へ突き出された侍の首筋へふり落とされた。

刀身が光の中で照り映《は》え、ぶん、と空にうなった。

打たれた侍は声もなかった。首が土坑に転がり落ち、束《つか》の間、血飛沫《ちしぶき》が音をたてて噴いた。

みんみん蟬が、邸内の樹木でまたいっせいに鳴き騒いだ。

宗秀はみんみん蟬の騒ぐ中を、内門を出て表長屋門への石畳を踏んでいた。

柳行李を担いだ若党がひとり、従っていた。

瘦《や》せて背中を丸めた宗秀の、その孤独な後ろ姿を、邸内の物陰からじっと追っている目があった。

二

本所一ツ目《ひとつめ》の、吉良《きら》の屋敷跡にできた松坂町《まつざかちょう》。二丁目の東側小路を境に、家禄《かろく》の低い御家人屋敷の粗末な板塀や土塀がつらなっている。

まだ、午後の日盛りである。

渋井は、松坂町二丁目の横丁の、店と店の隙間に作られた小さな稲荷《いなり》の祠《ほこら》の前で、景気の悪い渋面《しぶづら》を狭い境内《けいだい》へ泳がせていた。

細い石畳の参道があり、境内への入り口に朱の鳥居が建っている。

境内は、両側の店の湿っぽい日陰になっていた。暑さのせいか、小路の人通りは少なかった。参拝に訪れる人の姿もない。

松坂町界隈《かいわい》は、北町奉行所定町廻り方《じょうまちまわりかた》の渋井の持ち場ではなかった。

それでも、町内の自身番を借りられないことはなかった。だが、倅《せがれ》の良一郎の用件で、自身番を借りるのは気が引けた。

そこへ、小路に現われた二人の男が、鳥居をくぐってきた。

参道の石畳に、雪駄《せった》が意気がった音をたてた。

ひとりが三尺帯に尻端折《しりばしょ》り、夏場でも黒の股引《ももひき》の助弥で、もうひとりは角帯をわざとだらしなく締《し》めてよろけ縞《じま》を着流した良一郎である。

良一郎はいつの間にか月代《さかやき》を剃《そ》って、小銀杏《こいちょう》を乗せた大人びた風貌《ふうぼう》になっていた。だらだらと歩む白い足先が、前身ごろの裾《すそ》をぞんざいにゆらした。

お藤と別れて七年、その年月、良一郎とまったく顔を合わせなかったわけではない。けれども、渋井の中の良一郎は、ときが止まったみたいに八歳の良一郎のままだった。

良一郎は、祠の前の渋井から目をそらし、わざとらしい薄笑いを浮かべていた。

顔つきは、八歳の童子をほんの少し大人びさせただけに見えた。口元に産毛《うぶげ》のような髭《ひげ》が生《は》えていた。まだまだ餓鬼《がき》だった。

驚いたのは、六尺（約百八十センチ）はあるひょろりと背の高い助弥と大して変わらぬほどの背丈になっていることだった。助弥よりほっそりとして、ひ弱な青竹のようになよなよして見えた。だが、中背の渋井よりはるかに背が高かった。

驚いたね——と、渋井は思わず呟いた。

良一郎は鳥居と祠の半ばで歩みを止め、殊《こと》さらに目をそむけて大して広くもない境内を見廻した。

渋井はいかり肩をゆすり、渋面をいっそう渋くした。

照れ臭くて、言葉が出なかった。

十五歳の良一郎は、渋井と向き合って、もっと居心地の悪い思いをしているのに違いなかった。お藤と別れる前から、母親にべったりの倅だった。

「旦那《だんな》、良一郎坊ちゃんをお連れしやした」

無理やり連れ出してきた助弥が、話をきり出さない渋井を促《うなが》した。

「おお、そうかい」

渋井は良一郎を睨《にら》みつけて、今、気づいたみたいにかえした。

「……んだい。るせえな。こっちは忙しいんだ。用があるならさっさと言えよ」

良一郎が、渋井を一瞥《いちべつ》もせず、尖《とが》って言った。その態度に、かちんときた。倅と久しぶりに顔を合わせた照れ臭さが、吹き飛んだ。

「良一郎、おめえ、そこの御家人屋敷の賭場《とば》に出入りしているんだってな」

ずる、と渋井は雪駄を石畳にこすった。

「賭場じゃねえ。知り合いのお侍さんの屋敷だ。ちょいと遊びにきているだけさ。それがどうかしたかい」

「そうか。賭場じゃねえか。ならいいがな。博奕《ばくち》はご法度《はっと》だ。見つかったら、厳しく咎められる。事と次第によっちゃあ、江戸追放ですまなくなる。妙なことに巻きこまれたら、打ち首だってあるんだ。博奕はやめろ」

「だから、賭場じゃねえと言ってるだろう。賭場だとわかってるなら、御用だ、神妙にしやがれと、踏みこみゃあいいじゃねえか。賭場なんぞ、どこにでもあるぜ。お武家屋敷の中間《ちゅうげん》部屋だって神社や寺だって、大店《おおだな》の手代部屋だって、岡場所だってよ、ご開帳してやがるぜ。客の中には役人だっているんだ。役人のくせにそんなことも知らねえのかい。知らなきゃあ教えてやるから、好きなだけ踏みこみやがれ」

「賭場のとり締まりにきたんじゃねえ。おめえに会いにきたんだ。おっ母《か》さんが心配している。文八郎さんだって気にかけている。おめえが縄目に遭うような事態になったらどうしようと、おっ母さんは心配でならねえんだ。あの気の強いおっ母さんが、おめえの身を案じて、おれのところへきて泣いてた。帰ってやれ」

「うるせえ。あんたに関係ねえだろう。お袋はお店のことが心配なんだよ。おれのせいで家業に障りが出たらと、そいつが気がかりなだけだ。文八郎さんといつもこそこそと、家業の心配ばかりしてやがる。傍《はた》から見ていて、苛々《いらいら》するるぜ」

「そいつは違うぞ。おっ母さんと文八郎さんがお店のことを気にかけるのは、跡とりのおめえにちゃんと商売が続けられるお店を継がせるためだ。それが父親の役目だと、文八郎さんは心得ているんだ。だからおめえが賭場に入り浸っても、倅を見捨てるわけにはいかねえと、おめえが心を入れ替えるのを待っている。父親ならばこそだ」

「ちぇ、知りもしねえで、調子のいいことを言いやがって。何が父親の役目だ。心を入れ替えるだと。あんたはどうなんだ。父親の役目は果たしたのかい。人にえらそうな説教をたれる前に、自分に説教したらどうだ」

渋井は苦々しさに唇を歪めた。餓鬼のくせに、人のことをとやかく言える柄《がら》か、と言われりゃ確にそのとおりだった。痛いところを突いてきやがる。こんな理屈を言う若衆になっていたのかい、と渋井は意外に思った。

「いいか、良一郎。おっ母さんと文八郎さんが家業の心配ばかりして、稼いでいるお陰でおめえは博奕をして遊んでいられるんだ。おっ母さんと文八郎さんのお陰で、働きもしねえのに飯が食え、雨露をしのぐ家で暮らし、いい着物も着られるんだ。おっ母さんと文八郎さんの次は、おめえが家業を守らなきゃあならねえ。幼い妹だっているだろう。幼い妹を守り、おめえもいつか父親になって女房子供を守る。それが男ってもんだろう」

「あんたは女房も子供も、守っちゃいねえじゃねえか。守らなかったから、女房に愛想をつかされたんじゃねえのかい。おれのことだって、何も知らねえじゃねえか。今ごろのこのこ現われて、父親面するんじゃねえ」

「おめえな、おれの言うことがわからねえのか」

「そのていどのこと、餓鬼でもわからあ。阿呆《あほ》らしくて、笑えるぜ」

「なんだと。この馬鹿野郎が……」

かっとなって渋井が一歩二歩と踏み出すと、「な、なんでえ」と、良一郎はびくついて後退《あとずさ》った。びくついた様子は、まだ子供だった。

「まあまあ、旦那も坊ちゃんも、気を静めてくだせえ」

助弥が間に入って、喧嘩《けんか》を始めそうな父と倅をなだめた。

「助弥、どけ。この馬鹿はひっ叩《ぱた》かなきゃあ、わからねえんだ」

「へっ。役人風吹かして、捨てた倅をひっ叩きやがれ。さぞかしいい気味だろう。あんたらしいぜ」

助弥が二人を懸命に抑《おさ》えた。

「旦那、今日のところはここまでで、いいんじゃありやせんか。坊ちゃんもお父《と》っつぁんに言いすぎだ。坊ちゃんの身を案じて、旦那は厳しいことを仰《おつしや》っているんですぜ」

渋井と良一郎は睨み合っている。

およそ十年前、助弥が渋井の手先についたとき、良一郎は五歳の童子だった。兄《あん》ちゃん、兄ちゃん……と、ひょろりと背の高い助弥が八丁堀の組屋敷に現われると、良一郎はなついてついて廻ったし、助弥も良一郎を可愛《かわい》がった。渋井が驚いているように、助弥もあの小《ち》っちゃかった良一郎がいい若衆になっていることに、感心していた。

「ちぇ、やってられねえぜ」

良一郎が言い捨て、くるりと踵《きびす》をかえした。たた、と雪駄を石畳に鳴らし、またたく間に鳥居をくぐり、走り去った。

待ちやがれ——と渋井は怒鳴ったが、追いかけはしなかった。

良一郎が消えて、境内は少々蒸し暑い静寂に戻った。ふう、と渋井が吐息をもらした。

「いい若い衆に、なりやしたね」

助弥が鳥居の方を見て言った。

「助弥、助かったぜ。倅とつかみ合いになるところだった。引くに引けなくてな」

「坊ちゃんも言いかえしながら、困ったな、って顔をしていやした。やっぱり親子でやすね」

「そうかい。あの野郎、お藤に似て、頑固だ」

「確かに、顔だちがおかみさんに似て、男前じゃねえすか。だいたいが旦那は、おかみさんと離縁したとき、良一郎坊ちゃんを渋井家の跡つぎにするより、裕福な商人の跡とりになった方が、坊ちゃんの将来のためになるとお考えになって、おかみさんの方に引きとらせた。あのときの旦那の気持ちはあっしにはよくわかりやすし、良一郎坊ちゃんにだって、旦那の親心が通じねえはずはありやせんよ」

渋井は、渋面に苦笑いを浮かべた。

「しがねえ町方なんぞ、侍だからって、元はどこの馬の骨かわかりゃしねえ。渋井家は親類の中のできの悪い倅を養子にして、跡つぎに据えりゃあいいのさ。町方になるより、本石町の老舗《しにせ》問屋の旦那になった方がいいにきまっている。そう思ったんだがな」

「ええ、ええ、旦那の考えは間違っちゃいねえと、あっしも思いやす。けど旦那、あそこの賭場は、ちょっとまずいですぜ。柄の悪い御家人や浪人の溜《たま》り場になっていやす。あそこの賭場は物騒な喧嘩やらごたごたが絶えねえから、深川《ふかがわ》のやくざも近づかねえって聞きやすし。まずいことになる前に、手を打った方がいいんじゃ……」

「ああ？　まずいか。困ったな。けど、自分の倅の身が案じられるからって、お上の力を使うのは、どうも気が引ける。賭場なんぞ、一々とり締まっていられねえ」

「蓮蔵《れんぞう》に言って、坊ちゃんの周りに人をつけさせておきやしょうか。むろん、気づかれねえようにやらせやす」

「くそ、親不孝者が。いいんだ、ほっとけ。少々痛い目に遭った方が、あの馬鹿野郎の身のためだ」

渋井は突き放して言いながら、気になってならないふうだった。

三

御家人屋敷で毎日開かれる賭場の胴とりは、竪川《たてかわ》沿いの一ツ目界隈に幅を利かせる顔役でもあった。目の細い狐顔《きつねがお》だが、顔つきとは不釣合いにずんぐりとして太く短い首の体軀《たいく》が、太った狐に着物を着せたふうな風貌だった。

夕刻、ろうそくに火が灯《とも》され、「張った、張った、丁《ちょう》ないか、丁ないか……」「丁半《はん》そろいやした。入りやす」と、賭場から中盆の声や客のどよめきが聞こえていた。

客は界隈の御家人、本所周辺にたむろする無頼の浪人、武家奉公の中間、回向院《えこういん》の相撲とりや東両国の盛り場の地廻り、手間とりの職人、中には女の姿もあった。

賭場続きに三畳間があって、顔役は夏場は火の入っていない桐《きり》の長火鉢を前にして胡坐《あぐら》を組み、賭場の様子に目を光らせていた。

顔役の胡坐のそばに、鉄鋲《てつびょう》打ちの頑丈《がんじょう》そうな金箱がおいてある。

金箱と反対側の傍らに、三人の若い衆が肩をすぼめて坐っていた。

顔役は、長火鉢の縁に肘《ひじ》をついて、団扇をだるそうに動かしていた。そして、ぬるい茶を音をたててすすっていた。顔役の手下らしき男が、険しい目つきをして若い衆らの隣に並び、顔役が口を開くのを待っていた。

あはん……

顔役が、野太い咳払《せきばら》いをした。ずず、と茶を含み、たるんだ喉《のど》の肉を震わせて呑《の》みこんだ。それから、長火鉢の縁に碗《わん》をおき、

「……で、どうするつもりだ、おめえら」

と、若い衆らへ狐目を向けた。

若い衆はうな垂れるだけで、黙っている。

見張り役の男が、若い衆のひとりに厳しい口調を投げつけた。だが三人は俯《うつむ》いたまま、うじうじしている。

「杉作《すぎさく》、こたえろ」

「ひとり二分ずつ、三人合わせて一両二分だ。大金だぞ。遊ぶときは、博奕は得意だの、おれは運がいいだのと、みな調子のいいことを散々ぬかすんだ。ところが、てめえが借りた金をてめえが好きなように使った挙句《あげく》、かえせません、ない袖《そで》はふれません、というわけだ。素寒貧《すかんぴん》になったからかえせません、じゃすまねえことぐらい、子供でもわかりそうな道理だがな」

顔役は三人を順々に見廻した。

「で、おめえ、杉作というのか。歳《とし》は幾《いく》つだ」

「十七……」

「十七？　いい身体、しているじゃねえか。仕事はしてねえのかい」

「神田の染物屋で奉公しておりやしたが、親方とうまくいかなくて」

杉作が小声で言った。

「ふん。親方が厳しくて、辛抱できなかったのかい。おめえの名は」

「太吉《たきち》でやす」

「歳は」

「十七でやす」

「仕事は何をやってた」

「橋本町《はしもと》の小間物問屋で、小僧をやっておりやした」

「で、おめえもいやになって逃げ出したのかい」

へえ——と、太吉は薄ら笑いになって舌を出した。

「馬鹿野郎」

手下の男が、骨張った掌《てのひら》で太吉の月代を、ばち、と叩《たた》いた。

顔役は、三人目の若い衆に狐目を向けた。

「おめえは一番若そうだな。名前と歳を言え」

「り、良一郎……十五歳でやす」

と、良一郎がびくついてこたえた。

「良一郎かい。十五歳の餓鬼にしては、でけえじゃねえか。おめえは、どっから逃げ出した。奉公先は?」

「あっしは、あのう……」

良一郎は口ごもった。

「親分、この野郎は本石町の扇子《せんす》問屋の倅らしいですぜ」

顔役の団扇が止まった。

「本石町の扇子問屋？　十軒店の本石町かい。良一郎、なんという店だ」

「へ、へえ。伊東屋《いとう》と、言いやす」

「ほお、伊東屋ねえ。老舗のお金持ちの倅、というわけだ。じゃあ、貧乏人のこいつらみてえに、どっかに奉公したことは、ねえんだな」

良一郎は顔を伏せたまま、小さく頷いた。

「親父《おやじ》やお袋は、おめえが本所の賭場で遊んでいるのを、知っているのかい」

顔を伏せたまま、さあ、というふうに首を横にふった。

「だが、お金持ちの親に頼めば、こいつらの分も含めて一両二分の借金ぐらい、すぐにかえせるだろう」

「……あ、あっしは、家を出ておりやすんで。お父っつぁんとおっ母さんは、あっしのことなんかはもう……」

「勘当にしたかい。なら、代わりにおれがいってやろうか。良一郎さんが賭場で借金を拵《こしら》え、困っておられやす。何とぞ、良一郎さんとお仲間の拵えた借金の一両二分、

「おかえし願いやすってな」

「お父っつぁんとおっ母さんに言うのは、勘弁してくだせえ」

良一郎は泣きそうな声で言った。

「本石町の老舗に、柄の悪い男らが乗りこんじゃあ、ご近所に体裁《ていさい》が悪いってかい」

「親分さん、借金は、必ず、けえしやす。三日のうちに、な、なんとかしやす。三日、いや、ふ、二日だけ待ってくだせえ」

杉作が畳に手をつき、太吉と良一郎が慌てて杉作にならった。

「甘ったれるんじゃねえっ」

と、顔役が長火鉢の縁を団扇で叩いた。

顔役の怒声に、賭場の中盆と客らが、うん？　という顔を三畳間の方へ向けた。

だが中盆はすぐに気をとりなおし、「半ないか、半ないか」と、続きに戻った。

「が、そうは言ってもだ。おめえらみたいな半端な野郎でも、客は客だ。おめえらがどうしても、と言うなら、考えねえわけじゃねえ。待ってやろうじゃねえか。むろん、三月に三割のお定めの利息はいただくがな」

「三割？　お定めの利息は一割五分じゃあ……」

杉作が顔だけを上げて言った。

「てめえ、親分に口ごたえするんじゃねえ」

　手下が、横から杉作を小突いた。

「ふふん、いいかい。おめえらのせいでこっちは大損だ。だから、他人に損をかけた分、普通は詫《わ》びを入れなきゃならねえ。詫びを入れるったって、すみませんですむほど、世の中、甘くはねえぞ。どう詫びを入れるか。金ですます手はあるが、それができるなら、端《はな》からこんな面倒臭《くせ》えことになっちゃあいねえ。そこでだ、詫びを入れる代わりに、おめえらにやってもらいてえことがある」

　顔役は、また忙《せわ》しなく団扇を動かした。にやにやしても、目は笑っていない。

「杉作、二ッ目の林《はやし》町の遠地又蔵《えんちまたぞう》を知っているかい」

「遠地又蔵？　ああ、浪人者でやすね。顔を見りゃあ、たぶん、わかると思いやす」

「もうひとり、塚石願助《つかいしがんすけ》という野郎がいる。そいつらが、うちの賭場で借金を拵えた。だが、まだかえしやがらねえのさ。借金の額は、おめえらが知る必要はねえ。おめえらと同じ、借りるだけ借りてかえさねえとんでもねえ野郎だが、おめえらは、かえせなくともかえそうという気持ちがあるから、まだまともだ。やつらには、その気がねえ」

　そこまで言うと、顔役は急に声をひそめた。

「おめえらで、遠地と塚石に少しばかり焼きを入れてやってくれるかい。おれが本気で怒っていることをわからせてやるんだ。ただし、腕や足を折るのはかまわねえが、死なせちゃあならねえ。あんな糞《くそ》野郎でも、死なせちゃあ元も子もなくなる。借りたものはかえさなきゃあならねえ道理を諭《さと》してやる程度でいい。わかるな」

「や、焼きを入れるったって、ああ、相手は侍だ。刀を持っていやすぜ」

杉作が上目遣いに顔役へ言った。

「大丈夫だ。やつら、侍は恰好《かっこう》だけだ。どこの馬の骨か、知れたもんじゃねえし、本物の侍かどうかも、怪しいもんだ。おめえらのような素早い若い衆に敵《かな》うわけがねえ。おめえらの仲間がほかにもいるだろう、気の荒《あれ》えのが。三人で心もとねえなら、そいつらを使ったらいいじゃねえか。やり方はおめえらに任せるぜ」

「そいつらの手間賃は、親分さんが……」

「馬鹿野郎。仲間をどう使おうと、おめえらの算段に決まってるだろう」

顔役が杉作の横っ面を団扇で叩いた。

「さんぴんの丁っ」

賭場の中盆が、甲走《かんばし》った声で言い、客の声が沸いた。

杉作、太吉、良一郎の三人が、六間堀町《ろっけんぼりちょう》甚九郎《じんくろう》店のどぶ板を踏んだのは、それから四半刻（約三十分）と少々あとである。

町はだんだん薄暗くなってくる。

甚九郎店は、人がすれ違う際にも肩引きをしなければならない狭い路地の両側に、九尺二間《けん》の粗末な割長屋が建っている。

ごみ溜《た》めや雪隠《せっちん》の臭《にお》いが漂う路地奥の店の腰高障子を、杉作が叩いた。

「赤木さん、いるかい。杉作だよ。太吉と良一郎もいる。赤木さん、開けていいかい」

「三人一緒か。入れ」

中から赤木賢右衛門《けんえもん》の声が、すぐにかえってきた。

赤木は月代が薄くのび、無精髭も生やして老けて見えた。だが、まだ二十歳《はたち》をひとつすぎたばかりの若侍だった。

三人は一年ほど前から、顔役の賭場で赤木と顔見知りになった。

なんとはなしに言葉を交わしたのがきっかけで馬が合い、互いの懐具合を確かめながら、煮売屋で酒を酌み交わす間柄になった。

赤木は鼠《ねずみ》色の帷子《かたびら》ひとつで竈《かまど》の前に立ち、鍋の味噌汁《みそしる》を杓文字《しゃもじ》でかき廻していた。

鍋から湯気がのぼり、赤木の顔にかかっていた。

狭い土間続きの四畳半に灯された行灯《あんどん》は黄ばんだ染みが浮いて、魚油の燃える臭いがした。行灯の横に、飯櫃《めしびつ》と碗や箸《はし》、茄子《なす》と胡瓜《きゅうり》の漬物の皿が盆に並べてある。

「赤木さん、酒を買ってきた。これから晩飯だね。ちょうどよかった」

「ほら、赤木さん。干し鰈《がれい》もあるぜ」

良一郎が徳利《とっくり》を持ち上げ、太吉は竹の皮にくるんだ干し鰈を見せた。

「ありがたい。飯の肴《さかな》ができた。冷や飯はある。一緒に食おう。とは言うものの、ほかには朝の残り物の味噌汁と漬物だけだが」

「いいさ。赤木さんと酒が呑めて、腹がふくれりゃ、それで満足さ」

杉作が快活に言った。太吉と良一郎も、さっきまで顔役に睨まれておどおどしていた様子はもう微塵《みじん》もない。

「どうしたんだ。博奕で儲《もう》けたかい」

「そうじゃねえよ。逆だよ。すっからかんにされたのさ。むしゃくしゃするから、酒でも呑まなきゃいられねえ。なあみんな」

太吉と良一郎が、にこにこと頷いた。

「すっからかんにされたのに、酒と干し鰈の代金はどうした」

「良一郎が、親父の根付《ねつけ》を持っていたのさ」

「金になるかなと思って、袖の中に入れていたんだ。素寒貧になるまで忘れていた」

「それが、なんと一分と二朱になったんだぜ」

「さすが、本石町の老舗の主人は、持ち物が違うね」

「一分と二朱か。良一郎、それはすごいな。親父さんに申しわけないことだな」

「いいのさ。道楽で幾つも持っているんだから。まったく、あんな物に金を使うなんて、気が知れねえよ」

良一郎は悪びれるふうも見せずに言った。

「それにさ、おれたち、じつは赤木さんに頼み事があってきたんだ。赤木さん、ちょいと頼まれてくれねえか。こっちの方なんだけどさ」

杉作が腕を軽くのばして、ぴたぴたと叩いた。

「喧嘩の助っ人か」

「ていうか、借金をかえさねえ野郎に、少しばかり焼きを入れてやるのさ。借りた金をかえさねえといけねえよと、世間の道理を教えてやるのさ。礼金は……」

「二朱は酒と干し鰈に使っちゃったから、残り一分。おれたちの有り金さ。赤木さん、これでどうだい」

と、良一郎が一分金を赤木に差し出した。

「相手は、侍なのか」

「じつはそうなんだ。なあに、大した野郎じゃないからむずかしくはねえんだが、刀を持っているだろう。いざというときに、赤木さんに後詰《ごづ》めを頼みたいのさ」

「面白そうだな。上がれよ。どういう事情か、話を聞こう」

四

深川油堀《あぶらぼり》の大川《おおかわ》口に架かる下《しも》の橋。そこから東へ一町と四半町（約百三十六メートル）ばかり油堀に沿った河岸通りに、《酒飯処　喜楽亭《きらくてい》》と油障子に記した一膳《いちぜん》飯屋が、縄暖簾《のれん》を下げている。

日はすでに落ちて西の雲の果てに赤みを残しつつ、さっきまで対岸の大名屋敷の樹林でみんみん蟬の鳴いていた夏の一日が、暮れようとしていた。

喜楽亭の片開きの障子戸が風通しに半ば開いていて、隙間からもれる店の柱行灯の薄明かりが、堤道と河岸地をやわらかく照らしていた。

薄明かりにくるまれたかのような客の笑い声や話し声、それにとき折り犬の鳴き声がまじって、暗がりに沈んでいく油堀の静寂をわずかに破っていた。

油会所の油壺《あぶらつぼ》をつんだ荷足船《にたりぶね》が、櫓《ろ》を軋《きし》ませる刻限はもうすぎていた。

店土間は、醬油樽《しょうゆだる》に長板をわたした卓が二台並び、それぞれ卓を醬油樽の腰掛が囲んでいて、十二、三人も客が入れば満席になる狭い店である。

奥の調理場と店土間を仕きる棚には、煮つけ、和《あ》え物、熬《い》り物や焼き物を盛った大皿が並べられ、酢や甘辛い醬油の風味、揚げたり焼いたりする香ばしい匂《にお》いが、狭い店の中にこもっていた。

仕きり棚の出入り口から、喜楽亭の亭主が店土間に現われた。

亭主は、月代に胡麻塩《ごましお》になった薄い髷《まげ》を結《ゆ》った六十に近い年配の男である。手に提げた盆に、冷の徳利を二本載せていた。

喜楽亭の今宵の客は、二組だった。西永代町《にしえいたい》の干鰯《ほしか》市場で働く男らのひと組に、今ひと組が北町奉行所同心の渋井、手先の助弥、柳町の医師の宗秀、そして市兵衛の四人である。

みな喜楽亭の定客である。

それに客ではないが、《居候《いそうろう》》と客が勝手に呼んでいる痩せ犬が、渋井の足元に坐り、尻尾をふっている。

亭主は干鰯市場の男らの卓に二合徳利を一本おき、もう一本を「へえ、旦那」と、渋井らの卓においた。

「旦那、つぎやしょう」

助弥が徳利をとり、渋井に差した。それから「先生、市兵衛さん」と、宗秀、市兵衛へと徳利を廻す間に、亭主は渋井ら四人が普段のにぎやかな話しぶりではなく、高笑いもせず、むっつりと話しこんでいる様子を意外に思いつつ、調理場へ戻っていった。

渋井の足元で尻尾をふっていた居候も、今宵の旦那が物足りなさそうに、だいぶ酒が廻って騒々しい干鰯市場の男らの卓へ、尻尾をふりふり移っていった。

「お、居候、今夜は渋井の旦那をお見限りかい」

「旦那、いいんですかい。居候がおれたちに気のある素ぶりですぜ」

「旦那がかまってくれねえから、この野郎、寂しがってやすぜ」

喜楽亭の定客の男らが、戯《たわむ》れて言った。居候が渋井のあとについて芝《しば》から深川に流れてきて喜楽亭に住みついたのを、喜楽亭の定客はみな知っている。

渋井は隣の卓の男らを八の字眉《まゆ》の下のちぐはぐな目で横睨みにし、ふふん、とおどけてみせた。

「いいんだよ。惚《ほ》れた相手とは、熱くも冷たくもなく、ほどほどにってえのが、長続きする奥の手なのさ」

と、埒《らち》もない戯言《ざれごと》を投げかえし、うふふ、えへへ、と男らを笑わせた。

しかし渋井は、すぐに宗秀へ目を戻し、《鬼しぶ》の不景気面をさらに渋く歪めた。

「で？　先生は仇討《あだう》ちに思いあたる事情があるのか」

宗秀はこたえず、片方の掌を顎《あご》にあてて考えこんでいた。

「血の気の多い若いころには、無分別なことをやらかしているもんだ。たっぷり、後悔させられるがな。若気の無分別、ってやつさ。おらんだにだってそんな若いころがあった。そりゃあひとつや二つ、他人に話せねえ若気の無分別ぐらいあるだろう」

渋井は宗秀を、《先生》と呼んだり、馴れ馴れしく《おらんだ》と呼んだりする。

盃《さかずき》の呑み口を、きゅっ、と美味《うま》そうに鳴らし、市兵衛に言った。

「市兵衛は気づいたことはねえのかい。もしかしてあれか、とかさ。おめえとおらんだは大坂以来のつき合いだろう」

「それがないから、矢藤太に話を聞かされて、これはやはり先生にお話しすべきだろうと思ったのです」

「やっぱり、矢藤太の野郎は碌《ろく》な話をもってきやがらねえぜ。なあ、助弥。おめえもそう思うだろう」

「へえ。けど旦那、酒をこぼさねえように、気をつけてくだせえよ」

「大丈夫だ」

言いながら、酒がこぼれるのもかまわず、「何もないのかい」と、市兵衛の方へ身を乗り出した。

「わたしが大坂で知り合ったころの先生は、菅沼宗秀先生という名で、長崎で医業を学ばれ、国元に戻って診療所を開くため、大坂の評判の高い医師の下で実地の修業に励んでおられました。学問ひと筋、医業ひと筋にすごしてこられ、剣を抜かれたこともないのだろうと、勝手に推量しておりました」

「ふむ、菅沼宗秀ね。柳井でも菅沼でもいいが、おらんだが柳町で診療所を開いたとき、どういう医者か、確かめにいったのさ。十年前だ。助弥、おめえがおれの手先を勤め始めて間もないころだった。覚えているか」

「覚えていやすとも。旦那と先生は仕事の話より酒の話ばかりで、旦那が喜楽亭に顔を出せと言ったら、翌日の夕方、早速顔を出した。そうでしたよね、先生」

宗秀は、ふんふん、と頷いている。

「そうだったな。有能な医者かろくでもねえ医者か、おれにゃあわからねえ。けど、喜楽亭に呑みにこいと言って、すぐにくるところが話のわかる先生だと思ったぜ。市兵衛とおらんだは学問が縁なんだろうが、おれとおらんだは酒が縁だ。そう言やあ、おらんだと呑み仲間になってこの十年、刀を差した姿は見たことがねえ」

「とすりゃあ、刀の方じゃなくて、先生の仕事の方で、なんぞ恨みを買った事情じゃねえんですかい。例えば、診たてた病人が助からなくて、残された縁者が先生に筋違いの恨みを抱いて親の仇《かたき》と狙《ねら》われたとか」

「馬鹿言え。貧乏はしているが、おらんだは江戸一番の名医だぜ。おらんだの診たてた病人が助からねえわけがねえだろう」

「あっしだって同感でやす。先生は江戸一番の……」

　すると宗秀は顔を上げ、苦笑いを浮かべた。

「渋井、助弥、未熟な医者をからかうな。診たてた病人が助からないことは、幾らでもある。むしろ、助けられることより、助けられないことの方が多い。まだわからぬ病、医者の手の施しようのない病に、命を落とす者は沢山いる。医者にできることは少ない。それが今のありのままの姿だ」

　宗秀が言い、盃をあおった。渋井が焙《あぶ》った浅草海苔《あさくさのり》をしゃりしゃりとかじり、

「つまり、仇討ちとつけ狙われるのは、おらんだの身に覚えのねえ事態ってわけか」

と、声を低くして訊いた。だが、宗秀は考えこんで、こたえなかった。干鰯市場の男らが、どっと笑い声を上げ、居候が元気よく吠《ほ》えた。亭主が調理場より顔を出し、

「お客に吠えちゃならねえ」と、居候を叱《しか》った。

理緒《りお》という女が――と、市兵衛が言った。

ふむ、と宗秀はまだ考えこんでいる。

「仇討ちの助っ人を矢藤太に頼んだということは、恨みをはらすためにただ命を奪うのではなく、正々堂々と名乗りを上げ、武門の意地をたてようとする存念に思われます。そこまでの女の覚悟が本物ならば、心あたりがあるのではありませんか」

「先生の生国は、信濃の下伊那だったな。考えてみりゃあ、先生ほどの腕のいい医師が、なぜ江戸の貧乏人を相手に小《ち》っぽけな診療所を開いているのか、妙な話だ。先生が下伊那からなんで江戸に出てきたのか、おれたちは何も知らねえし、訊きもしねえ。市兵衛だってそうだ。どっかの名門の御曹司ふうだが、それがなんで渡りみてえな下々の暮らしをしているのか、おれも助弥も知らねえ。先生だって訊いてねえだろう」

渋井はおらんだではなく、先生と言った。

宗秀は、こくり、と渋井にかえした。

「市兵衛が話さぬなら訊かぬし、話すなら聞く」

「ふむ。おれもそうだ。先生のことも市兵衛のことも、それでいいと思っているぜ。けどな、仇討ち絡みとなると話は別だ。気になるじゃねえか。理緒という名かどうかは知らねえが、理緒とかいう女の父親と先生が、もしかしたら下伊那で、昔、なんかがあったんじゃねえのかい。だから先生は、江戸へ出てきた」

「じゃあ、《御旅《おたび》》の理緒は下伊那の……」

助弥がつい大きな声で言い、居候が驚いて吠えた。

渋井が「声がでけえぜ」と、助弥を制したとき、干鰯市場の男のひとりが、「旦那、御旅のお理緒をご存じで」と、声をかけてきた。

「ありゃあ、御旅みてえなけちな岡場所に勤めさせておくのは、もったいねえくらい、いい女だ。あっしらの間では、お理緒は評判の女郎なんですぜ」

「ほう、そんなにいい女かい。名前しか知らなかった。どういう素性の女だ」

「さあ、素性までは聞いちゃおりやせん。自分の素性をあんまり話さねえから、もしかしたら身分の高い家柄の女が、落ちぶれて女郎に身を落としたんじゃねえか、という噂《うわさ》も聞けやした。三年くらい前、たぶん、暮らしに窮したんでやしょうね。御旅の藤田《ふじた》屋に自分から現われて、女郎になって稼ぎてえ、と言ったそうでやすぜ」

「見た目はうんと若《わけ》えんでやすが、案外の年増《としま》かもしれやせん。とに角、情が深くて、お理緒の客になった者は、女のもちもちすべすべした肌が、忘れられねえと評判ですぜ」

「近ごろ、東両国の元町《もとまち》の長六《ちようろく》という顔利きが、お理緒に相当入れこんで、身請け話が出ているそうでやすが、肝心のお理緒が、どういうわけか首を縦にふらねえとか、お理緒は身分の高《たけ》え武家の出だから、たとえ女郎に身を落としても、やくざの世話にはならねえとか、いろいろ噂の多い女でやす」

千鰯市場の男らが、そろってにやにやした顔つきをした。

「あんたら、理緒という女と遊んだことがあるのか」

と、宗秀が声をかけた。

おまえは、そっちは、と男らが顔を見合わせた。

「恥ずかしながら、じつはあっしら、お理緒の噂や評判しか知らねえんでやす。顔を見たことはありやすぜ。いい女だというのは、ま、間違いねえ」

男らのひとりが、月代ののびた頭を照れ臭げに指先でかいた。

「なんだ、おめえら。口ばっかりかい」

渋井がからかうように言った。

「いえね、藤田屋の亭主が強欲者で、お理緒の評判がいいもんだから、値段を吊《つ》り上げやがったんで。岡場所なら普通、一切り二朱ってところが相場でやすが、藤田屋の亭主は倍の値段に吹っかけやがる。亭主の言うことにゃあ、誰かれかまわず客をとらせていたら、お理緒の身がもたねえ、ときた。まったく、藤田屋の亭主は欲張りな男だ。ま、それだけお理緒が、情の深い、心根の細やかな女だってことでやすがね」

「先生、やはり、心あたりが……」

市兵衛が、宗秀の盃に徳利を差した。

宗秀はそれを受け、ゆっくりと口元へ運んだ。半分ばかり呑み、それから手を止めた。

「じつはな、ないと言えば嘘になる。だが、あると言うのも間違いだ。少々複雑なのだ」

渋井と助弥が、得心がいったように宗秀を見かえした。

「下伊那のころの、事情かい。お理緒という女を、知っているんだな」

と、今度は渋井が宗秀へ徳利を差した。宗秀はそれも受けた。

「知っている」

「なるほど、そうかい。その事情のために、先生は江戸へ出てきたんだな」

「まあ、そうなるのかな」

宗秀は曖昧《あいまい》にこたえた。

「すると、お理緒という女は、先生の抱える複雑な事情をときほぐすために、わざわざ下伊那からやってきたわけだ」

「理緒がわたしを父親の仇と狙うのは、間違いだ。それは誤解だ。どういう経緯でわたしが父親の仇にされたかは、わからぬ。市兵衛の言ったとおり、わたしは人と刀を交えたことがない。そんな事態になれば、きっと腰を抜かすだろう」

「父親の仇にされた事情を、確かめにいかれないのですか。理緒という女に会って、誤解をとかれては。むろんそのときは、用心のため、わたしがお供いたします」

市兵衛が訊いた。

「そうか、市兵衛。貧乏医者の野暮《やぼ》用につき合ってくれるか。だが、心配無用だ。父親の仇討ちなどと、ささいな誤解にすぎぬ。今さらそれを詮索《せんさく》しても、詮ないことだ。終わったことだし、すぎたときは戻ってこぬ。仇と狙うなら狙わせておけ。わたしには、気にかけねばならない患者が大勢いる。患者のほかに、自分の身まで手が廻らぬよ」

と宗秀は、仇討ちなどどうでもよさそうな素ぶりを見せた。

しかし、宗秀の顔には自嘲《じちょう》するかのような陰影が刻まれていた。普段のわだかまりのないさっぱりした宗秀とは、様子がどこか違って見えた。

「ささいな誤解か……」

市兵衛は少々悔いを覚え、呟いた。宗秀が中座したときだった。

「どうやら、先生によけいなことを言ったみたいですね」

「確かに、おらんだはああ言うが、内心はだいぶ気にかけているふうだな」

「そう見えます」

「だからと言って、おらんだが仇討ちに狙われている話を聞いて、放っておくわけにはいかねえだろう。おれだって黙っちゃいられねえぜ」

渋井が、宗秀の呼び方をまたおらんだに変えた。

「市兵衛、御旅へちょいと遊びにいってこねえか。お理緒という女郎の、もちもちすべすべの肌と肌を合わせて気を許せる間柄になってから、寝物語に、どういう事情かそれとなく聞き出してこいよ。で、もしも話がわかりそうな女だったら、おらんだは人のためにつくす立派な医者だ、仇討ちは諦《あきら》めろと、言い聞かせてやったらどうだい」

「そうすね。先生は女に会う気はねえみてえだし、ここは市兵衛さんが先生の代わりにいくしか……」

「そうさ。おらんだの仲間としてよ、ひと肌脱ぐのさ。下帯もとってよ」

助弥が、ぷっ、と噴いた。

すると、干鰯市場の男らのそばにいた居候が、なぜか市兵衛の足元にきて、尻尾をふりふり渋井に相槌《あいづち》を打つように小さく吠えた。

五

本所一ッ目を南の深川へとり、俗に安宅《あたけ》と呼ばれる大川端《ばた》の御船蔵《おふなぐら》と往来を境に向き合って、深川八幡《はちまん》宮御旅所がある。

その社前の御旅町に、八幡西隣りの初音《はつね》稲荷と小路を隔てて、岡場所・御旅の一画が厳重な板塀に囲われていた。御旅の遊び代は一切り二朱、昼夜直し二分二朱である。

近くには、八幡と同じ一ッ目の水戸《みと》家石揚《いしあげ》場の前の弁天《べんてん》社内と、竪川端の本所松井《まつい》町にも岡場所がある。

寛政《かんせい》の改革でとり締まりになるまでは、御船蔵前町にも局見世《つぼねみせ》ばかりの通称《安宅》、一ツ目橋北の回向院裏大徳院《うらだいとく》門前町、とよく知られた岡場所があって、一ツ目界隈から二ツ目にかけては、岡場所の多い土地だった。

翌日、夏の川風に紺無地の単衣《ひとえ》の袖をなびかせ、細縞の小倉袴の裾を翻しつつ両国橋を渡っているとき、本石町の時の鐘が昼の九ツ（正午頃）を知らせた。

市兵衛は菅笠《すげがさ》をかぶった頭を持ち上げ、時の鐘が響き渡る青空を見上げた。岡場所では昼見世が始まる刻限である。

大川の生ぬるい川風に乗って、夏のときがゆったりと流れていた。

両国橋を東両国の尾上《おのえ》町へ渡り、本所元町から一ツ目橋をすぎた。

御旅町は、八幡宮御旅所の社地内に許された町家である。御旅町の小路を折れ、初音稲荷の境の小路へ入ってすぐのところに、柳の木と岡場所・御旅の、両開きの木戸門が開かれていた。

木戸門わきの番小屋に、若い者が数人たむろしていた。

門内の往来の両側に、女郎屋の二階家が数軒ずつ連なっていた。往来の突きあたりにも大きな二階家があって、二階の出格子に気だるげに腰かけた女の姿が見えた。

昼見世が始まったばかりの往来に、嫖客《ひょうかく》の姿はまばらだったが、客引きの男が通りかかる客に声をかけていた。

藤田屋は、木戸門をぐってすぐ左手の一軒だった。

「お客さん、こっちこっち。気だてのいい女が、待っておりやす。男前のお侍さんにお似合いの、器量のいいのが。今なら選《よ》りどり見どりですぜ」

客引きの若い者が、市兵衛の袖を引いた。表戸わきの格子窓から、張見世にいる数人の女が、市兵衛に愛嬌《あいきょう》を見せていた。

「藤田屋さんだな」

「へい。藤田屋でございい。お侍さん、お目あての女をお捜しで?」

「お理緒という女を頼みたい」

「お理緒? さすが、お侍さんはお目が高え。お理緒は、ここら辺じゃあ一番評判の女ですぜ。お理緒待ちの行列だってできるくらいなんでやすから。お侍さんは運がいい。本日の皮きりだ。へええい、おひとりさまのお上がりい……」

引き違いの腰高障子が開いた暗い表土間へ、威勢のいい声をかけた。

二刀と菅笠を提げ、表土間続きの板敷から階段を上った。

二階のぎしぎしと軋む暗い廊下の奥に、お理緒は四畳半を与えられていた。女郎に部屋が与えられているのは、稼ぎがいい証拠である。

若い者の案内で廊下をゆくと、部屋から半身を出したお理緒と思われる女が、敷居の柱に凭《もた》れて、市兵衛の方へ物憂《ものう》げに上目遣いを寄こしていた。

部屋の方から差す薄い明るみと廊下の暗みが、お理緒の細面を心なしか陰鬱《いんうつ》に見せた。

「お客さま、ご案内……」

若い者が言い、お理緒が市兵衛に、「おいでなさい」と、微笑んだ。

愛らしい微笑みだったが、寂しげな影があった。

歳は二十七、八。評判どおり、美しい顔だちだった。ただ、華やかさより、愁《うれ》い顔がそこはかとない情感をそそった。島田《しまだ》に結った髷が、座敷の鴨居《かもい》に届きそうなほど、ほっそりとして背が高かった。

「お腰の物をお預かりします。お酒にしますか？」

お理緒が、両袖に二刀をいただきながら訊いた。

「頼む」

市兵衛が若い者に言った。

「へい。ただ今お持ちしやす」

若い者が去ると、お理緒は市兵衛を部屋に導き入れた。

部屋の半分に布団がのべられ、枕屏風がたててあった。連子格子の窓のそばに、丸鏡の鏡台と煙草盆《たばこぼん》があった。壁に男物の肌着が衣紋《えもん》かけにかけられている。

「おつとめを、いただかして……」

向き合って坐り、決まり悪そうにお理緒が市兵衛の手に触れて言った。

お理緒の指は、冷たかった。

市兵衛は財布から金を出し、お理緒が童女のように両手をそろえて差し出した、指の長い白い掌に載せた。

「その窓から、お侍さんが木戸から入ってくるのをお見かけしました。今日、最初のお客さんになるような気がしていたんですよ。なぜかしら。初めてなのに、お客さんは違って見えました」

「お理緒さんの評判を聞いたんです。評判以上だ」

「まあ、お客さんが女郎にお愛想を言うなんて、変じゃありませんか」

お理緒が寂しげに見える笑みを、昼下がりの明るい窓へそらした。なめらかな肌が、外の明るみに艶《つや》やかに映えた。

若い者が廊下を軋ませ、銚子《ちょうし》を二本に膾《なます》と煮つけの皿と汁の椀《わん》を載せた膳を運んできた。

「どうぞ」

膳を挟んでお理緒が、銚子を差した。さっき、市兵衛の手に触れた冷たい指が、鉄絵の銚子に絡んでいた。

盃に受け、ゆっくりと呑んだ。

「お客さんは、どこぞのご家中の方ですか」

お理緒は、笑みを絶やさずに言った。この刻限に岡場所へ遊びにくる侍は、大名屋敷の勤番侍が多いのだろう。浪人の多くは貧しく、岡場所ですら遊べない。

「浪人者です。渡り奉公で、暮らしの方便《たつき》を得ています」

「渡り奉公とは、どのようなご奉公なのです？」

「渡りの用人奉公です」

「用人？　お武家屋敷のお台所勘定を差配する、あの用人務めなのですか」

市兵衛は頷き、盃を乾《ほ》した。

「お侍さん、算盤《そろばん》がおできになるのですね」

陰のある笑みをかえし、また銚子を傾けた。

「武家の暮らしを、ご存じのようだ。藤田屋のお理緒さんは、元はお武家らしいと噂を聞きました。本当なのですね」

市兵衛は笑った。

お理緒は笑みを仕舞った。それは、触れられたくないふうにも見えた。だが、父親の仇を追う、武家の女の性根は捨てられないらしい。

続けてつごうとするお理緒を、「いや」と制し、市兵衛は盃を膳においた。

「ですが、渡りの用人の奉公先は多くはありません。商家の元手代や、どこそこの大店に奉公していた、という来歴のある方が重宝され、わたしのような浪人者には、なかなか奉公先が見つからないのです。二本を差して生きるのが、むずかしい世になりました。むずかしいなら、刀など捨てて仕舞えばいいのですが、容易には決心がつきません。わが心に染みついた性根が、それを許さないのです」

お理緒は、鉄絵の銚子を胸の前に提げたまま、首をかしげていた。

「よって、頼まれれば、やりたくない仕事も引き受けねばなりません。仕事があるだけでも、ましなのです。請け人宿の仲介により一季や半季、ときにはもっと短い、日《ひ》傭《よう》とりと変わらぬ仕事も請けます。また、用心棒稼業のような勤めにも就いたことがあります」

「用心棒稼業とは、刀を使う剣呑《けんのん》な、身をあやうくするお勤めなのでしょう？　お侍さんは、腕に覚えがあるのですか」

「若いころ、強くなろうと、多少は剣術の稽古《けいこ》をしました。身をあやうくする、そういう場合も、むろんあります」

不意に妙なことを話し出した市兵衛を、お理緒は見つめている。

「わたしが世話になっている請け人宿は、神田三河町の宰領屋と言います。主人の名は矢藤太。ご存じですね」

あら——と、そこでやっと気づいたふうな声をもらした。

「宰領屋の矢藤太さんより、仇討ちの助っ人役の仲介がありました。お理緒さんは、父親の仇を追っている身なのですね。お理緒さんの国は下伊那。父親の仇と追う医師の柳井宗秀先生は、下伊那の人です」

お理緒は目を伏せ、唇を嚙《か》み締めた。指を絡めた銚子が、かすかに震えた。

「誤解なきように。わたしは、宰領屋の仲介を請けてきたのではありません。お理緒さんの仇討ちの助っ人は、わたしにはできないのです。今日は、御旅で評判の高いお理緒さんが目あてで、藤田屋に上がりました。ですから、客としてすごすつもりです」

目を伏せた白い額が、こくり、とゆれた。

市兵衛は、枕屛風が枕元を囲う鏡布団を見やった。

「しかし、目あてはもうひとつあります。お理緒さんに訊《たず》ねたい。じつは、柳井宗秀先生は、わが仲間、わが友なのです」

お理緒は目を上げず、何もこたえなかった。

「およそ二十年前、大坂で親しき交わりを結びました。宗秀先生は長崎で医術を学ばれ、大坂の高名な蘭医の下で医業の実地を修業なさっておられた。そのころは、菅沼宗秀というお名前でした。わたしは、大坂の商家に寄寓《きぐう》し、算盤を習い、商いを学んでいました。宗秀先生は、優秀で心が寛《ひろ》く、長崎で学んだ医術を多くの人々のために役だてたいと、心から願い、そのためにのみ医師を目指してこられた方です」

往来がにぎやかになっていた。客引きが、嫖客にかける声が続いている。

「数年がたち、先生は下伊那に戻られました。いつかまた会う日があるだろう、おのれの望む道を歩め、と笑って大坂を去っていかれました。それから長い年月、先生と会う機会はなかった。わたしの故郷は江戸です。十数年がたって江戸に戻ったとき、なんと、宗秀先生が江戸で診療所を開き、町医者になっておられた」

若い者が客を案内して二階へ上がってくる足音や、廊下の軋みや、男女のあけすけにじゃれ合う声が聞こえた。

「驚きましたが、嬉《うれ》しかった。宗秀先生は、大坂にいた若いころと少しも変わっていなかった。医者を必要としている江戸の人々のために、懸命につくしておられたし、今もそうです。先生はわたしにとって、師と仰ぐ方でもあるのです」

「お客さん、わたしに何をお訊きになりたいのですか」

ふっ、と顔を上げて、お理緒が言いかえした。仇討ちとは無縁の、憎しみや怒り、人を恨むことのない穏《おだ》やかな顔つきに見えた。

「お理緒さんの父上を亡き者にしたのは、本当に宗秀先生なのですか。それは、確かなのですか。先生は以前わたしに、人と刃を交わすために刀を抜いたことがない、と仰っていた。下伊那に戻った先生が、なぜ江戸の町医者になっていたのか、先生は、いろいろあってな、と仰るばかりなので、事情は知りません。ですがわたしは、先生の言葉を疑ったことはない。先生を知れば、それがわかるからです」

お理緒は、長い指に絡めた銚子を、「どうぞ」と、また市兵衛に差した。市兵衛は束の間、お理緒を見つめ、やおら盃をとった。

ひと口だけ舐《な》めて、膳に戻した。そして、

「お理緒さんの仇討ちを、先生に話しました。仇と狙われているからといって、先生は逃げたりはなさいません。先生を頼っている多くの患者がいるのです」

と言うと、お理緒は平静な様子を保ってまた連子格子の窓へ顔を向けた。

「親の仇というのは、誤解だと、間違いだと、仰っていました。ですが、親の仇と狙っているなら狙わせておけ、とも。先生がそのような言い方をなさるのは意外でした。お理緒さんが御旅の勤めをしていることを知り、ひどく気にかけておられた様子でしたし、口には出されませんが、なぜか怒っていらっしゃるように見えました。昔、下伊那で先生に何があったのか、気にかかります」

「お友だちの先生にではなく、わたしにお訊ねなのですね。下伊那で何があったか……」

お理緒は、少し皮肉めいた言い方をした。

「下伊那の保利家から、仇討ちの免許状は出されているのですか」

それには、こたえなかった。

免許状のない仇討ちは、私闘とみなされる場合がある。罰せられることもある。複雑なのだ、と宗秀は言った。免許状のない仇討ちならば、お理緒自身も複雑な事情を抱えているのかもしれなかった。

窓へ向けたお理緒の顔に光が降りそそぎ、肌理細《きめこま》やかな肌が映えた。

「おそらく先生は、お理緒さんが仇討ちに現われても、患者がいる、診療が終わるまで待て、と仰るでしょう。誤解や間違いで、そのような先生を討つことは、討たれる先生も討つお理緒さんも、無念ではありませんか。そのために費やした歳月が、あまりにも虚《むな》しいではありませんか」

するとお理緒は、市兵衛へ見かえった。

「お客さん、お名前を教えていただけませんか」

「唐木市兵衛と言います」

「唐木市兵衛さん？　唐木さんは菅沼さんを、いえ、宗秀先生を心から信じていらっしゃるんですね」

「友として、わたしにできることがあるのではないか。そう思っています」

「父が斬《き》られたところを、知っている人がいるのです。その人が教えてくれました。宗秀先生が父を斬ったと。仇討ちの免許状はありません。なぜなら、わが赤木家は改易《かいえき》になっているからです。けれどもわたしは、幼い弟の手を引いて仇討ちの旅に出たのです。仇討ちを果たしても、わたしと弟に、帰る国はありません」

長い指の中で、鉄絵の銚子が震えている。

赤木家、というのか。では、この女は赤木家の理緒……市兵衛は知った。

「でも、仕方がないではありませんか。武家に生まれたのですから。父の仇討ちをなしとげ、わたしも弟も、生き長らえるつもりはありません。そのために与えられた命と、覚悟はできています。菅沼宗秀先生を、恨んではいません。憎んでもいません。若くしてお家の典医にのぼられ、みなが宗秀先生を敬《うやま》っていました。けれど今は、宗秀先生を討たねばならないのです。それが武家に生まれた者の、意地なのです」

「意地のために、ですか」

「意地がなければ、刀を捨てることもむずかしくはないでしょう？　唐木さん、誤解や間違いでなければ、仇討ちの助っ人を、お頼みできるのですか」

戯れに言うのか、本心なのか、わからなかった。市兵衛は黙っていた。遊里に身を売って、命すら顧みず父の仇を追う志が凄《すさ》まじく、そして哀れだった。

ふっ、とお理緒は艶めいた笑みを投げた。

「お客さん、ときに限りがありますよ」

そう言って、銚子を差した。

往来で聞こえる客引きの声に、どこかで鳴らし始めた三味線と太鼓の音がまじった。

六

昼の八ツ（午後二時頃）をすぎた。厳しい日照りが、御旅の往来に陽炎《かげろう》を燃えたたせている。

昼下がりの暑さのせいで、昼を廻ったころは増えていた昼見世の客足が、ぱったりと途絶えた。店先の客引きも、

「こう暑くっちゃ、堪《たま》らねえぜ」

と、表の軒下の日陰に隠れ、坐りこんでうたた寝をする姿も見えた。

木戸門を通って、女郎屋の並ぶ御旅の往来の突きあたり。《泉《いずみ》や》と記した柱行灯を掲げた表口わきの張見世の格子戸ごしに、けばけばしい装いの女らが、白粉《おしろい》をべったりと刷《は》いた首筋を団扇であおぐ姿も、暑そうだった。

往来を泉やに突きあたり、御旅の裏木戸のある方へ折れた次の曲がり角の、天水桶《てんすいおけ》を備えたそばに、四人の男がたむろしていた。

四人は日陰になった板壁に凭れて、そのうちのひとりが曲がり角から顔をのぞかせ、泉やの表口の方を見張っていた。

泉やの二階で景気よく鳴っていた三味線と太鼓の賑《にぎ》わいが消えて、半刻がたってい
た。暑いし、喉は渇くしで、四人は待ちくたびれていた。

「兄さん、やつら、まだかな」

まだとわかっていて、太吉が隣の杉作に溜息《ためいき》まじりに言った。

「もうちょっとの我慢だ。くそ、待たせやがって。もう手加減してやらねえぞ」

得物の木刀で地面を、苛だたしげに突いた。

「やつら、刀を下げてるんだぜ。こんなんで、やれるかな」

太吉は、竹竿《たけざお》を半分にきった得物を手にしていた。

「大丈夫だ。遠地も塚石もまともな侍じゃねえ。四人でかかりゃあ、負けやしねえ。

おもいきりぶちのめしてやるさ。良一郎、やつらまだ出てきそうにねえか」

杉作が、曲がり角から顔をのぞかせている良一郎の背中を指先で突いた。

ふりかえった良一郎の顔は、暑さばかりではなく、気を張りつめさせているために
ひどく汗ばんでいた。

「まま、まだだ」

息も荒くなっていた。良一郎の得物は、太吉の竹竿の残りの半分である。

「良一郎、顔色が悪いぜ。怖気《おじけ》づいたか」

「平気だ。やってやるさ」

　良一郎は得物をにぎり締めた。

「その意気だ。おれの指図どおりにすりゃあ、ま、間違いねえ。おれたち三人で遠地を痛めつける。賢右衛門さんは、塚石を頼みやすぜ」

　と、四人目の賢右衛門に言った。賢右衛門は、垢染《あかじ》みた鼠色の帷子とぼろきれのような茶の半袴に、二本を無骨な閂《かんぬき》差しに差していた。

「任せろ」

　賢右衛門は言ったが、月代が薄くのびて無精髭の生えた顔色は、青ざめていた。

「けど、疵つけるのはいいが、殺しちゃあいけやせんぜ。賢右衛門さん、かっとなって無茶をしないでくだせえよ」

「わかってる。無茶はしない。しつこく言うな」

　賢右衛門の肩が上下にゆれていた。そのとき、

「出てきた」

　と、良一郎が言った。良一郎の背中へ、三人がざわざわと寄った。

「おれの合図で、いっせいに襲いかかれ。ためらうんじゃねえぞ」

　杉作が木刀を肩に担いで言った。

「くる……」

良一郎が身体を戻し、板壁に背中をつけて唇を嚙み締めた。冷や汗が額から垂れて、目に染みた。震えが止まらなかった。ほかの三人も壁に背をつけてぴたりと横並びになり、荒い呼吸を繰りかえした。

白い道を、日照りがじりじりと焼いている。

ほどなく、男らの喚《わめ》くような話し声が近づいてきた。

あけすけな笑い声が、耳障りだった。

月代がのび、帷子をだらしなく着流しただけに大刀を落とし差しにした遠地と塚石が、角を曲がってきた。道の先に御旅の裏木戸があり、木戸の向こうは、通りを隔てて御旅町の水茶屋の板塀がつらなっている。

遠地と塚石は、天水桶のある角を曲がってすぐに、壁に沿って横並びになっている妙な恰好の四人を見つけて、なんだ？　という顔つきを向けた。

四人は動かなかった。杉作が合図を出さないからである。杉作は声を出そうとしたが、声が出なかった。

遠地と塚石は顔を見合わせ、せせら笑った。

途端、先に奇声を発したのは賢右衛門だった。賢右衛門は抜刀しながら飛び出し、遠地に斬りかかった。賢右衛門に、遠地と塚石の区別はつかなかった。

遠地はいきなり、薄汚い若い侍に斬りかかられ、「わあっ」と飛び退《の》いた。だが、切先をかわしきれなかった。右の腕を浅く斬られ、

「ひいっ。やられたあっ」

と、叫んだ。

「狼藉《ろうぜき》、狼藉、誰かきてくれえ……」

喚きながら泉やの方へ逃げ戻っていく遠地を、賢右衛門が無我夢中で追いかけた。

遠地は斬られた腕を押さえて抜刀し、泉やの表口の前で、ふり向き様、追いすがる賢右衛門の打ち落としを、かあん、とかろうじて払った。

それがきっかけになって、杉作は合図も何も考えず、塚石へ木刀をふり廻して突っこんでいった。良一郎と太吉は一瞬遅れて、喚声を上げ続いた。

塚石は、遠地が斬りかかられたすぐあとに自分へ襲いかかる男らから、慌てふためいて逃げた。曲がり角を遠地とは反対方向へ曲がった。

これも助けを呼びながら走ったが、そちらの道は板塀のいき止まりだった。

塚石は逃げながら、すぐ後ろに木刀をかざして迫る杉作へ顔を向け、「やめろ」「やめてくれ」と叫んだ。

道は岡場所を囲う板塀に突きあたり、左手が建物の土塀、右手が《児玉屋《こだま》》という見世表だった。児玉屋には格子窓の張見世はあるが、女が表口に立って客を引いていた。

逃げつつも刀を抜いた塚石は、大声を上げて児玉屋の前まで逃げた。いき止まりに気づくと、咄嗟《とっさ》に児玉屋の表土間へ走りこんだ。すかさず、杉作、良一郎、太吉の三人が追いかけて飛びこんだから、児玉屋の表土間は大騒ぎになった。

客引きや張見世の女らが悲鳴を上げて逃げ惑い、四人の男らが罵声《ばせい》を投げ合い、刀と木刀や竹竿を叩き合い、打ち合った。

塚石は表土間へ走りこんだところで足をとられ、転倒した。

板敷の上がり端《ばな》にすがって起き上がった背中に、木刀を見舞われた。身を反《そ》らせてふりかえり、杉作の二打目を懸命になぎ払った。

しかしそこへ、左右から竹竿の乱打を浴びた。

三人ともどこかで見かけた顔だった。

刀をふり廻し何合かは防いだものの、木刀をしたたかに受け、堪えきれずに板敷を転がって逃げた。

「塚石、てめえ、借りた金をかえさねえで、無事ですむと思うな」

杉作が怒鳴り、木刀を続け様に打ち落とした。

塚石は悲鳴を上げて、身を守るばかりだった。落とした刀が、板敷をがらがらと転がった。二階からも内証の方からも人が集まり「やめて」「よさないか」と、乱闘を止めようとするが、若い男たちがめったやたらにふり廻す得物があぶなくて、近づけない。

「外へ引き出せ」

杉作が良一郎と太吉に命じた。二人は、塚石の足を片方ずつとって、板敷から土間へ引きずり落とし、さらに往来へ引きずり出した。

散々痛めつけられて、塚石はもう悲鳴さえ上げられず、ぐったりとしていた。その上から、木刀や竹竿の雨を降らせ、「金をかえせ」と喚き、蹴《け》りつけた。

良一郎と太吉の竹竿は、激しく叩きすぎてばらばらに割れていた。

「兄さん、これ以上やったら死んじまうよ」

良一郎が心配になった。

「こ、これくらいでいいんじゃねえか」

太吉も、周りを囲む人だかりに戸惑い始めていた。しかし、気を昂《たか》ぶらせた杉作は、

「まだだ。こいつら、こんなもんじゃ懲《こ》りねえ」

と、収まる気配を見せなかった。

するとそこへ、泉やの方から、表木戸の番小屋の屈強な男らが、「いたぞ」「あそこだ」と、地響きを鳴らし、白い土埃を巻き上げて駆けてくるのが見えた。

かあん、と賢右衛門の一撃を払うと、遠地は泉やの前から往来を折れ、表木戸の方へ逃げていった。

賢右衛門は遠地など知らぬ男なのに、わけのわからぬ怒りに捉《とら》えられていた。

斬る、というその一念しかなかった。

逃げる遠地と追う賢右衛門の叫び声が、日盛りの下の往来に交錯した。

二階家の格子窓から人が顔を出し、見世からも表に人が出てきた。客引きの男らが、啞然《あぜん》として二人を見つめている。

「たあ」

賢右衛門の甲高いひと声がこだまし、遠地は背中に浅く袈裟懸《けさがけ》を受けた。

「あいたたた……」

身をよじらせ、遠地は横転した。それでも賢右衛門の方へふりかえり、あがいて後退りながら、片手で刀を必死にかざした。

「なんだ、おぬし。なんの遺恨《いこん》だ。金目あてか」

と、喚いた。賢右衛門にかえす言葉はなかった。ただ、怒りに青ざめた顔を歪めた。上段にとり、大股《おおまた》に踏みこんだ。

そのときだった。賢右衛門と遠地の間に、人が立ちふさがった。

「やめなさい、賢右衛門」

お理緒が賢右衛門を睨んでいた。

あ、と賢右衛門は上段のかまえのまま、動けなくなった。

「馬鹿っ。何をしているの。無頼漢みたいに喚いたり刀をふり廻したり、それが侍のすることとですか。恥を知りなさい。大事を、なすべきことを、忘れたのですか」

お理緒が激しくなじった。賢右衛門は怒りに任せて奇声を上げた。だが、動くことができず、上段の刀をぶるぶると震わせた。

「刀を下ろしなさい」

お理緒が両手を広げた。

その隙に、遠地は野次馬をかき分け、表木戸から走り去っていった。そこでようやく賢右衛門はわれにかえり、力が抜けた。荒い息をついているところへ、番小屋の険しい顔つきの男らが四方から飛びかかった。

岡場所の気の荒い男らである。寄ってたかって、賢右衛門を地面へ押しひしいだ。

「この野郎。騒がせやがって」

と、上から殴りつけられた。

賢右衛門は声も出さず、身をかばいもせず、殴られるままになった。身体を引き起こされて拳《こぶし》を腹や顔面に浴び、また転がると、容赦ない足蹴が飛んできた。

「やめて。乱暴はしないで……」

お理緒が賢右衛門の上に覆いかぶさり、賢右衛門をかばった。

「どけ。女の出る幕じゃねえ。さがってろ」

男のひとりがお理緒の後ろ襟をつかみ、後ろへ引き倒した。

「姉さんっ」

賢右衛門が叫んだ。

「ああ？　なんだ、姉弟けえ。なら、よけい許せねえ」

と、身を起こしかけた賢右衛門を蹴り倒した。なおも蹴ろうとする男の足に、お理緒がすがりついた。

「お願いです。堪忍してください。堪忍してやって」

「放せ、放しやがれ」

お理緒の痩せた身体を男が引きずり、乱れた島田を鷲《わし》づかんだ。

市兵衛が、男のその手首をにぎった。

「待て。女に手荒なふる舞いをするな」

と、手首をきりきりと締め上げた。

「ああ？　あたたた……」

男はお理緒の島田を放し、顔をしかめた。

手首をひねると、男は身体をよじらせ、「馬鹿たれが」と、片方の拳を市兵衛へ見舞った。がつん、と市兵衛の顔面に拳が鳴った。

お理緒がその音に、はっ、と驚いて見上げた。

お客さん――と、言った。

顔を抉《えぐ》られたが、すぐに元に戻し、市兵衛は男を見据えた。

「それでよかろう。その者はもう大人しくなっている。乱暴はやめろ」

「くわあ、この野郎、岡場所のしきたりに口出すな」

再び拳が飛んできたが、それが届く前に、男は腕をねじられひねり倒された。

「てめえっ」

と、別の男らが躍りかかった。

正面のひとりを払い腰で投げ捨て、続いて蹴りを入れたもうひとりの踵《かかと》を、掌で素早く撥《は》ね上げた。勢いあまった男は宙を蹴り上げ、とんぼがえりを打つみたいに地面に叩きつけられた。

わずかに遅れた三人目の拳と市兵衛の掌底《しょうてい》が、相打ちになった。拳が乱れて市兵衛の首筋にあたった途端、男の首ががくりと折れ、腰から仰《あお》のけにくずれていった。

一瞬のことだった。残りの男らは「ああ?」と怯《ひる》みを見せた。市兵衛を険しい目つきでとり囲んだが、襲いかかってはこなかった。そのとき、

「静まれ、静まれ。てめえら、往来で商売の邪魔だ。いい加減にしねえか」

と、紗《しゃ》の羽織を着けた恰幅《かっぷく》のいい男が、手下を数人従え、人ごみをわけて現われた。

「あ、岸治郎《がんじろう》親分……」

市兵衛をとり囲んだ男らが、「旦那」「親分」と、岸治郎へ腰を折った。途端に、男らの険しさが消えた。

「てめえら、昼見世の稼ぎどきにほたえるんじゃねえ。お客の迷惑になるだろう。こいつらを起こせ」

岸治郎は倒れたり坐りこんだりしている男らを指して言い、お理緒、賢右衛門、それから市兵衛の順に見廻した。

「お客さん、とんだお騒がせをいたしやした。あっしは御旅を預かる店頭《たながしら》の岸治郎と申しやす。ここは任せて、どうぞ、見世へお戻りくだせえ」

するとお理緒が、ぐったりと倒れて動かない賢右衛門にすがり、

「賢右衛門、気を確かに。賢右衛門、目を開けて……」

と、懸命に呼びかけた。

七

渋井と助弥が表木戸をくぐったとき、御旅はすでに宵の薄暗がりの中にあった。

見世の表に柱行灯や軒行灯が灯され、張見世の格子ごしの明かりが、吉原《よしわら》を真似《まね》た見世すががきの音にまじって往来にこぼれていた。

日が暮れて客足が急に増え、人のざわめきと客引きの呼び声や女の嬌声で往来は昼間とは打って変わったにぎわいだった。

軒に見番と記した提灯《ちょうちん》を下げた店の腰高障子を、渋井は両開きに開けた。

広い前土間続きに板敷があって、板敷を隔てた引き違いの障子戸の部屋に五、六人の若い衆が、寝転んだり車座になって寛《くつろ》いでいた。

土間に入ってきた渋井と助弥を、男らがいっせいに見かえった。

ひとりの若い衆が素早く身を起こし、板敷の上がり端に出てきて手をついた。

「お役人さま、わざわざのお越し、ご苦労さまでございやす。町内の店頭を務めやす岸治郎の、手の者でございやす。ご用件をおうかがい、いたしやす」

絽《ろ》の黒羽織を巻き羽織にして、下に白衣を着流す拵えが町方同心の定服というのは、誰もが知っている。独鈷《とっこ》の博多《はかた》帯に、二刀と朱房の十手が挟んである。

「岸治郎親分はいるかい。ちょいと呼んでくれ」

「へえ、岸治郎親分でやすね。畏《おそ》れ入りやすが、お名前をお聞かせ願いやす」

「こちらは、北町奉行所・定町廻り方の渋井の旦那だ」

背の高い助弥が、後ろから若い衆に言った。

「役目できたんじゃねえんだ。岸治郎親分から知らせをもらった。身寄りの者が、こちらの世話になっていると聞いた。それで引きとりにきたわけさ」

「お役人さまの身寄りの方が？　と言いやすと、良一郎さんのことで……」

「そういうことだ。若い衆、と言ってもまだ十五の餓鬼だが、今日の昼間、町内で騒動を起こして、だいぶ迷惑をかけたらしいな。良一郎はおれの身寄りの者だ。親分に、とり次いでもらえるかい」

「少々お待ちを」

男が部屋へ戻り、ほかの男らに小声で話しかけた。部屋の男らが少しざわついた。渋井と助弥の方を、ちらちらと見た。男が頷いて、再び板敷に出てくるのに合わせて、別の男が奥へ消えた。

「ただ今、親分を呼んでまいりやす。どうぞ、お上がりなすって」

「いや、良一郎のところへ案内してくれ。手っとり早くすませてえんだ」

「そう言われやしても、あっしでは。親分のお許しがありやせんと……」

「そうかい。そりゃあまあ、そうだ。仕方がねえ。ここで待たせてもらうぜ」

腰の刀をはずし、上がり端に軽々と腰かけた。

ほどなく、紗の羽織の恰幅のいい岸治郎が、手下らを引き連れ、奥から現われた。

岸治郎は渋井の傍らに手をつき、言った。

「渋井さま、お初にお目にかかりやす。てまえが岸治郎でございやす。北町奉行所の渋井さまのお噂は、かねがね、うかがっておりやした」

「そうかい。かねがね噂をね。どうせ、ろくな噂じゃねえだろうが、まあ、そんなことは今はいいんだ。ともかく、良一郎に会わせてもらいてえ。別に、障りがあるわけじゃあ、ねえんだろう」

「いえ。障りは何もございやせん。ところで、良一郎さんから、渋井さまはお身寄りとうかがっておりやす。どういうお身寄りなのか、お聞かせ願えやせんか」

「うん、どういう？　そうだな、じつは、恥ずかしながら、良一郎はおれの倅なんだ。と言っても、ちびのときに、別れた女房に引きとられて、今は女房が再縁した家の倅なんだがな。おれと別れた女房の間にできた倅には、違いねえ。だから、放っとくわけにはいかねえのさ。わかってくれるかい」

「はあはあ、なるほど。さようでございやしたか。そりゃあ、親としちゃあ、放ってはおけやせんやね。ですが、渋井さま、お呼びたていたしやしたのは……」

と岸治郎は、良一郎が昼間起こした騒ぎの経緯を話し始めた。渋井は聞きたくはなかったが、上がり端にかけたまま、聞かざるを得なかった。

「見世の中で暴れて損害をかけられた見世の弁償については、渋井さまのお身寄りでもありやすので、あっしの方から話をつけやす。ただし、良一郎さんらを若い衆がとり押さえるとき、暴れなすって手こずらされた。うちの若い衆らも血の気が多く、だいぶ手荒くあつかったようで、そこんとこは、承知しておいてくだせえ」

「手荒くか。ひどく、痛めつけられたのかい」

「あっしに言わせりゃあ、岡場所で昼間っから徒党を組んで暴れ、見世にも損害をかけておいて、あれぐらいですんだならましな方だと、思いやすがね」

「そうかい、わかった。てめえらでまいた種だ。しょうがねえ。とにかく、良一郎に会わせてくれ」

渋井は腰を上げ、刀をきゅっと佩《お》びた。

「よし、おめえ、渋井さまを案内して差し上げろ」

岸治郎は若い衆に命じた。

渋井と助弥は、前土間から勝手の土間を抜け、勝手口を出た裏庭に案内された。

板塀に囲われた殺風景な裏庭に、井戸があった。格子の小窓と腰高障子を開けたままの勝手口から、狭い庭の井戸のあたりへ勝手の薄明かりがこぼれていた。

そして、その井戸端に市兵衛が佇《たたず》んでいたから、渋井と助弥は驚いた。

「ああ？　市兵衛じゃねえか」

「市兵衛さん、何やってんです？」

「なんで市兵衛がここにいるんだい」

渋井と助弥が、訝《いぶか》しんで交互に言った。

「お待ちしていました、渋井さん」

市兵衛は腕組みをし、腰に差した刀の柄《つか》に菅笠をのどかにぶら下げていた。

「市兵衛にも、なんぞかかわりがあるのかい」

「あると言えばある。ないと言えばない。少々こみいっています」

「なんだい。どっかで聞いたような台詞《せりふ》だな」

すると、遅れて勝手口から出てきた岸治郎が、渋井に声をかけた。

「唐木さまが、渋井さまのお知り合いとうかがいやした。お知り合いに話していただければ、渋井さまにも事情がのみこみやすいだろうと思いやしたもので、お願《ねげ》えして、こちらでお待ちいただきやした」

岸治郎の手下らが、ひそひそと言い合っている。

「わかった、市兵衛。ここは御旅だ。お理緒に、会ったのか」

「はい。ですがそちらの事情はあとで。それより渋井さん……」

市兵衛が手をかざした。

目を転じると、勝手口そばの軒下に、荒縄で縛《いまし》められた四人の男が坐らされていた。

四人とも髷が乱れ、汗と血と土まみれになっていて、鼻血を出し、唇がきれ、まぶたが腫《は》れて目はふさがり、大芝居の藍《あい》や紅の隈《くま》どりのような痣《あざ》が、元の顔がわからないくらいできていた。着物も袖がとれたりして、砂埃で汚れている。

「おっと、こりゃあ……」

二の句がつげなかった。岸治郎へ一瞥を投げたが、白けた笑みを浮かべている。

どれが良一郎か、すぐにわかった。

良一郎は、赤黒く腫れて、目もふさがり歪んだ顔を、それでも決まり悪げに伏せていた。

渋井は、唇の血が乾いて、かさぶたになっていた。

「良一郎、おれだ。わかるか」

良一郎が顔をそむけるようにして頷いた。

指先を良一郎の顎にあて、顔を持ち上げた。乱れた髷が頭の片側にぶら下がっている。

「ずいぶん痛めつけられたな。おっ母さんが見たら、腰を抜かすぜ。ほかにやられたところは、あるのかい」

良一郎は、渋井と目を合わさず、顔を小さく左右にふった。

市兵衛が、渋井と並んでかがんだ。

「驚きました。良一郎さんが、渋井さんの倅だったなんて。ひどく痛めつけられて、我慢できず、渋井さんの名を出した感じでした」

「この四人で暴れたのかい」

「状況は、そのようです」

「親分、こいつらの縄をとくぜ」

渋井がふり向いて言い、岸治郎が「どうぞ」とこたえた。

市兵衛と渋井、助弥で、四人の荒縄をといていった。

「渋井さんは、倅がいると話してはくれませんでしたからね」

「おれも市兵衛や宗秀先生と同じさ。自分のことを人に話すのは、気恥ずかしいじゃねえか。自慢にできる事情じゃねえし。別れた女房と良一郎を知っているのは、助弥だけさ。女房はずっと前に再縁して、良一郎は今は再縁先の倅だ」

「そうでしたか」

「よし、良一郎、立てるか。おめえらはどうだ」

良一郎に続いて、杉作と太吉がゆっくりと立ち上がった。

賢右衛門の前に、岸治郎の手下が二刀をがしゃりと投げ捨てた。賢右衛門が刀を杖《つえ》にして、遅れて立ち上がるのを、良一郎が「賢右衛門さん、歩けるかい」と、助けた。

「ありがとう。平気だ」

賢右衛門の腫れた顔が、良一郎へ笑ったように歪んだ。

「あんた、賢右衛門ってえのかい。浪人さんかい」

渋井が訊いたが、賢右衛門は俯いてこたえず、黒塗り鞘《ざや》の二刀を腰に佩びた。

「まだ若そうだな。歳は幾つだ。国は……」

渋井に市兵衛が耳打ちをした。

「渋井さん、賢右衛門は理緒の弟です」

「弟？　そうなのか。するってえと、宗秀先生の仇討ちは、姉と弟の二人なのかい」

「助っ人を頼むくらいですから、ほかに人はいないと思われます。おそらく、姉と弟の二人なのでしょう。理緒と賢右衛門です」

「本気で、仇討ちをする気かい」

「理緒の決意は、固そうでした」

ふうむ、と渋井がうなった。

賢右衛門は、腫れた顔を汚れた手拭《てぬぐい》で頬《ほお》かぶりにして隠した。それでも、市兵衛と渋井の耳打ちが気になるふうに、頬かぶりをちらと向けた。

「おめえら、腹がへっているんだろう。飯を食わしてやる。親分、こいつらをもらっていくぜ。あとは、よろしくな」

「渋井さまにお任せいたしやす。今後とも、お手やわらかに」

「ふん、それはこっちの台詞だ。こいつらも、いい修業になったろう」

「あ、渋井さま。往来は客や女子衆《おなご》で賑わっておりやす。その顔で四人にぞろぞろと往来をいかれやすと、客と女が驚きやす。裏手からお引きとり願えやす」

岸治郎が追いたてるように言った。

渋井と市兵衛、助弥のあとから、四人が片開きの狭い木戸をくぐり、御旅を囲う板塀の外へ出た。夜の帳《とばり》がおりた小路に、御旅の往来の賑わいがもの寂しく流れていた。

小路を御旅町の方へいきかけたとき、賢右衛門が言った。

「わたしは、ここで……」

「賢右衛門さん、一緒にいこうよ。腹がへっているだろう。昼から何も食っていねえじゃねえか」

良一郎が言った。

「いや。いくところがある。世話になりました。礼を言います」

渋井の方へ一礼して踵をかえし、足を引きずりながら暗い道に消えていった。

杉作、太吉、良一郎の三人が、賢右衛門の消えた暗がりを見つめた。

「賢右衛門さん、すまなかったね」

良一郎が暗がりへ声を投げた。

渋井が小路をいき始めて、市兵衛に言った。

「姉は女郎、弟は岡場所で喧嘩騒ぎか。姉と弟は、だいぶわけありだな。ところで、どうだったんだい、お理緒は」

「何がですか？」

「上がったんだろう。お理緒の客に」

「客にならなければ、お理緒と会えませんから」

「客は客だ。評判どおり、お理緒はもちもち肌の、情の細やかな女だったかい」

「さあ。それは、いずれまた」

市兵衛は夜道にこたえた。

およそ半刻後、賢右衛門は藤田屋の二階の、お理緒の部屋に上がっていた。

お理緒は身上がりをして、疵ついた弟を部屋に入れ、疵の介抱をした。膳の支度を頼んで、弟に飯を食わせた。

藤田屋は客足が絶えず、戯れ合う男と女の声もつきなかった。

膳は、ぼらとささがき大根、たで、みょうがの膾《なます》、かんぴょう、山の芋、牛蒡《ごぼう》の煮つけ、さよりの蒲焼《かばや》き、焼きかまぼこ、こんにゃくの吸い物に香の物、それに冷めてはいるが白い飯だった。

賢右衛門は、腹を空かしていた。咀嚼《そしゃく》をするたびに殴られた顎や頬が痛んだが、若い身体に空腹は痛みよりも耐えがたかった。

それに、賢右衛門の今の暮らしには贅沢《ぜいたく》な、食い気をそそる膳だった。

「いいんですか、こんな贅沢を」

賢右衛門は、膳を挟んで見守るお理緒の顔を見上げることもできずに言った。

「いいから、ご飯のお替りをしなさい」

「わたしがここに上がると、玉代を姉さんが出すのでしょう」

「あなたが心配することではありません。今晩はここで休んでいっても、いいのですよ」

「これをいただいたら、帰ります」

「そう？　もう馬鹿なことはしないで、身体をいたわってね。大事の前なのですから」

「大事？　何が大事なのですか」

箸を止めて、賢右衛門が言った。お理緒は眉をひそめ、

「何を言っているの。わたしたちの大事と言えば、ひとつしかありません」

と、賢右衛門を見据えた。

しかし賢右衛門は、腫れた唇を結び、お理緒の眼差しをそらしている。

「賢右衛門、わが赤木家は下伊那の由緒ある侍の家なのですよ。武門の意義をたてるために旅に出たのです。それ以外に、わたしたちに大事はありません。下伊那を出るとき、二人で誓ったでしょう」

「赤木家は、改易になってとっくにないではありませんか」

「またそれを言う。赤木家は改易になっても、わたしたちが赤木家の者であることに、変わりはないのです」

「下伊那を出たとき、わたしは子供だった。父上の仇を討つのは、赤木家に生まれた者として当然のふる舞いと思っていました。ですが、仇討ちの旅がどんなに苦しいことか、わかっていなかった。菅沼宗秀を追って旅を続けるうちに路銀は使い果たし、
三年前、江戸に出てきたとき、わたしたちは寝る場所も食べる物もなかった。だから

姉さんは、岡場所に身を売るしかなかったし、わたしは人足仕事でただ生き長らえた」

お理緒の目が赤く潤んだ。

「そんなことまでしてたてる武門の意義とは、なんですか。父上の仇を討って、そのあとはどうするのですか。姉さんは、相変わらず岡場所で客と戯れ、生きるのですか。歳をとって岡場所で働けなくなったら、ばばあの夜鷹《よたか》になって客をとるのですか」

賢右衛門が顔を上げると、ひと筋の涙がお理緒の白い頰を伝った。

お理緒は、ほっそりとした首をかしげた。溜息をついた。

「ひどいことを言うのね。賢右衛門、身を捨てなければ、そのあとはないのです。自分を捨てて、そのために身を滅ぼしたとしても、それを潔く受け入れるのが侍です。わたしはそれを受け入れ、生きて、死のうと思っています」

「子供のころ、町の料理屋で芸者と戯れていた父上を見かけたことがあります。往来に聞こえるほど大きな笑い声をまき散らし、料理屋の二階の窓辺で、酔った父上がきゃあきゃあ騒ぐ芸者と戯れているのが見えました。きっと、昼間から商人の供応を受けていたのです。わたしは子供心にも、恥ずかしくてならなかった。姉さん、あのときの父上の戯れている姿と、この岡場所で姉さんを買う客と、何が違うのですか」

「仮に、父上が侍らしからぬふる舞いをしていたとしても、わたしたちまでが、そうであってはなりません。意地や志は、傍からは見えないのです。人にどう見えようと、どう思われようと、赤木家の者は侍の道をゆかねばなりません」

「わたしたちがやっと見つけた菅沼宗秀は、柳井宗秀と名を変えて、町医者になっていました。姉さん、知っていますか。噂では、柳井宗秀という町医者は、病に苦しむすべての人々のために分け隔てなく心をつくす、とても優れた医者らしいですね。宗秀は、下伊那でも典医としてみなに敬われていた」

お理緒の目に、かすかな困惑が浮かんでいた。

「このごろ思うのです。宗秀が父上を斬ったのは、そうしなければならないわけがあったのではないか。昼間から芸者と戯れていた父上と、みなに敬われていた医者の宗秀と、どちらが侍らしかったのか。宗秀を討てば、わたしたちの意義はたつのか、とです」

またきてね、約束よ、またな、と男と女の交わす声が、階段の方から聞こえた。往来はまだにぎわっている。

「昼間、わたしが痛めつけられるのを助けてくれた侍がいましたね。見た目は強そうには見えないけれど、とても強い侍でした。市兵衛と、呼ばれていました。あの人がわたしたちが解き放たれるまで、一緒にいてくれたお陰で、岸治郎の手下らは手が出せず、みな安心していられました。大らかで、軽々としていて、涼やかで、わたしにはどの侍より侍らしく見えました」

お理緒の顔つきに、ふ、と明るみが差した。

「あの人が、姉さんのことを知っていました。姉さんとわたしが、宗秀を仇と追っていることも、それから、宗秀のことも知っている様子でした。一体、どういう人なのですか。なぜ、あの人はわたしを助けてくれたのですか」

「たぶん、理由など、ないのです。わたしとあなたを哀れに思って、助けてくれたのでしょう。この勧めで、少し、蓄えができました。人を介して、仇討ちの助太刀を頼んだのです。わたしたちだけでは宗秀を討ちもらすかもしれない。たとえかえり討ちに遭っても一矢を報いねば。それが赤木家の者の面目です。意地です。そのために、助太刀を雇うことにしました。昼間、唐木市兵衛さんが、きたのです。でも……」

すると、お理緒の言葉をさえぎるように賢右衛門がうめいた。

「ああ、そうだったのか。馬鹿ばかしい。つまらないなあ」

賢右衛門は頭《こうべ》を垂れ、肩を震わせた。

「国を出て早や七年の月日がすぎ去りました。賢右衛門、今ここで諦めたら、わたしたちが堪えてきた辛酸と苦渋の日々が、すべて無駄になってしまうのですよ」

「……もういい。もういいじゃありませんか。わたしはこんな暮らしに疲れました。わたしは、姉さんほど強くないのです」

賢右衛門がにぎっていた箸を、膳の上にからんと投げ捨てた。箸が畳に転がった。

お理緒は唖然とし、それから悲しそうに唇を結んだ。

「帰ります」

賢右衛門は刀をつかみ、立ち上がった。痛む足を引きずり、軋みをたてる廊下に出た。

「賢右衛門、お待ちなさい」

止めたが、階段を鳴らし階下へ下りていった。

お理緒は、賢右衛門の捨てた箸を拾った。耐えがたい虚しさに、胸を締めつけられた。寂しく悲しかった。賢右衛門がいてくれたお陰で、寂しさにも悲しさにも耐えられた。

賢右衛門の心が離れていく。なんということだろう。

お理緒は、ひとりで忍び泣きに泣いた。

八

夕刻、その日の診療を終えた宗秀は、楓川《もみじ》の河岸場から船に乗った。

船は一旦《いったん》大川に出てさかのぼり、神田川《かんだ》へ入った。新シ橋の河岸場で船を下りた。

向柳原の通りに長屋門をかまえる下伊那領保利家上屋敷に着いたとき、あたりはもう宵闇《よいやみ》が迫っていた。

表門わきの小門から邸内に入り、黒川七郎右衛門の邸内屋敷の門をくぐった。若党に座敷へ通された。

一灯の行灯の下で黒川が床に横たわっていて、世話役の若党が宗秀に座を空けた。庭に面した明障子が風通しに少し開けられ、蚊遣《かや》りが焚《た》かれていた。日が暮れた庭は、夜の帳の中に消えかかっていた。

「宗秀、きてくれたか」

黒川は宗秀が着座すると、力のない声で言った。

「明日のつもりだったが、気になってな。どうだ、具合は」

「明け方まで、疵が痛んで眠れなかった。今朝、神保《じんぼ》がきて包帯をとり替えた。血は止まっていると言っていた。それから急に楽になって、先ほどまで知らなかった。気がついたら、夕方になっていた。もうすぐ、起きられそうな気がする」

神保とは、昨日いた剃髪の御医師である。

「そうか。それはよかった。だが無理はするな。疵を診てみよう」

世話役の若党が手伝い、疵を診て包帯をとり替えた。

「うまくいった。疵はふさがっている。今しばらく安静にしていれば、数日で起きられるようになるだろう」

「さすがは宗秀。おぬしを無理して呼んで、よかった」

「いや。わたしのできることなど、知れている。七郎右衛門の運がよかったのだ。疵がいま少し深いか、少しでも場所がずれていれば、臓腑が疵つき、手の施しようがなかった」

「運がよかったか。わたしなら、悪運だな」

「悪運で、いいではないか。悪運を利用して長生きし、七郎右衛門はまだまだ国のために働かねばならぬ身だ」

「ふむ。殿さまの御ため、お家のため、わが命を捧《ささ》げるつもりだ」

「民のためにもな。われらはそのために、仲間となった」

黒川は目を細め、吐息をついた。

「十数年ぶりに、宗秀と酒を酌《く》み交わしたいが、それはかなわぬ。夕餉《ゆうげ》の支度をさせる。ゆっくり寛いでいってくれ」

「その気持ちだけでよい。ゆきつけの呑み屋がある。親しい呑み仲間ができた。夜はしばしばそこですごしておる。貧乏暮らしに慣れると、呑み仲間とすごしておる方が、堅苦しい武家奉公より気楽でいい。今夜もそこへ寄る。二、三日してまたくる」

「すまぬ。おぬしには、申しわけないことになってしまった。おぬしひとりが、貧乏くじをひく顚末《てんまつ》になった」

「成りゆきだ。承知のうえでそうなった。七郎右衛門が気にする始末ではない」

「宗秀が国を追われなければ、保利家典医として、殿のおそばに仕えておったろうに。今や医師・菅沼宗秀の名は、伝説でしか残っておらぬ」

「出世がしたくて医者になったのではない。わたしは柳井村の紙漉《す》き業者の倅だ。医者になったのは、柳井村の人々のために役にたちたかったからだ。国は追われたが、今、江戸の町医者として多くの患者を抱えておる。わたしはそれで、満足だ」

「殿さまより、宗秀をねぎらうように、というお言葉をいただいておる。今はまだお目どおりはさせられぬが、いずれときをへて、殿さまは宗秀を再び保利家に迎えるお心づもりでおられる。そのときがくれば共に、殿さまの御ため、お家のために力をつくそうではないか」

「まことに畏れ多い。だが、七郎右衛門、わたしは武家奉公に戻る気はない。一介の紙漉き業者の倅が少々勉学ができたため、医者になる道が開かれた。多くの人の助力を得て医者になった。その恩を多くの人にかえさねばならぬ。それがわが定めだ。患者を残してはいかぬ。なぜなら、わが患者に武家も民もないのでな」

「しかし、定めがわかる者などおらぬ。人は変わる。世も変わる。おぬしだけが、深山の高僧のように変わらぬつもりか」

「違うぞ、七郎右衛門。塵界《じんかい》に埋もれることこそが、医者の務めだと言いたいのだ」

「ふふ……少しも変わらぬな。おぬしは昔からそういう男だった」

宗秀は、十数年前、黒川に向けたのと変わらぬ笑みをかえした。

「七郎右衛門、ひとつ、訊いてもいいか」

「ああ、いいとも。とても気分がよい。宗秀と話していると、若き日が甦《よみがえ》る」

宗秀は、控えている世話役の若党に言った。

「すぐ呼ぶ。少しだけはずしてくれるか」

「は、はい」

と、若党は戸惑った。

「よい。次の間に退がっておれ」

黒川は横たわったまま、若党に命じた。若党が次の間に出て、襖《ふすま》を静かに閉じた。

宗秀は黒川の方へ、上体をかたむけ、声を少し落とした。

「すまん。じつは、赤木家のことだ。覚えているな。御用紙の争いの折り、下伊那の勘定奉行を務めていた赤木軒春だ。赤木家にまつわる少し妙な話を聞いた。偶然、保利家上屋敷に呼ばれて、七郎右衛門の疵の手あてをした。たまたま保利家に、あるいは下伊那につながる二つの事柄に、かかわりができた」

黒川はまぶたを閉じ、薄らと笑みを浮かべ、静かに眠るように聞いている。

「七郎右衛門に、誰が、なんの遺恨があって刃傷《にんじよう》におよんだのか、襲ったのか、訊ねる気はない。保利家とも下伊那とも、とうに縁のきれたわたしが、今さら気にかけても仕方がない事情だからな。昨日、平山たちも曖昧にしていたし、この一件を口外せぬように、強く念を押された。そのためにわざわざ、わたしを呼んだと。近所に医学館があるというのにな。わたしは医者だ。患者の抱えておる事情を口外したりはせぬ。それは安心してよいぞ、七郎右衛門」

薄らと笑みを浮かべた相貌を、黒川は小さく頷かせた。

「ただ、思い出した。御用紙紛争が起こって家中が二派にわかれて争っていたとき、赤木軒春を斬るべしという声が、われらの間にあった。そうして、下伊那で打ち壊しが起こった夜、混乱のさ中、赤木軒春が斬られたことをだ。赤木斬るべし、の声があったわれらに疑いの目が向けられたが、あの打ち壊しの混乱にまぎれて誰が赤木を斬ったのか、結局はわからなかった。それは今も、わからぬままなのだな」

宗秀が訊くと、黒川はそれにも頷いてみせた。

「赤木軒春に、当時、十三、四歳になる理緒という娘がいた。まだ童女、と言っていい器量のいい娘だった。赤木と大百姓の森《もり》が結んで、紙問屋結成をお上に願い出たふる舞いにわれらは異議を唱えた。あの争いによって、わたしは実の父親を失い、故郷の下伊那を追われたが、赤木家に遺恨を抱いたことはない。むろん、軒春を斬ったのはわたしではないし、そもそも、人を斬るために刀を抜いたことがない」

黒川はまぶたを閉じ、じっとしている。

「その赤木家の理緒が江戸にいる、と聞かされたのだ。江戸見物ではない。理緒は今、一ッ目の八幡宮御旅所の岡場所で、女郎の身となっている。すでに二十七、八になっているだろう。下伊那で何があり、どのような経緯をへて岡場所に身を沈めたか、事情は知らぬ。ただ、あの赤木家の理緒が、と胸が痛むほど驚いた。だが、もっと驚いたのは理緒は父親・軒春の仇を追って江戸に出てきたらしく、その父親の仇というのが……」

「菅沼……宗秀か」

黒川が呟くように言った。

「知っていたのか」

沈黙があり、黒川は考えているふうに見えた。

「今わかったのだ。宗秀が保利家を去った翌年、赤木家は改易になった。御用紙の争いの一件で、御公儀より保利家に厳しいご沙汰《さた》がくだされることはわかっていた。下伊那の領地召し上げ、改易のご沙汰すらくだされる恐れがあった。お家は、争いの発端を作った赤木家を、御公儀の手前、厳しく断罪せざるを得なかった。やむを得ぬ処置だった。赤木家は禄を失い、士分の身分を失った」

「改易とは……そんなことは望んでいなかった。お家の政が改まればよかったのだ」

「様々な思わくが絡む。政はひととおりではすまぬ」

「それで?」

「それからしばらくして、赤木軒春を斬ったのは、菅沼宗秀だという噂が家中に広まったのだ。何があってそんな噂が流れたのかは、知らぬ。あの争いで宗秀が実の父親を失い、のみならず、お家を追われて下伊那を去ったことが、噂を生んだ原因かも知れぬ。だが、どうせ埒もない噂だ。われらは、歯牙《しが》にかけるにも足らぬと放っておいた。そのうち噂は消えるだろう、と思っていたからな」

「消えたのか」

「赤木軒春を誰が斬ったかなどと、今は誰も噂をしない。みな忘れている。わたしも、今言われるまで、忘れていた」

黒川は声もなく笑った。だがすぐに真顔になり、枕元の宗秀を見上げた。

「赤木家の残された者は、下伊那のあばら家同然の裏店に引きこもった。祖父母が相次いで亡くなり、赤木家改易の翌々年、母親まで天竜川《てんりゅう》に身を投げて亡くなったのだ。理緒と弟の賢右衛門の二人だけ残された。姉弟が下伊那から消えた噂を聞いたのは、母親が亡くなり、しばらくしてからだ。まさか、二人が仇を追って旅に出たとは思わなかった。失意と屈辱が、ただの噂の仇にすぎぬ宗秀に、激しい恨みを抱かせたのかも知れぬな」

「事情はわかった。そういうことなら、よかろう。放っておこう」

「放っておいて、いいのか」

「不幸は容赦なく襲いかかる。それも繰りかえし繰りかえし。気の毒とは思うし、気にはなる。と言って、わたしには、どうこうできる事態ではない。理緒が、父の仇、と現われれば、誤解だ、と説いて聞かす。問答無用とくるなら、そのときはそのときだ」

「岡場所に身を沈めても、なお父親の仇を追っているとは、その理緒という女、哀れだな」

宗秀は何も言わなかった。

人もひととおりではない。政も人も同じだ、と宗秀は思った。

邸内は静まりかえり、蒸し暑い夏の夜が続いていた。

宗秀が表門わきの小門をくぐろうとしたとき、ふと、背後に人の目が感じられた。

歩みを止めふりかえると、表門から内門へ石畳が続き、内塀と内本家を囲う樹林の影が、夜空にぼんやりと浮かんで見えた。夜の邸内に人影は見えず、静まりかえっていた。きたときは聞こえていた蟬の声も、途絶えていた。

ただ、どこかからかすかな香の匂いが流れてきたような気がした。

気のせいか――と、宗秀はあたりを見やり、呟いた。

小門をくぐり出て、向柳原の暗い通りを新シ橋へとった。

宗秀が保利家の上屋敷を出てほどなく、黒川が床についている座敷の襖ごしに野太い男の声が響いた。

「中馬《ちゅうま》新蔵《しんぞう》で、ございます」

黒川は、ああ、と不機嫌そうにかえした。

世話役の若党が枕元を離れ、襖を開けた。

黒羽織の下に白地の単衣、羽織と同じ黒の細袴のごつい身体つきの男が、次の間の暗がりに端座していた。

「どうぞ。お入りを」

若党が言い、中馬新蔵は傍らの大刀を、がしゃり、と無粋な音をたててつかんだ。

中馬が部屋に入ると、若党は入れ替わりに次の間へ出て襖を閉じた。中馬が主人のそばへ用があってくるときは、呼ぶまで退がっているように言われていた。

「旦那さま、お加減はいかがでございますか」

中馬は、黒川の布団の裾のところに控え、無骨に言った。黒川の配下になって何年にもなるが、中馬の侍言葉やふる舞いはぎごちなかった。

だが、刀をとれば誰にも引けをとらない自負があった。また黒川には、おまえはそれでいい、そのために奉公しているのだ、と言われていた。

昨日も、黒川に刃傷におよんだ脇坂《わきさか》派の侍の首を、自慢の長刀で一刀の下にはねた。

この腕で、旦那さまのお役にたてる。中馬はそれが嬉しかった。

黒川に言われるまで、そばに寄るのは畏れ多かった。

「新蔵、そばへ寄れ」

「はあ……」

中馬は黒川の枕元近くに、膝《ひざ》を進めた。そして言った。

「昨日、飛田伝助《とびたでんすけ》は斬首《ざんしゅ》いたしました。平山さまのご命令で、昨日から飛田の仲間を探っておりました。江戸の屋敷にどれほど飛田と親密な者がいるか、脇坂派がいるか、わかり次第、ご命令があれば成敗いたします」

中馬は、黒川にいつもそうするように、深々と頭を垂れた。

黒川が疵ついてからは、そばに近づける状況ではなかった。

「飛田を責めたのだろう。誰の指図か、白状はしなかったのか」

「ただおのれの一存、と言うのみで、強情な男でした」

「よい。中馬、おまえの手下らは、下屋敷におるのか」

「四人とも下屋敷の長屋におります。馬の世話役についております。かの者ら、ご命令とあらば、いつでも、どのようなお役目でも……」

「飛田の仲間の洗い出しはもういい。中馬、赤木軒春を覚えているか。あのころは、おまえはまだ馬方だった」

「覚えておりますとも。十数年も前のことでござる。旦那さまに、侍としてお雇いいただいたころでございます。忘れはいたしません」

「おまえの、初めての仕事だったな」

「さようで」

「赤木の娘が江戸におる。落ちぶれ果てて、岡場所に身を沈めておる。女郎になっているそうだ。ただし、女郎に身を落としながら、父親の仇討ちを目ろんでおるらしい」

「仇討ち？　江戸で、でござるか」

「菅沼宗秀を、追っているのだ」

「ああ、なるほど」

「おそらく、弟の賢右衛門も江戸にいるのだろう。新たな仕事がある。家中の者には誰にも知られぬよう、殊に、平山らには断じて知られぬよう、おまえの手下らだけを使って、早急に探り出せ。姉と弟の……」

　黒川は言いかけた声をさらにひそめ、中馬新蔵に言った。

「よいか。たとえ仇討ちの場であっても、赤木の娘と倅が菅沼宗秀と出会うことはまずい。菅沼はどういうふるまいをするか、読めぬ男だ。万が一にでも菅沼に赤木の秘《ひ》帖《ちょう》が残されていることを知られれば、容易ならざる事態を招く恐れがある」

「と言いますと？」

「菅沼の妻であった千野《ちの》が今、亀姫《かめひめ》さまお付きの年寄役で出府し、この上屋敷におる。菅沼と千野が会うことになるかもしれぬ。こんなことなら菅沼を呼ぶのではなかった」

「それが何ぞ、障りがございますのか」

「じつはな、千野は城代家老の脇坂の後添《のちぞ》えに入る話が持ち上がっておるのだ」

「なんと、脇坂の後添えでございますか。なるほど、すると、赤木の例の秘帖が菅沼から千野と脇坂に知れるかもしれぬということで……」

「そうだ。それは断じてあってはならぬことだ。赤木の娘と倅を菅沼と出会わせてはならぬ。中馬、娘と倅を始末せよ。のみならず、赤木の秘帖を持ってまいれ。わたし自ら焼き捨てる。こんなことなら七年前のあのとき、娘と赤木の秘帖を始末しておけばよかった」

黒川は苦痛に顔を歪め、苦々しげに吐き捨てた。

第二章　姉弟

一

三日がすぎた午後遅く、市兵衛は公儀十人目付《じゆうにんめつけ》筆頭格旗本・片岡信正《かたおかのぶまさ》の、赤坂御《あかさかご》門《もん》内の諏訪《すわ》坂にある屋敷を訪ねた。

城門の開閉を知らせる太鼓が打たれるには早いが、そろそろ信正が下城する刻限である。

若党の小藤次《ことうじ》にいつもの書院へ案内されると、奥方の佐波《さなみ》が、この春生まれたばかりの信之助《しんのすけ》を抱いて座敷に現われた。

「信之助、市兵衛叔父《おじ》さまですよ」

と、佐波は市兵衛が屋敷を訪ねたときは、必ず信之助を嬉《うれ》しげに見せにくる。

信之助は、五十代の半ばに近い信正と、四十をすぎた佐波との間に初めて授かった子である。佐波にも信正にも、天より授かった宝物に違いなかった。

まだ産着《うぶぎ》にくるまれている信之助は佐波の腕の中で、宙をつかもうとするかのように、小さな玉のような手を天にかざし、にぎり締《し》めていた。

四半刻（約三十分）ほどして、信正が下城した。

信正が下城すると、表玄関に迎えるのは若党などの奉公人である。

奥方は、表玄関には出ない。大家ならば奥用の内玄関があり、奥方はそちらを使う。内玄関のない屋敷は、主人の家族や奉公人の使う出入り口は、中の口である。

「旦那《だんな》さまのお戻りぃ」

小藤次の張りのある声が屋敷に響きわたり、玄関の方が賑《にぎ》やかになった。信正が登城に使う馬の蹄《ひづめ》が、玄関の敷石にからからと音をたてている。

ほどなく、廊下を踏む足音がした。「市兵衛、入るぞ」と、信正の声が聞こえた。

襖《ふすま》が開けられ、

「よくきた。ゆっくりしていけ」

と、黒の裃《かみしも》の信正がにこやかな笑顔をのぞかせた。

目付は将軍の下問に直答する機会があって、常に黒の裃を着用している。将軍の御前に出るため、それ用の風呂場《ふろ》が城内にある。

信正が着替えのため一旦《いったん》奥へ退《さ》がったところに、庭側の明障子を両開きにした縁廊下伝いに、これは黒羽織と縞袴《しまばかま》の返弥陀ノ介《かえりみだのすけ》が、縁廊下に引きずりそうな長刀を手に提げて姿を見せた。

返弥陀ノ介は目付配下の小人《こびと》目付である。仕事柄、隠密《おんみつ》目付と言われていた。普段は黒の羽織を着用するので、俗に黒羽織とも呼ばれている。

「やあ、きたか。暑いな」

縁廊下から座敷へ、のそり、と踏み入って、弥陀ノ介が張りのある声をかけた。明障子を背に五尺（約百五十センチ）少々の背丈の岩塊のような身体《からだ》を床の間の方へ向け、ゆるやかに着座した。

「暑いが、夏がすぎてゆくな」

市兵衛は、弥陀ノ介を見守りつつ、かえした。

「まったく、ときの流れるのが早くてかなわぬ。もう半年がすぎる。追いつけぬ」

弥陀ノ介は、恬淡《てんたん》とした口調で言った。

総髪に小さく結《ゆ》った髷《まげ》をちょこんと乗せ、出張った広い額の下に太い眉《まゆ》、窪《くぼ》んだ眼《がん》窩《か》に光る大きな目、ひしゃげた獅子鼻《ししばな》と厚い唇と続いている。顎《あご》が上下に裂けたような大きな口の中に、瓦《かわら》を嚙《か》みくだきそうな獰猛《どうもう》な白い歯を光らせている。

恐ろしげな風貌《ふうぼう》だが、しかしこの顔で笑うと、なんとも言えぬ愛嬌《あいきょう》がある。

その顔を、西に傾いた日が射す庭へ投げた。頬骨《ほおぼね》の張った頑丈そうな横顔を市兵衛へ向け、まるで庭の立ち木に話しかけるみたいに言った。

「用がないときしかこぬ市兵衛のことだから、またお頭に何か頼み事か」

「少々気にかかっていることがある。兄上の力を借りにきた……」

と、市兵衛も庭を眺めてこたえた。

「おぬしがしばらくこぬと、どうしているかと、お頭が不肖の倅《せがれ》のことのように気になさる。頼み事がなくとも、もっと足しげく顔を見せにこい」

他愛なく、二言、三言を投げ、二人は何気ない笑みを交わした。

信正は市兵衛と十五、歳《とし》の離れた兄である。

奥の方より、信之助の泣き声が聞こえた。信正と佐波が、信之助をあやしているふうな賑わいが流れてきた。

「お頭は信之助さまのことになると、本当に楽しそうな顔をなさる。お城でもひとりで笑っておられるので、どうかいたしましたかと訊《たず》ねると、信之助がな、と話し出される。このごろは、夜のお供もめっきり少なくなった。親になるとは、そういうものか」

弥陀ノ介が、ふふ、とおかしそうに横顔をほころばせた。

「そうかもな。息苦しいほど子を愛《いと》おしいと思い、子のまだ見ぬゆく末を憂《うれ》えせつなくなる。親になるとは、そういうものなのだろう」

「妻も子もおらぬのに、知ったふうなことを言うではないか」

そうだ、妻も子もおらぬ……

と、市兵衛は声に出さず繰りかえした。そうして、奥から信之助の泣き声が聞こえている何かしらのどかな、静けさと言ってもいい気配の中に身を浸した。

「むずかしい頼み事か」

庭から市兵衛へ首をひねり、弥陀ノ介がさり気なく訊《き》いた。

「柳井宗秀先生のことだ。先生は、放っておけと、とり合われないが、すっきりしない。放っておけなかった。だからきた」

「柳町の宗秀先生のことか。珍しい。何があった」

市兵衛は弥陀ノ介へ見かえった。

「父親の仇《かたき》と、宗秀先生を狙《ねら》う者が、江戸にいる」

「ほお、宗秀先生が父親の仇と、命を狙われているのか」

弥陀ノ介が太い首をひねった。

「それは確かに、放っておけぬな。しかし、何かの間違いではないのか。あの先生に、仇と狙われる事情があるとは、思えぬが」

「だから、よけいに気になってならない。先生自身も、誤解だ、そのような覚えはない、放っておけ、と仰《おつしや》っている。しかし、放っておけぬ」

「そりゃあそうだ。たとえ間違いであっても、父の仇、と名乗りを上げて仇《あだ》討ちが現われたらどうする」

「間違いだ、誤解だと、説いて聞かせると仰っている。世の中の大抵のことは、話せばわかるとだ」

「あはは、宗秀先生らしいな。すると、話せばわかる相手なのか。市兵衛は、相手を知っているのか」

「先生には黙って、会いにいった。二十七、八の姉と二十歳《はたち》前後の弟の二人だ。姉と弟は何年も前から仇討ちの旅に出ていたと思われる。三年ばかり前、江戸に出てきて、姉は生きる方便に岡場所へ身を売った。だが、弟は無頼な暮らしを送っているようだった」

「姉は岡場所の女郎になって、弟は無頼な暮らし……それで父の仇討ちを？」

「そうだ。姉と弟の仇討ちには免許状もない。そもそも、姉弟の家がすでに改易《かいえき》になっているらしい。それでも姉は、仇討ちは武門の意地、と言っていた」

「仇討ちの免許状はなく、家は改易。姉は岡場所に身を沈めながら、それでもなお武門の意地だと？」

「姉は意地のために、自分など、捨ててかかっている覚悟に見えた。仇討ちを果たせば、自分も弟も生き長らえる気はない、とさえ言っていた」

「女の身で凄《すさ》まじい覚悟だな。市兵衛はなんと言った？」

「宗秀先生は、病や怪我《けが》に苦しむ人々を救うため、多くの人々の役にたつため、ただひと筋に医業にたずさわってこられた。人と争って刀を抜かれたことさえない。先生を親の仇というのは、何かの間違いではないかと質《ただ》した」

「すると？」

「姉によれば、先生が父親を斬《き》った、と言う証人がいるらしい。詳しくはわからぬが、複雑な事情を抱えていそうだった」

「証人がいるとは、意外な」

弥陀ノ介は眼窩の底に光る目を、不審そうに泳がせた。

「市兵衛は、仇討ち話を誰から聞いた。どういう経緯で、おぬしが知った」

宰領屋の矢藤太だ――と、市兵衛は言った。

「姉は金で雇える仇討ちの助太刀を探していた。評判の高い宗秀先生には味方する者が多いに違いなく、自分と若い弟の二人では心もとないと思ったようだ。本所の顔利きが、姉に馴染《なじ》んで、身請けしようとした。だが、姉がどうしても請けなかった。わけを訊ね、姉と弟には仇がいると知れたらしい。顔利きはその志《こころざし》を意気に感じ、矢藤太に相談した。姉に会った矢藤太が、仇討ちの相手は宗秀と聞かされ、驚いてわたしに話したのだ」

「助太刀とは、姉の本気が伝わってくるな」

弥陀ノ介が、ぼそり、と言った。

日は沈み、庭は夕闇《ゆうやみ》に包まれていた。暗くなった庭の石燈籠《どうろう》に、火が灯《とも》されている。縁廊下に焚《た》く蚊《か》遣《や》りの煙が、ゆるやかにたち上っていた。

「柳井宗秀の生国は、確か、下伊那だったな」

と、信正が訊いた。

「はい。わたしが大坂で宗秀先生と知り合ったときは、下伊那の菅沼宗秀と名乗っておられました。長崎で医術を学ばれ、大坂で評判の高かった蘭医《らんい》の下で、実地の医療

「の修業に励んでおられたころです」

　信正は床の間を背に端座し、市兵衛と弥陀ノ介が信正と向き合い並んでいた。三人の膳《ぜん》が据えられ、夕暮れになって酒が始まっていた。

下り酒の芳香が、座敷を艶《つや》やかに包んでいた。

「菅沼宗秀が、大坂から下伊那に帰ったのはいつだ」

信正は続けた。

「先生が二十五歳の、文化三年（一八〇六）の春です。大坂での修業を終えられ、国へ恩をかえす時節がようやく到来した、わたしにはおのれの望む道を歩め、と仰られ、意気揚々、下伊那へ戻られた旅姿が目に浮かびます」

「市兵衛が江戸に戻ったのは……」

「文化十五年（一八一八）の、夏を迎える前です。わたしは大坂から京に上り、さらに諸国を廻《まわ》って、それから江戸へ戻りました。すると、下伊那に戻られたはずの宗秀先生が、京橋の柳町で診療所を開いておられたのです。菅沼宗秀ではなく、柳井宗秀と名を変えておられました。先生の生まれは武家ではなく、柳井村です。下伊那の保利家に仕える菅沼家に、養子に入られたのだとお聞きしたことがあります」

隣の弥陀ノ介が市兵衛へ首をかしげ、口を挟んだ。

「すると、宗秀先生は菅沼家を離縁になり、江戸へ出てきて、郷里の柳井村の宗秀を名乗った。菅沼家を離縁になったきっかけが、赤木家の理緒と賢右衛門の父親を宗秀先生が斬ったゆえ、ということになるのか」

「誤解だと、先生は仰っている」

市兵衛は信正に向きなおった。

「兄上、仇討ちの話を最初にしたとき、いつもは大らかな先生が、珍しく不機嫌な、つまらなそうな様子に見受けられました。ただし、理緒が岡場所にいることは、とても気にかけていらっしゃるふうでした」

信正は、朱塗りの盃《さかずき》をゆっくり口へ運んだ。

「江戸に戻り宗秀先生にお会いしたとき、なぜ下伊那ではなく江戸の町家で診療所を、と驚きました。きっとそれなりの事情があるのだろうと、思いはしましたが、先生が何も仰らないのだから、わたしは訊ねませんでした。わたしの場合もそうです。先生は、わたしが語らなければ、お訊ねにはなりません」

「ふむ。文化三年の春から文化十五年の夏まで、足かけ十三年。同じ日々が変わらずに続くかに見えても、様々な出来事が降りかかり、気がつくと人の境遇は変わっている。十三年は、そうなってもおかしくない十分長い年月だ」

信正は言いながら盃を膳におき、提子《ひさげ》の酒をついだ。

「赤木の家は改易になっています。そのため、理緒と賢右衛門の仇討ちは免許状さえありません。先生は理緒の仇討ちを、誤解だ、放っておけ、と仰るばかりで、とり合おうとはなさいません。仮に、宗秀先生が国を出られた事情が、理緒と賢右衛門の父親を斬ったゆえなら、今、理緒の仇討ちを放っておけ、仇討ちにきたら誤解だと説く、と仰るのは道理に合いません」

「しかし、宗秀先生が斬ったことを知っている者がいると、姉が言ったのだろう」

と、弥陀ノ介がぐっと盃を乾《ほ》した。

「確かにそうなのだが、先生にそれは決してない。だから、こみ入った事情がありそうな気がしてならない。先生は、長崎で学んだ医術を人々に役だてるためだけに、身を捧《ささ》げてこられた。身分も富も求めず、人と争って刀を抜かれたこともない。にもかかわらず、先生が巻きこまれざるを得なかった事情が……」

「宗秀は、それについて何も話さぬのか」

信正が言った。

「くだらぬことにかかずらう気はない、とお考えのようです。兄上、昔、下伊那の保利家で何かがあった、という覚えはありませんか。すなわち、かつて何かがあの国に起こり、それに巻きこまれた先生は、国を出なければ、いや、捨てなければならなかった」

「下伊那の保利家で、何かがな」

信正が弥陀ノ介を見つめ、弥陀ノ介は、はて？　というふうに首をひねった。

「しかし、宗秀先生がそのために国を出たとしても、それはすぎたことだろう。今、先生は江戸の町医者として暮らしている。市井《しせい》の名医として、評判も高い。すぎた昔の出来事をお頭に訊ねても、姉と弟の仇討ちとはかかわりがないのではないか」

弥陀ノ介が言った。

「先生の許しを得ず、理緒に会って事情を質した報告をすると、大きなお世話だ、勝手な真似《まね》をしおって、と真顔で叱《しか》られた。先生らしくなかった。それで、わかった。先生が下伊那を出られた事情には、様々な事柄が絡んでいて、先生は、それを誰にも知られぬように胸の中に仕舞いこんでおられるのがな」

「すると、誰にも知られぬように胸の中に仕舞いこんだ事柄の中に、姉と弟の仇討ちもまじっている、と思うのか」

「だから先生は、放っておけと仰っているのだと思う。つまり、わたしにそれには触れるな、という意図なのだ」

「先生がそのような意図なら、触れずにおいたらどうだ」

「宗秀先生が国を出られたのは、仇討ちから逃れるためではない。わけがあるゆえ、理緒と賢右衛門の背負った苦難を知って、先生はとても気にかけておられた。ご自分が父親の仇と、それも誤解で追われているにもかかわらずだ。しかし先生は、なぜかそのわけを胸に仕舞いこんで、明かそうとなさらない。わたしは、先生を討たせるわけにはいかない」

そこで市兵衛は、短い沈黙をおいた。

「できるならば、理緒と賢右衛門を解き放ってやりたい」

「姉と弟を、誤解から解き放つのか」

弥陀ノ介が太い声で、言い添えた。

「わかった。調べてみよう。宗秀が国へ戻った文化三年からあとだな。保利家のお家の事情に絡んだことが、あるのかもしれぬ」

信正が言って、盃を上げた。

わずかに残されていた日の名残りは夜の帳《とばり》の奥に隠れ、闇が沈黙していた。

二

賢右衛門が六間堀町の甚九郎店に戻るころ、両国の夜空に次々と打ち上げられている花火が見えていた。夏の宵を光が乱舞し、どん、どん、と遠い夜空を叩《たた》く音が、路地にも聞こえてきた。

賢右衛門は、腹がへっていた。

朝に炊いた冷や飯と味噌汁《みそしる》、漬物が少し残っている。今夜それを食べたら、明日からはもう食う物がなかった。米櫃《こめびつ》は、今朝炊いた飯で最後だった。ひと粒の米もなかった。

壺《つぼ》の隅を指先で掬《すく》える程度の味噌が少々。塩も酢もとっくになくなっている。

明日朝、御旅の姉のところへ無心にいくしかなかった。姉さんなら、なんとかしてくれる。喧嘩《けんか》はしても、弟なのだから。

そう思うと、情けなくて溜息《ためいき》が出た。自分に腹がたった。

姉さんは宗秀を討ったら、死ぬ気でいる。姉さんと下伊那を出るとき、わたしも父上の仇を討ち、姉さんと一緒に死にます、と賢右衛門は誓った。

だが、賢右衛門は十四歳だった。姉と共に仇討ちの旅にありながら、おのれの死はどこか他人事《ひとごと》だった。それが困窮と屈辱の長い旅路の果てに、死はようやくおのれのものになりつつあった。

そうなのだ、いっそ死んだ方がましなのだ、と賢右衛門にもわかってきた。

路地の奥の、九尺二間《けん》の店《たな》の腰高障子を引いた。

店の中は真っ暗で、かすかに生臭い臭気がこもっていた。まさか、残り飯が饐《す》えたのではあるまいな、と気になった。死んだ方がましだと思っている一方で、飯の心配をしている自分への嫌悪がこみ上げた。

「くそっ、死ね」

と吐き捨て、自分を罵《ののし》った。

それから竈《かまど》の上の天窓を開けた。天窓から見上げる夜空に、花火が音もなく咲くのが見えた。大刀をはずし、上がり端《ばな》にだるそうに腰かけた。

花火の音が、どおん、と聞こえた。

御旅の店頭・岸治郎の手下らに痛めつけられた跡は、だいぶ癒《い》えていた。

面倒臭そうに腕をのばし、御櫃を引き寄せた。蓋《ふた》をとり、臭《にお》いをかいで、食べられることを確かめた。御櫃に蓋を戻し、「はあ」と溜息をついた。

そのとき、くく、と背中で奇妙な声が聞こえた。

賢右衛門は大刀をつかんで飛び跳ね、四畳半の暗がりへ身を反転させた。

野良猫がどこかから、忍びこんだのかと思った。

暗がりに目が慣れていくうちに、野良猫でも得体の知れない獣でもない人の影らしき形が、ぼうっと浮かんできた。

黒い形の中に目だけが光って、賢右衛門を見つめて笑っている気がした。

確かに影は笑っていた。笑い声がまた暗がりに響いた。

「誰だっ」

賢右衛門は柄《つか》に手をかけ、質した。

「しぃぃ、お静かに。落ちついて。怪しい者では、ござらん」

影が少々訛《なまり》のある言葉を忍ばせた。

「だいぶ、お悩みが深そうでござるな」

「名を言え。何用だ」

「だから怪しい者ではござらん。静かに、静かにお願いいたす」

影は四畳半に胡坐《あぐら》を組み、長刀を肩にかけて抱えていた。

「赤木、賢右衛門どのでござるな」

「お、おぬしは、誰だ」

くく、と影が笑ってこたえた。

「中馬新蔵でござる。ご無沙汰《ぶさた》いたして、おりました」

影が、胡坐を端座になおすように動いた。長刀の鍔《つば》と鞘《さや》を、がちゃ、と鳴らして左わきにおき、畳に手をついた。

「お父上の赤木軒春さまのご生前のころ、何かとお世話になった者でござる。城下のお屋敷にもお訪ねいたしたことがござるぞ。あのころ、賢右衛門どのは、まだこんなに小さな童子でござった」

手を上げ、子供の頭に触れる仕種《しぐさ》をした。

賢右衛門に、中馬新蔵の名の覚えはなかった。しかし、国の者、父親に世話になった者と聞いて、警戒心がゆるんだ。かまえを解き、

「中馬新蔵どのか。何用か」

と言った。

「姉上のお理緒さまと共に国を出られ、長い旅をしてこられたようでござるな」

「ここを、どうして知った」

「それがしは、保利岩見守広満さまの御側御用人・黒川七郎右衛門さまにご奉公いた

し、わが主《あるじ》と共に出府いたしておるのでござる。すると、姉上のお理緒さまが、御旅という岡場所にお勤めの噂《うわさ》を耳にいたし、なんと赤木家のお嬢さまがおいたわしやと、胸が痛みました。昔、ご恩を受けた赤木家に、何か助力ができるのではないかと思いたち、お調べいたしたところ、賢右衛門どのがこちらにお住まいと、知れたのでござる」

警戒心がゆるむにつれ、激しい羞恥《しゅうち》に胸を締めつけられた。

「黒川七郎右衛門さまは、ご存じですな」

「知っている。黒川さまは、父の下役だった……」

声が小さくなった。

「ふふん、ときがたてば、人は変わり、世も変わる。いつまでも上役ではいられぬし、いつまでも身分があるともかぎらぬ。世は無常でござるな」

「ね、姉さんのところへは、いったのか」

姉さん？――と、中馬がうなるように繰りかえした。

「今は女郎とはいえ、元はあの名門・赤木家の、お嬢さま、姫さまだ。それも、下伊那では評判の美しいお嬢さまだった。それがしのごとき身分低き者は、畏《おそ》れ多くてな。心がまえがいるのでござる。よって、まずは賢右衛門どのの店にまいった次第でござる」

賢右衛門は唾《つば》を呑《の》みこんだ。

「留守ゆえ、勝手に上がりこんだ無礼は許してもらいたい。怪しまれぬように、行灯《あんどん》をつけようと思ったが、なんと、行灯の油がきれておった。油どころか、飯を炊く薪《まき》もない。米櫃は空。味噌や醤油《しょうゆ》はむろんない。水瓶《みずがめ》に水が少々。饐えた残り飯やらがわずかに残っているのみ。布団はぼろぼろ。床下に何かを隠してはいまいかと思ったが、それもなかった。なんという貧しい暮らしだと、驚かされました」

「人の住まいを、勝手に探り廻ったのか。それが用か」

「これは失礼。あまりに何もないので、探り廻るも何も。じつはそれがし、赤木家のお屋敷にうかがった折りは、馬方でござりました。黒川さまにわが腕を見こまれ、侍にとりたてられたのでござる。親方に奉公し、馬方の修業を始めたときは厳しかったが、ここの暮らしよりはましでしたぞ」

暗がりの中ながら、中馬の哀れみをそらすように、賢右衛門は顔をそむけた。そして、顔をそむけたまま、消え入りそうな声で言った。

「用を、言え」

「まあ、暗くて狭いが、上がられよ。賢右衛門どのを少しでも楽にするため、助力を申し入れにきたのでござる。離れていては話しにくい。それとも、元は馬方ごときの助力を受けるのは、賢右衛門どのにはできませぬか」

「そういう、わけでは……」

つい言って、すぐに悔《く》やんだ。貧乏暮らしが応《こた》えていた。腹がへっていた。

賢右衛門はしぶしぶと、暗がりの四畳半に上がった。

土間を背に、端座した。

「ふむ。それでよい。若い者は、素直で聞き分けがよくないと、可愛《かわい》げがない。ところで、お理緒さまと旅に出られたのは、父親の仇を追ってともお聞きしたが、まことにさようでござるか」

賢右衛門は中馬の影へ一瞥《いちべつ》を投げ、すねたようにまた顔をそむけた。

「おぬしには、関係のないことだ」

「仇の相手は、江戸で町医者をしておる菅沼宗秀。今は、柳井宗秀と名乗っておるが」

「誰に、聞いた」

「あなたがた姉弟が、下伊那より忽然《こつぜん》と姿を消されたあと、そのような噂がささやかれました。ただ、長いときがたち、赤木軒春さまを斬った菅沼宗秀のことや、お理緒さまと賢右衛門どのが宗秀を追って旅に出られた噂は、みなもう忘れて、消えております。噂を覚えていて、ご助力するためにこうしてまいるのは、それがしぐらいですぞ」

「助力とは、どんな助力だ」

「お望みなら、それがし、仇討ちの助太刀をして差し上げても、かまいませんぞ。町医者とはいえ、評判の高い医師でござる。味方する者も多いに違いない。女郎と腹を空かせた痩《や》せ浪人では、覚束《おぼつか》ぬのではござらぬか」

中馬の恩着せがましい言い方が、不快だった。

「ともかく、仇討ちをするにも、腹がへっていては満足に働けませぬ。まずは、賢右衛門どののこの貧乏暮らしをなんとかせねば、なりませんな。そこでそれがし、五十両ばかりをあなたがた姉弟のために、ご融通いたそうかと、考えております」

「ええっ。ご、五十両？」

「さよう。五十両あれば、お理緒さまを身請けして、仇討ちのときを待つ間の二人の暮らしにも十分、間に合うでござろう？　いかがか」

なぜ、と言いかけた賢右衛門をさえぎって、中馬が続けた。

「ただし、いかに助力とはいえ、ただで五十両の融通を受けるというのは、武門の血を引く者として、それは心苦しかろうし、虫がよすぎるというものでござる。それがしにも、それぐらいの心がまえはわかるだで」

沈黙していると、胸の鼓動が激しく打ち始めたのがわかった。

中馬が、ああ、と暗がりの中でうなった。こんな男でも、言葉を選んでいた。

「お父上の赤木軒春さまが書きとめておられた、秘帖《ひちょう》がござるな。懇意にしていた方々との交際の子細を順に書き記し、文化四年に起こった御用紙の争いの一件で赤木さまが宗秀に斬られるまで、すべて記しておられたという秘帖のことだが、賢右衛門どのは、当然、それをお持ちであろうな」

賢右衛門は、うな垂れ、こたえなかった。

「御用紙の一件では、多くの者が命を落とした。まことにお気の毒ながら、赤木さまもそのおひとりだった。しかし、あの一件では今もって、わからぬことが多すぎる。ゆえに、黒川さまを中心に再調べをいたそうという動きが、ひそかに始まっておるのでござる。御公儀のご裁定があった手前、表だってではないが、ご領主さまもご承知のことでござる。調べの次第によっては、赤木家再興も夢ではないかもしれませんぞ」

顔を上げ、暗がりの先の中馬を透かし見た。

「赤木軒春さまの秘帖は、その再調べの重要な手がかりになると思われます」

「あれは、わが父の日記だ。中馬どのは、父の書きとめた中身を知って言っているのか」

「詳しくは存じ上げぬ。黒川さまより、ちらと聞いたのみでござる。赤木さまのそのような秘帖が残されておると」

「ならば、黒川さまのお指図で、中馬どのは父の日記を求めてきたのか」

「いや。それがしの一存でござる。お理緒さまの噂を聞き、あなた方に助力するためにまいった。秘帖の件は、できれば、わが主のお調べのお役にたてばと……」

「嘘だ。中馬どのは、父の日記が狙いで、われらを調べたのだな。秘帖と言えば、確かにあれは秘帖だ。すると、もしかしたら黒川さまは、あれが表沙汰になることを恐れておられたのか。そうか、今わかった。おぬし、それでわたしがおらぬ間に、この店の中を勝手に探し廻ったのだな」

「嘘、ですと？」

と、中馬の野太い声が低く言いかえした。

「よいか。父のあの日記にはな……」

中馬は、脂《あぶら》ぎった顔を不気味に歪《ゆが》め、賢右衛門をじっと見つめている。まばたきひとっしなかった。

咄嗟《とっさ》に、賢右衛門は身の危険を察知した。

こいつは、自分と姉さんを始末するつもりなのだ……

激しい怒りがこみ上げた。激情にかられ、身体がひとりでに反応した。

畳をゆらし、片膝《かたひざ》立った。同時に刀をつかんで柄をにぎり、鯉口《こいぐち》をきった。即座に抜刀し、片手上段よりの袈裟懸《けさがけ》を浴びせた。

中馬がすかさず、左わきの長刀を眼前へかざした。

がっ。

暗がりの中に刀が鳴った。中馬のかざした長刀の鍔を、賢右衛門の刃《やいば》が咬《か》んだ。

賢右衛門は両手で柄をにぎった。上から押しつぶし、なで斬る。先手をとって、賢右衛門は優位にあった。両腕に渾身の力をこめた。刃と鍔が軋《きし》んだ。

だが、端座したまま左手一本で長刀を差し上げた中馬は、まったく動じなかった。

賢右衛門を見上げる目が、暗がりの中で獣のように光っている。

「嘘だから、どうだというのだ？」

野太い声が、また低く訊いた。

それからやおら、ごつい右手で賢右衛門の刀身の鍔先を、素手のままにぎり締めた。

賢右衛門の刀が、ぴくりともしなくなった。押しつぶすどころか、突くことも引くこともできなくなった。

なんだ、こいつは……

思ったとき、中馬の差し上げた長刀の柄頭が、賢右衛門の喉《のど》を痛打した。

賢右衛門は仰《の》け反り、土間へ転がり落ちた。声を失った喉首を押さえ、げえげえと息だけをもらした。刀はもう手になかった。

苦痛に身悶《みもだ》える賢右衛門の目に、黒い屋根裏と天窓が見えた。

天窓に花火が、音もなく映った。

中馬が賢右衛門の視界をさえぎり、覆いかぶさってきた。ごつい身体で、賢右衛門の痩身《そうしん》をやすやすと組み敷いた。

賢右衛門は叫ぼうとしたが、喘《あえ》ぐばかりで言葉にならなかった。

「甘いのう。その腕では、仇討ちは無理だで」

中馬の光る目が笑っていた。

賢右衛門は、姉さん、姉さん、逃げろ、と声にならぬ声で虚《むな》しく叫んでいた。下からつかみかかる腕を、中馬の怪力がひねりつぶした。腕の骨が悲鳴を上げた。

中馬は、賢右衛門の脇差を抜きとった。

「じたばたするな。楽に逝かせてやる。野たれ死によりはな」

ささやくように、耳元で言った。

そして、切先を賢右衛門の胸にあて、一気に刺しこんだ。喘ぐ口を掌《てのひら》でふさぎ、さらに貫き通した。

三

六間堀町の自身番から駆けつけた町役人らが、甚九郎店のどぶ板をけたたましく鳴らした。賢右衛門の店の表に、長屋の住人らがたむろしていた。

住人の中には子供もいて、「みんな、さがってさがって」「子供はもう寝ろ」と、町役人らが追い払い、住人らはぞろぞろと町役人に道を空けた。

両国の夜空にさっきまで見えていた花火は、もう上がらなくなった。

「ご苦労さん。ここだよ」

家主の甚九郎が、賢右衛門の店を提灯《ちょうちん》で照らし、町役人らを手招いた。

自身番の町役人らが、手に手に自身番の提灯をかざし、店の表へ集まった。腰高障子を開けたままの戸口のところに甚九郎が立ち、路地の奥側に若い衆が三人、怯《おび》えた目で町役人らを見守っていた。

町役人らは、若い衆へ一瞥を投げ、すぐに店の土間に倒れている赤木賢右衛門の亡《なき》骸《がら》を、提灯で照らした。

亡骸は、仰《あお》のけになって四肢を投げ出し、胸の心の臓あたりに脇差が刺さったままだった。脇差は胸を貫いて背中を突き抜けているらしく、胸は着物にわずかな血がにじんでいるばかりだが、亡骸の周りは背中から噴いた血で黒ずんでいた。

土間続きの四畳半に、刀身が転がっていた。

「自分の脇差でひと突きかい。こいつは、むごいね」

町役人の当番がしかめ面になって、甚九郎に言った。

「まったく、見ちゃいられませんよ。まだ若いお侍でね。盗《と》られる物などない貧乏暮らしだし、働きもせず、無頼な暮らしぶりだったから、なんぞつまらないもめ事にでも巻きこまれて、恨みを買ったのかね」

甚九郎が、路地の奥側にじっとしている三人の若い衆へ、同じくしかめ面を向けてこたえた。名前は、身寄りは、生国は……と幾《いく》つか当番と甚九郎のやりとりがあって、

「ともかく、奉行所に知らせをやっているから、町方のお役人がくるまで、何も触らないようにな。どんな者であろうと、亡くなれば仏さんだ。仏さんに筵《むしろ》をかけろ。丁重に扱わないといけないぞ」

と、当番が亡骸に合掌し、店番らに命じた。それから当番は、路地の奥側で怯えた目で成りゆきを見守っている三人を見廻した。

「おまえたち三人が赤木さんを訪ねてきて、赤木さんの亡骸を見つけたんだな」

三人はそろって頷《うなず》いた。

「おまえから、名前と歳、仕事と住んでるところを言え」

杉作、太吉、良一郎の順に名乗った。元はどこそこに奉公し、今は新しい奉公先を探していて、住まいはどこそこで、と杉作と太吉がこたえた。次に良一郎が、「家は本石町の伊東屋で……」と言いかけると、当番が「ああ?」と、良一郎をさえぎった。

「本石町の伊東屋さんの、奉公人か」

「いえ、あの、親は文八郎と藤と言いやして、あっしは伊東屋の、その」

「もしかすると、おまえ、あの老舗《しにせ》の扇子《せんす》問屋の伊東屋さんの、倅かい」

「へ、へえ」

良一郎は、小銀杏《こいちょう》の髷をばつが悪そうにいじった。

「歳は幾つだ」

「十五で」

小声になった。

「何をしているんだ。老舗の坊ちゃんが、十五にもなって。呆《あき》れたね。おまえ、伊東屋さんの跡継ぎだろう。こんな不良の仲間になって、親が泣いているぞ」

町役人の提灯が、良一郎の顔を照らした。良一郎はまぶしそうに目をそむけ、痩せた身体をすぼめた。杉作と太吉は、目をしょぼしょぼさせていた。

三日前に痛めつけられた顔の腫《は》れはひいたが、跡が三人共に薄く残っている。

「ま、今は説教を垂れている場合じゃない。それよりおまえたち、赤木さんになんの用があって、この夜更けに訪ねてきた」

三人は顔を見合わせ、もじもじしながら、杉作が言った。

「別に用はありやせん。昼間、賢右衛門さんがあっしらを捜してたって、聞いたもんでやすから」

「仏さんとは、どういう間柄だ」

「あっしら、賢右衛門さんの古いつき合いでやす。友だちでやす。いろいろ相談したりされたりとか、たまには呑んだりも、しやす」

「博奕《ばくち》もするのか」

「へえ。ちっとはそういうことも、あるかな。へえ」

「いい身体をしている若い衆が、仕事もせず博奕なんぞにうつつをぬかして、しょうがない者たちだ。古いつき合いとは、いつからの」

「へえ。去年、本所のあるところで、あっしら、賢右衛門さんと出会って……」

「去年？　なんだ、それが古いつき合いかい。どうせ、賭場《とば》か岡場所で顔見知りになっただけだろう。それで、訪ねてきたとき、怪しい者は見かけなかったか」

「誰も見かけやせん。板戸も閉まってなくて、明かりもついていなかったから、出かけてまだ戻ってねえんだろうと思いやした。戻ってくるまで中で待っていようと相談がまとまり、戸を開けたら、土間に賢右衛門さんが倒れておりやした」

「中でな。何も、触っちゃあいないな」

「触っちゃあおりやせん。すぐに、家主さんに知らせにいきやしたから」

「そうか、思い出した。この三人は二、三日前、御旅であった喧嘩騒ぎを起こした不良どもだ。赤木さんもおまえらと、一緒だったんだな」

と、甚九郎が横から言った。

「あの喧嘩騒ぎは、聞いている。あれは、おまえたちか。喧嘩騒ぎの原因は」

三人はまた、顔を見合わせた。

杉作はこたえるのをためらい、あの、その、と言いよどんだ。

「仏さんは、喧嘩騒ぎで恨みを買ったのか」

当番がなおも訊ね、さあ、と杉作が首をかしげた。そのとき、

「賢右衛門」

夜更けの路地に、甲高《かんだか》い絶叫のような女の声がきりきりと走った。

みなが声の方へふりかえると、路地に集まっていた住人をかき分け、派手な着物姿やほつれた島田《しまだ》の、いかにも商売女とわかる年増《としま》が、走り出てきた。

乱れた着物の裾《すそ》から、赤い長襦袢《じゆばん》と、爪《つめ》に紅を塗った裸足《はだし》がのぞいていた。

はっとさせられるような艶めいた姿だったため、「おお……」と、住人らの間に声が上がった。

賢右衛門――と、女は呼び続けながら、店の前の町役人らを押しのけ、亡骸にかぶせた筵のそばに倒れこむように跪《ひざまず》いた。

筵へ差し出した両手が、わなわなと震えていた。

白く細い手が、恐る恐る筵をめくった。

賢右衛門のむごたらしい亡骸が現われると、女は叫びそうになる口を両手で覆って身をこわばらせ、それでも抑えきれない悲鳴を上げた。

女は賢右衛門の胸に刺さったままの脇差に手をかけ、引き抜こうとした。

「あんた、仏さんの身寄りかい」

当番が女の手をとって、言った。

「放して。賢右衛門は弟です」

抗《あらが》いながら、女が叫んだ。

「そうか。弟さんか。気の毒だが、町方の検視がすむまで、このままにしておかなければいけないよ」

当番に諭《さと》され、女はうろたえた。まるで童女のように白粉《おしろい》顔をくしゃくしゃにし、「わああっ」と泣いた。賢右衛門の首にすがりついて抱きかかえ、

「起きなさい。目を覚ましなさい。姉さんを、おいてかないで」

賢右衛門、賢右衛門――と繰りかえし呼び続け、ゆさぶった。

当番も店番も甚九郎も、女を止められなかったし、かける言葉もなかった。

二刻（約四時間）後、町方の調べがすんで、賢右衛門の亡骸は四畳半の垢染《あかじ》みた古い布団に横たえられた。家主の甚九郎と長屋の住人のはからいで、破れ行灯に明かり

が灯され、線香たての線香が煤《すす》けた屋根裏へ薄い煙をのぼらせていた。

町方は、三日前、御旅で浪人者の遠地又蔵や塚石願助らと賢右衛門らが起こした喧嘩騒ぎが怪しいという見方をした。

「これはかなりの恨みによる凶行に違いねえ。よし、遠地と塚石をしょっ引いて、厳しく問い質してみよう」

簡単な検視と訊きこみをすませると、お理緒に言って引き上げていった。

僧侶の短い通夜の読経がすみ、家主の甚九郎、続いてわずかな住人が座をはずして、賢右衛門の通夜は、お理緒と藤田屋の若い者がひとり、杉作、太吉、そして良一郎の三人が四畳半の壁ぎわに畏《かしこ》まっているばかりになった。

お理緒は賢右衛門の枕元から離れず、じっとうな垂れていた。

すすり泣きの涙が乾いて、まるで夜の静寂に溶けて仕舞《しま》いそうなほどの深い沈黙の殻に閉じこめられていた。

良一郎は、お理緒の乱れた島田のほつれ毛がほっそりとしたうなじにかかる様に、悲しみや苦しみの形を見ている気がした。

岡場所で奉公している姉さんがいたことを初めて知り、賢右衛門さんは可哀相《かわいそう》だが、残された姉さんも可哀相だと思った。

親類縁者はいるのだろうか、両親は、ほかに兄弟は、姉さんと弟の二人きりなのだろうか、などと考えていると、哀れで涙が止まらなかった。

やがて、長屋の住人が頼んでくれた早桶《はやおけ》が届いた。賢右衛門の亡骸を納め、

「おれたちが担ぐぜ。賢右衛門さんを運んでやる」

と、杉作が提灯と線香を持ち、太吉と良一郎が早桶の片棒を担いだ。

お理緒と藤田屋の若い者があとに続く五人で、早桶を深川の火葬場へ運んでいった。

火葬場の、明け方の夏空にのぼっていく灰色の煙を見上げながら、良一郎はお理緒に言わずにはいられなかった。

「お理緒さん、賢右衛門さんのことは、お侍さんという以外、おれは何も知らなかったんだ。賢右衛門さんは、国はどこで、なんであんな暮らしをしていたのか、なんで江戸に出てきたのか、何も言わなかった。けどさ、賢右衛門さんとは気が合ったんだぜ。ちょっとすねた様子を見せるところが、おれに似ていてさ。大好きな友だちだったんだ。賢右衛門さんの仇は、おれがとってやるぜ。友だちの恨みは、おれがはらしてやるぜ」

「あっしも、やってやるぜ」

「おれだってやるぜ」

杉作と太吉が、調子を合わせた。

「ありがとう、みなさん。わずか二十一年の、短く寂しい一生でしたけれど、みなさんがいてくれたお陰で、賢右衛門は救われた気がします。わたしと弟には、わたしたち以外に身寄りはなく、わたしが弟を守ってやらなければならなかったのに、あの子を守ってやれなかった。わたしがあの子に、大きな荷物を背負わせてしまったのです。申しわけないことをしてしまいました。可哀相なことをしてしまいました」

そう言ったお理緒の、白粉がすっかりはげた頰に新たな涙が次々と伝った。

「そんなことねえよ。お理緒さんだって、御旅で奉公している身なんだろう。つらい思いを、我慢してきたんだろう。元は、どっかのお国のお武家の生まれなのに、わけあって、お理緒さんと賢右衛門さんは、そうやって生きなきゃならなかったんだろう。おれみたいな馬鹿でも、それぐらいのことはわかるぜ。お理緒さん、困ったことがあったら、いつでもなんでも言ってくれよ。大した男じゃねえけど、精一杯、力になるぜ」

良一郎は意気ごんで言った。

お理緒は、ありがとう、ありがとう、と繰りかえし、賢右衛門の遺骨を納めた小さな壺を抱いて、朝靄《あさもや》の中を去っていった。

四

一日半がたった午後、二ツ目より東へ一町（約百九メートル）の林町二丁目。竪川の土手通りから小路へ折れ、さらにひとつ曲がった裏店の路地の木戸を、杉作、太吉、良一郎がくぐった。

三人はどぶ板を鳴らし、ひとつの表戸の前まできた。

今日は馬喰《ばくろ》町の損料貸し屋までいって、中間《ちゆうげん》風体の紺看板（法被《はっぴ》）に尻端折《しりばしょ》りに拵《こしら》え、三人とも木刀を腰に差していた。

御旅の騒ぎのときとは違い、二度目なので、度胸がついていた。木刀を佩《お》びていても住人に怪しまれることはなかったし、それにお理緒に約束していたから、三人は気合が入っていた。

「ここだ。いくぜ」

杉作が太吉と良一郎を見廻し、ふむ、と頷き合った。そろって、腰の木刀を抜いた。

遠地又蔵がこの裏店にいることは、確かめていた。

杉作が引戸の腰高障子を、勢いよく開けた。

「遠地、いるかい」

と、声を張り上げた。

店は一間ほどの土間に板敷、六畳ほどの部屋が続いていた。部屋の奥に両開きの腰障子が開いていて、濡《ぬ》れ縁と小さな庭があった。庭には物干し場があって、遠地が洗濯物をとりこんでいるのが見えた。

「ちくしょう。貧乏浪人のくせに、いい店に住んでいやがるぜ」

太吉が言った。

遠地は洗濯物の帷子《かたびら》や下帯を抱えて、濡れ縁から六畳へ戻った。

「遠地い」

杉作がまた声を投げた。

遠地は、土間の三人に気づいて訝《いぶか》しげに睨《にら》んだ。しかし、相手にする様子を見せず、六畳間にべったりと坐りこんで、乾いた洗濯物を畳み始めた。

「野郎、ふざけやがって」

杉作が真っ先に板敷に上がり、ずかずかと六畳へ踏みこんだ。太吉と良一郎が、気を昂《たか》ぶらせて続く。

「遠地い、てめえ、やってくれたな。今度はてめえの番だぜ」

杉作が凄《すご》んで見せ、三人は遠地をとり囲んだ。

ただ、三人とも土足で踏みこんだのではない。草履を脱いでいた。意気がっていても、凄みが足りなかった。緊迫した気配が乏しく、どことなく手ぬるい。

そのせいか、遠地は洗濯物を畳む手を止め、目を宙に泳がせたばかりだった。

ふむ、と吐息をついた。

遠地は刀を差していなかった。部屋の隅に二本がたてかけてある。

この野郎、油断しやがって、と良一郎は思った。

「賢右衛門さんの恨みをはらすぜ。覚悟はいいな」

良一郎は遠地の畳みかけの洗濯物を、蹴《け》散《ち》らした。

「これは友の仇討ちだ。正々堂々と闘ってやる。刀をとれ」

杉作が遠地から目を離さず、部屋の隅にたてかけた二刀へ首をふった。

「え、いいのかい？　杉作」

太吉が驚いたふうに、杉作へ向いた。

「かまわねえ。素手の相手を倒したんじゃあ、賢右衛門さんの仇討ちにならねえ。侍の仇討ちらしく、やってやるぜ」

「ああ、そ、そうだな。遠地、刀を、とと、とりやがれ」

太吉の声は、少し震えていた。

ところが遠地は、手を膝に乗せ、目は宙へ泳がせたまま、動かなかった。無精髭の見える口元を、つまらなそうに歪めていた。

「どうした、遠地。怖気《おじけ》づいたか」

すると遠地は、ふん、と嘲《あざけ》るように鼻を鳴らした。

「この野郎っ。刀をとれってんだよ」

良一郎のふり上げた木刀の切先が、だん、と天井を叩いた。かまわずふり落とした木刀が、遠地の右腕をかすめた。

遠地は「うわっ」と喚《わめ》き、右腕を抱えて転がり、刀をたてかけた隅まで這《は》って逃げた。

左手に刀をつかんだが、抜く気配は見せなかった。苦痛に顔を歪め、

「け、賢右衛門とは、一昨日《おととい》、六間堀町で殺された赤木賢右衛門のことだな。先だって、御旅でおれと塚石を襲ったのは、おまえらと赤木だったんだな」

「そうだ。おまえと塚石は、仕かえしに賢右衛門さんを殺《や》っただろう。友を殺られ

て、おれたちは黙っちゃいねえぜ」

「や、やめろ。おれはあのとき、赤木に斬られて、疵《きず》が癒えていない。医者に安静にしていろと言われている。見ろ。これだ」

遠地が右の袖《そで》を捲《まく》り上げた。右腕の二の腕から肩にかけて、包帯が痛々しく巻かれてあった。そこを、良一郎の木刀の切先がかすめたのだった。

「昨日、町方がきた」

遠地が鐺《こじり》を畳に突き、三人を見上げた。

「一昨日の夜のことを訊かれた。夕刻から出かけていた。これでも、提灯張りの仕事をしているのだ。内職ではない。提灯張りがおれの生業《なりわい》だ。おまえらみたいに、博奕ばかりしているわけじゃない。食っていかねばならぬからな。一昨日の夕刻は、東両国へ提灯を届けにいった。問屋の手代が証人だ」

部屋を見廻すと、部屋の一角に、提灯の枠がうずたかく積んであった。気を昂ぶらせて踏みこんだため、気がつかなかった。

「町方はこの疵を見て、すぐに納得した。赤木という男は凄まじい殺され方だったそうではないか。おれのこの身体でできることと、思うか」

三人は、木刀をかざした恰好で戸惑った。

「御旅の喧嘩の、仕かえしをする気はない。おまえらの顔も名前も知らなかった。赤木に仕かえしをして、また怪我をするのはご免だ。本所の竜造《りゅうぞう》に借金はかえした。おまえらに襲わせたのは、竜造だろう。大した額じゃなかったし、かえすのが少し遅れただけだ。竜造は金に細かい男だ。本当に物騒なやつだ。おまえら、あんな男のために、人殺しをする気だったのか」

良一郎は不安になって、杉作と太吉を見た。

「じゃあ、塚石だな。賢右衛門さんを殺ったのは」

杉作はまだ、無理に息巻いていた。

「そう思うなら、いって塚石に会ってこい。会えばわかるだろう」

「塚石は近所か。やつの店はどこだ」

「知らぬのか。二軒隣だ。寝てるはずだ」

「寝てる？　真昼間にか」

「おまえらのせいだ。おまえら、御旅で塚石を滅多打ちにしただろう。三人がかりで。あの折り、腰を痛め、未《いま》だ雪隠《せっちん》にいくのもままならぬ身だ。おまえら、手加減もせずあの男を痛めつけた」

三人は交互に顔を見合わせたが、すでに気勢はそがれていた。木刀を力なく下ろし、どうする、というふうに目配せをした。

半刻後、三人は岡場所・御旅の、藤田屋の勝手口のある路地にいた。

藤田屋の二階家と路地を挟んで御旅を囲う板塀が廻《めぐ》らしてあり、板塀の外に細い溝が掘り廻らされている。

しばらくして、勝手口の建てつけの悪い腰高障子がごとごとと寂しげに開き、お理緒が路地へ出てきた。

一昨日の夜みたいに、白粉や島田に結った髪は乱れていなかった。身につけた小袖は派手だったが、きちんと着つけていて、乱れた裾から赤い襦袢ものぞいていなかった。

ただ、黒の塗り下駄《げた》を履いた素足は、爪に紅が塗ってある。

唯一の身内である弟を亡くしても、勤めを休むことは許されなかった。お理緒は、路地にからからと下駄を鳴らし、三人のそばにきて、

「みなさん、一昨日の夜は、お世話になりました」

と、腰を折った。

「当然のことをしたまでさ。大したことはできやしねえが。それより、ちょいとだけ

お理緒さんに訊きたいことがあってさ。お勤め中に、すまねえ」

杉作が言った。

「いいのです。昼見世は始まっていますが、お客さんはまだ上がっていません」

お理緒が、微笑《ほほえ》みを杉作から太吉、良一郎へ廻《まわ》した。良一郎は顔を赤らめ、お理緒から目をそらした。

「じつはおれたち、林町の遠地又蔵の店にいってきたのさ。賢右衛門さんの仇を討つためにだ。こいつで正々堂々と渡り合い、見事、討ち果たすつもりだった」

杉作が、腰の木刀をつかんだ。

「まあ、若いあなた方が、賢右衛門のためにそんなあぶないことを……」

ところがよ――と、杉作は首をひねった。

杉作が遠地の店に踏みこんだ経緯を話している間、御旅の往来の方から、客と客引きの若い者とのやりとりが聞こえていた。板塀の外の初音稲荷《いなり》の境内《けいだい》では、樹林の蟬《せみ》が賑やかに鳴き騒いでいた。

「で、塚石の店にいってみたら、野郎、ごみ溜《た》めみたいな中に寝ていやがって、身体を起こすこともやっとだった。てっきり、遠地と塚石が賢右衛門さんを仕かえしに襲ったんだろうと思っていたが、どうやら、違うみたいなんだ」

「町方のお役人が、昨日、わたしのところへ訊きこみにきたのです。だからそちらの調べは、知っていました」

「そうだったのかい。町方はどう言ったかは知らねえけど、おれたちは諦《あきら》めちゃいねえ。賢右衛門さんをやったやつをどこまでも追いかけ、必ず恨みをはらしてやるつもりだ。それで、手がかりを探している。お理緒さんは、賢右衛門さんから何か聞いていやしねえかと思ってきたのさ。心あたりはねえかい。どんなつまらねえことでもいい。もしかしてあれは、とか気になることはねえかい」

「そうなんだ。おれたち、賢右衛門さんが人を恨んだり恨まれたりするような人じゃねえと思っていたから、よく知らなかったんだよ。呑んで騒いで、たまには博奕もしたり。賢右衛門さん、呑むと案外愉快な人だったんだよね」

太吉が言った。良一郎も言いたかったが、言葉が思い浮かばず、お理緒を、ちら、と見上げたばかりだった。

お理緒は目を潤ませながら、だが微笑みさえ浮かべて言った。

「杉作さん、太吉さん、良一郎さん、本当にありがとう。賢右衛門のためにそんなことまでしていただいて。でも、もう十分です。これ以上のことは、やめてください。誰に恨まれ、何があってこんなことになったのか、わたしにもわからないのです。姉と弟でも、あの子は何も話してくれなかった。これが賢右衛門の、定めだったのです。こうなるのが、わたしと弟の定めだったのです。あとは、お役人さまのお調べに、お任せしましょう」

微笑んだお理緒の目から、ひと筋の涙が伝った。

「定めなんて、そんなこと、ねえよ……」

良一郎が、か細い声をやっと絞り出した。

お理緒が良一郎へ、慈《いつく》しむような眼差《まなざ》しを向けた。

と、勝手口の引戸が、がたん、と勢いよく開けられ、若い者が路地に顔を出した。

「お理緒さん、お客だよ」

はい、ただ今――と、お理緒はふり向いて若い者にかえし、すぐに三人へ戻った。

「じゃ、みなさん、ありがとう。もうあぶないことは、しないでね。お父さんやお母さんに心配を、かけないでくださいね」

お理緒は、それだけを言い残して、勝手口の方へ駆け戻っていった。

お理緒が勝手口に消えると、からから、と耳に残った下駄の音が、良一郎には寂しかった。杉作も太吉も、気の抜けた顔をしていた。

「いこうか」

「うん。いこう、良一郎……」

三人は御旅の表木戸を出て、御旅町の小路を抜けて一ッ目の通りへ出た。一ッ目の橋を渡って、東両国の本所の元町から尾上町の通りをゆき、両国橋を越えた。

夏空にかかった午後の西日が、賑やかに両国橋をゆき交う人々や、深い紺色の大川をゆく船を照らしていた。

夕暮れからまた、両国名物の打ち上げ花火が夜空を染めるのだろう。

珍しく、三人の話がはずまなかった。いつもなら、歩きながら腹を抱えて笑い、周りの目も気にせず、わいわいと騒がしくいくのだが、三人の足どりは重かった。

馬喰町の損料貸し屋で衣装を着替え、「両国で一杯やろうぜ」「いこういこう」と杉作と太吉が誘うのを、「今日は帰る。たまには帰って顔を見せねえと、小遣いがもらえなくなっちまうからよ」と、良一郎は二人と別れた。

扇子問屋の伊東屋は、時の鐘のある本石町三丁目の、十軒店で知られる日本橋《にほんばし》の大通りに面した老舗だった。

良一郎は慣れた裏通りをとって、小路や路地を抜け、伊東屋の板塀にぶつかった。

板塀の裏木戸をくぐり、庭から縁廊下に上がった。

すぐに母親のお藤の部屋をのぞいた。上手《うま》い具合に人はいなかった。母親も継父の文八郎も、奉公人の手代や下男下女も、店の方で忙しい刻限である。

母親のお藤が簞笥《たんす》のどこに金を仕舞っているか、知っている。むろん、母親の前では知らぬふりをしている。

表の様子を気にかけながら、衣類の底に差し入れている唐桟《とうざん》の財布をそっと抜きとった。中に十数両の小判と、二分金貨、南鐐《なんりょう》二朱銀が数枚入っていた。

ちぇ、相変わらず持っていやがる。思いつつ、三両と金貨銀貨を数枚ずつ抜いて紙入に仕舞い、腹に巻いた晒《さらし》の間に突っこんだ。

財布を簞笥へ戻し、ぽんぽん、と柏手《かしわで》を打ってふりかえると、四歳になる妹のお常が襖の敷居に立って良一郎を見上げていた。

「おっと、お、お常。おめえ、いたのかい」

思わず大声が出そうになったのを、寸前で抑えた。

「お兄ちゃん、何してるの？」

しっ、と人差し指を唇にあてた。

お常が真似て、自分の赤く小さな唇に人差し指をあてた。そして、うふふ……と面白そうに笑った。

「おっ母《か》さんには内緒だぞ。お父《と》っつぁんにもな。土産《みやげ》を、買ってきてやるからな。

何がいい？」

「うふ。嘘だ。お兄ちゃん、帰ってこないのに」

「本当だって。今日、じゃなくて明日、昼には帰ってくるって。だから、兄ちゃんを見たことを、言うんじゃねえぞ」

「うふ。わかった。お土産は人形町《にんぎょうちょう》の武蔵屋《むさし や》さんの、花簪《はなかんざし》がいい」

「花簪？　武蔵屋の花簪は高《たけ》えなあ」

「武蔵屋さんの花簪じゃないと、だめだよ。買ってきてくれたら、おっ母さんにもお父っつぁんにも言わない。黙っててあげる。うふ」

「餓鬼《がき》のくせに、ちゃっかりしてやがる。あんな高えものを。しょうがねえな。じゃあ買ってくるよ。買ってくるから、内緒だぞ」

「言わないよ。お兄ちゃん、どこいくのさ」

「どこでもいいだろう。おめえの知らないところだ」

「うふ、わたし、知ってるよ。また博奕でしょう。おっ母さんとお父っつぁんに、あんまり心配かけちゃあいけないよ」

「そうじゃねえよ。餓鬼のくせに、こまっちゃくれた口を利きやがって」

　良一郎は、再び庭へ下りた。その背中に、

「ちゃんとご飯を食べるんだよ」

と、お常が母親のお藤みたいに声をかけたので、ちょっとぞっとさせられた。

裏木戸から路地へ出た。人形町へ寄るため、道を変えた。それから、両国で明るいうちから一杯やっているかもしれない杉作や太吉と万が一にでも出くわさないように用心して、新大橋《しんおおはし》を深川へ渡った。

御旅町の御旅に着いたころには、もう夕方になっていた。

御旅の表木戸を、木戸番の若い衆と目が合わないように、俯《うつむ》いて通った。

往来は、両側に並ぶどの見世にも早や明かりが灯り、張見世の女の声や、それを見定めつついき交う嫖客《ひょうかく》で、昼間きたときとは較べ物にならない賑わいだった。

藤田屋は、木戸を入って往来の左手に軒《のき》を並べる一軒目である。客引きの若い者が、良一郎を見覚えていて、「お?」という顔つきをした。

「今度は客できた。金はあるぜ。女は、お、お理緒を頼むぜ」

懸命に、遊びに慣れたふうを装った。若い者がにたにたして、

「さすがお客さん、若いのにお目が高え。お理緒は器量はいいし、気だてもいい。うちの一番の売れっ子ですぜ。今なら半刻待ちだ。半刻待ちならましな方だ。半刻待ちで、かまいやせんか。それとも、ほかの女にしやすか。ほかにも、いい女をそろえて

おりやすぜ」

と、調子よく言った。

「かか、かまわねえ。お理緒で、いい」

「へい。おひとりさん、お理緒さんのお名指しで、お上がりい」

若い者が藤田屋の柱行灯の灯る表土間に顔をつっこんで、声を張り上げた。

「おひとりさん、お上がりい。お理緒さんのお名指しい」

見世の奥から、女の声が応じた。良一郎は、お理緒の名が出ると自分の胸のうちを見透かされたような気がして、ぽっと顔を赤らめた。

五

お理緒は、客をとるたびに身体が汚れていく気がした。

けれども、下伊那を出るとき、お理緒と賢右衛門は死ぬと決めていた。自分と弟は、武門の意地のため、死ぬために生き恥を忍んでいる、という思いがお理緒の心を支えた。心が折れるのを、まぬがれた。

なのに、賢右衛門の死は、お理緒の胸に大きな風穴を開けた。

打ちのめされた。

それでも、悲しみにくれている暇《ひま》はなかった。哀れな弟のために、泣くことすら許されなかった。泣くと白粉が落ちた。客を迎えるために、悲しみの涙をぬぐい、化粧をなおすことが、とても猥《みだ》らなふるふる舞いに感じられた。

享楽の巷《ちまた》に、日が昇り日が沈み、また日が昇り日は沈んだ。

賢右衛門が逝ってから、ときは嵐のように流れていく。

お理緒は焦りを覚えた。早く弟のあとを追わなければ、と思っていた。

その客は、目の鋭い大柄な男だった。首が太く、身体の底から響く声を出した。身《み》形《なり》は侍らしかった。だが、お屋敷奉公には見えなかった。

言葉に信濃の訛があった。

お理緒は国を訊ねなかった。自分の国を訊かれたくなかったからだ。

客は、褐色の肌が光る分厚い体軀《たいく》で、お理緒の細い身体を組み敷いた。翻弄《ほんろう》するようにお理緒の身体を貪《むさぼ》った。

どうして、姉さんを残して先に逝ったの。

お理緒は涙を堪《こら》え、心の中で虚しく問うていた。繰りかえし、繰りかえし……

勤めがすんでから、乱れた長襦袢をなおし、島田のほつれ毛を整えた。

客は布団の中で頬杖《ほおづえ》をつき、煙管《キセル》を吹かしていた。お理緒は客の視線を、ひりひりと背中に感じていた。しばらくして、

「お客さん、そろそろお支度をなさってくださいな」

と、まだ寝そべっている客の方へ横顔を向けた。

客は煙草盆《たばこ》の灰吹きに、かん、と煙管をあてた。布団から身を起こす気配が、続いた。

お理緒は、衣類と部屋に上がった折りに渡された刀をそろえ、客の起き上がった布団のそばにおいた。布団の上に下帯ひとつで立った客は、頑丈そうな長い四肢と、低い二階の天井に届きそうなほどの背丈があった。

鋭く光る大きな目をまばたきさせず、お理緒をじっと見下ろしていた。

「着せろ」

と、言った。

お理緒は、行灯の明かりを艶やかに映す褐色の体軀に、着物を着せるのを手伝った。

「女、国はどこだ」

客が背中を向けたまま訊いた。

「江戸から遠く離れた、山国です」

お理緒はこたえた。

「山国か。国を捨てたのか」

「わたしのような者に、戻る国はありません」

「国で、何があった」

「いろいろと……」

侍は黒の帷子の上に納戸色の単衣《ひとえ》を羽織った。

「生まれは武家か」

お理緒は黙っていた。縞の細袴を着けた客の前へ跪き、袴の紐《ひも》を強く結わえた。それから、朱の長襦袢の両袖に黒鞘の二刀をくるみ、客に差し上げた。

客は脇差を腰に佩びながら言った。

「若きころ、おれは卑しき馬方だった。ある日、馬を牽《ひ》いて、国では名家と知られるお屋敷に荷を運んだ。お屋敷には、まだ蕾《つぼみ》のような美しき姫さまがいた。おれは、あまりにまぶしく畏れ多くて、姫さまを仰ぎ見ることさえできなかった。姫さまの声だけが聞こえ、それは麗しき調べのようであった。木々を渡る風の音よりも、深き谷を流れる川のせせらぎよりも、嶺《みね》から嶺へとこだまする鳥の声よりも美しき調べのようであった」

黒鞘の長刀をとり、きゅっ、と音をたてて腰に差した。

お理緒は膝に手をつき、客の前でじっと畏まった。

客の大きな掌が、お理緒の白い頬に触れた。ざらついた掌は、頬をなで、唇をもてあそび、細い首筋へすべり下りた。そうして、喉をわしづかみにするように、お理緒の愁《うれ》いを浮かべた顔を持ち上げた。

お理緒はその掌ひとつに、抗《あらが》うことはできなかった。

「今、その姫さまは、おれの掌の中にある。あのまぶしく畏れ多く、仰ぎ見ることすらできなかった姫さまを、ついに手に入れた。これほどの喜びはない。卑しき馬方だったおれは、おまえのお陰で、本物の侍になれた気がする」

細い喉首をひとひねりでつぶすことのできる大きな手に、力が加わった。

太い指が、白い肌に食いこんだ。お理緒の唇から、かすかに苦しげな息がもれた。

「お理緒、情けだ。どちらかを選べ。このみすぼらしき女郎屋のひと部屋で、由緒正しき赤木家の姫さまの一生を閉じるか、それとも、赤木軒春さまの書き残した秘帖をおれに渡し、わが妻として生きるか。お理緒、わが妻になれ」

お理緒は、息苦しさに眉をひそめつつ、客に言った。

「秘帖、とは……」

「賢右衛門は、あれは父親の日記だ、と死ぬ前に言っていた。だが、賢右衛門は持っていなかった。あのぼろ家を家探ししても、見つからなかった。下伊那を出るとき、賢右衛門は子供だった。姉に従って国を出たのに違いなかった。姉のおまえが持っているのだな、赤木さまの残した秘帖を。それがいる」

「お客さんが部屋に入ってきたとき、言葉に信濃の訛がありました。もしやそうでは、と思っていたのです。でも、卑しきあなたに、見覚えはありません。賢右衛門が言ったとおり、あれは父の書き残した日記です。あれがほしかったのですか。あんな物のために、卑しきあなたが賢右衛門を斬り、それからここへ、きたのですね」

お理緒は、片膝を立て、そうしてゆっくりと立ち上がって言った。

「そうだ。お理緒、諸行は無常だ。由緒ある赤木家はすでにない。姉も弟も秘帖も、儚《はかな》きときと共に消え去っていればよかった。お理緒と賢右衛門が国を捨てたとき、父親の仇を追っていたとは、わが主は思わなかった。放っておけば、あの秘帖と共に消え去る。そう思っていた。高をくくっていた。姉弟が生きて仇を追い、万が一、赤木さまの秘帖が表に出ることを、わが主は望んでおられぬ」

客は、喉首にかけた掌を放さず、お理緒の顔を玩《もてあそ》ぶように持ち上げた。

「姉弟がすでに決まりのついたことをむしかえし、姉弟の手の中にある秘帖が、どこかで誰かに見られ、事の真実が明らかになる事態を、たとえ万が一であっても、わが主は恐れておられる。こんなことなら、芽のうちに摘んでおけばよかったものを、手抜かりだな」

「お客さん、お名前を聞かせてください」

「おれの名か。中馬新蔵だ。覚えておけ。おまえの亭主になるかもしれぬ男だ」

そのとき、お理緒は中馬の腰の長刀の柄をにぎっていた。力をこめ、かち、と鯉口が鳴った。ためらいなく抜きとったが、中馬はそれに気づかぬかのように、お理緒から目を放さなかった。

お理緒は、中馬の分厚い身体へ打ちかかった。

しかし、打ちかかられた刀身を、中馬は素手のざらざらした左の掌で搦《から》めとるかのようにつかんだ。長刀は、掌の中でびくともしなくなった。

虚しく抗ったが、お理緒の力ではどうすることもできなかった。凄まじい膂力《りょりょく》が、素手のままにぎり締めた刀身から伝わってくるのが、お理緒にもわかった。

お理緒は、すでに覚悟ができていた。

「亭主を、刺す気か」

中馬が野太い声を響かせ、喉首をさらに絞め上げた。

そのとき、廊下に足音が近づき、「へい、お客さん。そろそろ一切りの、刻限でございやす」と、若い者の声が襖ごしにかかった。

お理緒が悲痛な声を絞り出した。

だん、と襖が引き開けられ、「な、なんだ」と、若い者が喚いた。

「お理緒、これまでだ」

中馬は怒りに顔を歪めた。

咄嗟に喉首を放し、脇差を抜き放ちざまにお理緒を斬り上げた。

悲鳴が、見世中に響きわたった。

お理緒は身をよじらせて襖を押し倒し、どど、と廊下に転がっていった。

若い者がお理緒のはずみを喰らって尻餅《しりもち》をつき、「人殺しだあ」と、叫んだ。

女郎や客が廊下に顔をのぞかせ、血だらけで廊下に倒れたお理緒と、這って逃げる若い者と、刀を手にして廊下に出てきた中馬を見つけ、悲鳴や喚声が沸き上がった。

中馬は、廊下に倒れ血を垂らしているお理緒と目を合わせた。そのとき、

「無礼者。退がれ」

と、お理緒が中馬を見上げて言った。

止《とど》めを刺そうとした刹那《せつな》、ちゃん、と中馬の首筋に何かがあたった。花簪が中馬の足元に落ちた。廊下の先を見かえすと、階段を駆け上がった良一郎が身がまえていた。

「売女、これまでだ」

「てめえ、そ、そうはさせねえぞ」

良一郎が喚いた。中馬の怒りに燃える目が、良一郎を睨んだ。しかし、良一郎はひるまなかった。なぜか、勇気が湧《わ》いた。

続いて木戸番の男たちが、階段を鳴らして駆け上がってきた。

「くそ」

中馬は吐き捨て、途端、部屋へ身を転じた。

畳をゆらして走り抜け、出格子の窓に突っこんでいったのだった。

凄まじい音と共に砕《くだ》け散る出格子窓から、中馬は身を躍らせた。一階の軒屋根を軽々と越え、賑やかな往来に飛び下りた。

わあっ、と往来が喚声の渦に包まれる中、中馬は物《もの》の怪《け》のような大柄な体軀を持ち上げた。そうして、何事かと周りをとり囲んだ男や女たちをひと睨みした。

「人殺しだ。そいつだ。女郎を斬った」

藤田屋の二階の、砕けた格子窓から男が往来の中馬を指差して叫んだ。

瞬間、中馬を黒羽織の四人がとり囲んだ。

「これまでだ。いくぞ」

中馬が四人に言った。中馬と四人は身を翻し、脱兎《だっと》の勢いで御旅の表木戸を走り抜けていった。

良一郎はお理緒の傍らに跪いた。

「お理緒さん、お理緒さん、良一郎だ。賢右衛門さんの友だちの、良一郎だよ。しっかりしてくれ」

と、おろおろして言った。血がもっと出そうで触れるのが恐かったが、良一郎は可哀相なお理緒を助け起こさずにはいられなかった。

するとお理緒が、震える手を良一郎の襟にのばし、喘ぎ喘ぎ言った。

「り、良一郎さん、あなた、いてくれたのね。ああ、よかった。あなたに、お願いが、あるの」

「なんだい、お理緒さん。なんでも言ってくれ」

「神田、雉子《きじ》町、八郎《はちろう》店。唐木、市兵衛というお侍さんを、呼んで。死ぬ前に、伝えておきたいことが、あるの。どうしても、伝えておきたい……」

「死にゃあしねえよ、お理緒さん。わかった。神田雉子町八郎店、唐木市兵衛。すぐに呼んでくるぜ。気を確かに持って、待ってろ。いいね、お理緒さん。誰か、医者を呼んでくれ。お理緒さんの介抱を頼む。おれは急いでいかなきゃあ、ならねえんだ」

良一郎は、周りの誰彼となしに喚いた。

夜更けの町を駆けに駆け、打ち上げ花火や、川開きの賑わいが果てた両国橋を渡った。

両国から神田へと、良一郎は走りに走った。

四半刻少々ののち、神田雉子町八郎店の一軒の板戸を、けたたましく叩いた。

「市兵衛さん、唐木市兵衛さん、良一郎でやす。渋井鬼三次の倅の、良一郎でやす。開けてくだせえ。お理緒さんが市兵衛さんを呼んでいやす。お理緒さんが、斬られた」

乱れる息を呑みこみつつ、良一郎は懸命に言った。市兵衛の名を呼び続け、板戸を叩き続けた。

「良一郎さんか。どうした」

板戸が開き現われた市兵衛は、早や提灯を提げ、両刀を佩びていた。

「市兵衛さん、お理緒さんが斬られた。ひでえ疵だ。市兵衛さんにきてほしいって言ってやす。伝えることがあるって。すぐきてくれ。お理緒さんが死んじまう」

「誰に斬られた」

「わからねえ。恐そうな面をした侍だった。血を垂らした刀を持っていやがった。窓を突き破って逃げた。化け物みてえな男だった」

「承知した。すぐにいく。だが良一郎さん、わたしから頼みたいことがある」

「頼みたいこと？」

「苦しいだろうが、これを持ってもうひと走り、京橋の柳町までいってもらいたいのだ。柳町に医師の柳井宗秀先生の診療所がある。宗秀先生は優れた蘭医《らんい》だ。御旅へ連れてきてほしい。お理緒さんの名と市兵衛から聞いたと言えば、必ずきてくれる。先生が留守だったなら、深川油堀の喜楽亭という一膳飯屋へ寄ってくれ。先生がいると思う。たぶん渋井さんも……」

市兵衛が提灯を差し出した。

「親父《おやじ》が？　わ、わかった。おれはまだまだ走れるぜ。提灯なんぞいらねえ。柳町の柳井宗秀先生だな。必ず連れてくる」

素早く踵《きびす》をかえした良一郎が、たちまち八郎店の路地から消え去った。

市兵衛は八郎店を出て、両国橋への道を急いだ。

両国橋に差しかかると、夜空に星がまたたき、暗い大川は不気味な静けさに包まれていた。そのとき市兵衛は、赤木賢右衛門の身の上をまだ知らなかった。

第三章　赤い笄《こうがい》

一

昼前の診療を終え、宗秀は薬研《やげん》で薬を作っていた。ごろ、ごろ、と薬研車が舟形の細いくぼみに入れた薬種を押し砕《くだ》いていた。

午後には往診がある。ただ、急を要する患者はいなかった。

黒川七郎右衛門の疵《きず》も、十分回復した。向柳原の保利家の上屋敷へいくほどのこともあるまい、と宗秀は考えていた。

竹垣を結《ゆ》った裏庭と細い路地を隔《へだ》て、炭《すみ》町の色茶屋が軒《のき》を並べている。

その色茶屋の二階の出格子に、赤い湯文字が日射しの下にだらりと干されているのが、診療部屋の明かりとりから見えている。

女の包み隠さないふる舞いが、宗秀の診療所からはよく眺《なが》められた。

色茶屋の女と窓ごしに顔を合わせれば、「あら、先生」「おう」と笑みを交わす。

家事をするために雇ったばあさんが、台所で立ち働いていて、その物音がのんびりとした様子に聞こえていた。

近所の庭木で、あぶら蟬《ぜみ》が今日もふてぶてしく鳴いている。あのあぶら蟬は、ここのところちょっと偉そうに鳴く、いつものやつだ。宗秀はおかしくなった。

ごろ、ごろ……

と、薬研車を動かした。

お理緒と賢右衛門の姉弟のことが、このごろ、よく胸をかすめた。

お理緒は綺麗《きれい》な娘だった覚えはある。けれど、顔だちはもう思い出せなかった。それほどときがたった。宗秀の覚えている賢右衛門は、まだ童子《わらし》と言ってよかった。

宗秀が気にかけても、どうにもならぬことである。

赤木軒春の娘と倅《せがれ》という以外、気だても知らず、かかわりもなかった姉と弟が、今は国を捨て江戸に根を下ろした宗秀の胸に、小さな波紋を投げた。

それはすぐに儚《はかな》く消えながら、忘れたころにまた小石が投げられ、水面にたったかすかな波紋が、宗秀をあの日々への淡いせつなさとほのかな懐かしさへ誘《いざな》うのだった。

市兵衛と渋井には、つまらぬ、勝手に思わせておけ、放っておけ、と言った。

言いながら、宗秀の本心は、お理緒と賢右衛門に父親の仇《かたき》と追われていることが不本意であった。

誰に言われた。何を証拠に。

内心は、お理緒に会って問い質《ただ》したい気持ちはあった。

だが、そんなつまらぬことをと、気にする自分が不快になった。

いっそのこと姉弟うちそろって、早々にわが前へ現われよ。仇と狙《ねら》われるのを恐れて逃げたのではない。子細を説いて聞かせ、それでもわが言葉が腑《ふ》に落ちぬのなら、武門の意地をとおしたいのなら、いつでも討たれてやる。その方が清々する。

宗秀は薬研車を押しながら、どうでもいい、忘れよう、と言い聞かせた。

そのときだ。

小路の側へ開いた大きな連子窓に、一台の腰黒の駕籠《かご》がゆらりと差しかかった。

診療所は、本八丁堀へ渡る弾正《だんじょう》橋の往来をひとつ折れた柳町の小路にある。

うん？

宗秀は薬研車の手を止め、小路へ顔を向けた。連子窓ごしの前後二人の轎夫《きょうふ》（駕籠かき）が身に着ける看板（法被《はっぴ》）に、見覚えがあった。

駕籠の軋《きし》みが聞こえ、轎夫が連子窓のそばに駕籠を下ろした。

女中と挟み箱を担いだ中間《ちゆうげん》がひとりずつ、駕籠につき添っていた。診療所にきたのは明らかだった。昼前の診療は終わっている。宗秀は薬研車をおいた。

駕籠を降りた人影が、黒塗りの屋根の向こうに立ち上がった。片はずしに結った髪に挿《さ》した赤い笄《こうがい》が目につく、女の後ろ姿である。

身分の高い女に違いなかった。女はつき添っている女中よりも、背が高かった。

小路の通りがかりが、身分の高そうな女に頭《こうべ》を垂《た》れて通りすぎてゆく。

駕籠と中間を連子窓のそばに残し、女と女中の二人が、診療所の表口の方へ廻《まわ》っていく気配であった。

ふと、女が診療所を見廻すように顔を向け、連子窓へ真っすぐに目を向けた。

女は薄暗い部屋にいる宗秀と目を合わせたが、宗秀が見えていないはずだった。女中が女に話しかけ、女は宗秀へ真っすぐ目を向けたまま、まるで宗秀へそうするかのように微笑《ほほえ》んだのだった。

ああ、と宗秀は溜息《ためいき》をついた。

そうだったのか、と思い、赤い笄が見覚えの中でゆれた。

雇いのばあさんが土間に下駄《げた》を鳴らし、訪ねてきた客の応対に表口へ出た。

へえ、へえ、とばあさんの相槌《あいづち》と女中の口上が交わされ、「先生にお訊《たず》ねしてまいります。少々お待ちくださいませ」と、ばあさんが畏《かしこ》まってこたえた。

「先生。お客さまです。向柳原の保利家の、あのう、菅沼千野さまというお方さまです。おとおしして、よろしゅうございますか」

「ふむ。客座敷はないので診療部屋でよいと言われれば、入っていただきなさい」

宗秀は言い、薬研を傍らへのけた。

表土間の続きに四畳半があって、両開きの明障子が診療部屋の六畳を仕きっている。患者は四畳半で診療の順番を待つ。「次は」と宗秀の声がかかれば、患者同士が順番を確かめ合い、順番の者が診療部屋に入って、病や疵の診《み》たてと治療を受けるのである。

診療所は様々な薬の臭《にお》いがまじり合った、不思議な香に似た臭気がたちこめている。

ばあさんの案内で、千野が鴨居《かもい》をくぐり、障子のそばに着座した。

女中は千野の後ろの四畳半に控え、ばあさんは茶の支度にさがった。

千野は十年前よりも、ふくよかな身体《からだ》つきに見えた。藍鼠《あいねず》の小袖《こそで》に白と銀の松の裾《すそ》模様を染め抜いた着物をまとい、下着の白が襟元をなだらかに隈《くま》どっていた。

古い畳にそろえてついた白い手が、ほっそりとしている。

「ご無沙汰《ぶさた》をいたしておりました。宗秀どのにおかれましては、お変わりなきご様子、祝着に存じます」

千野は、手をついたまま型どおりに言った。垂れた頭の片はずしの赤い笄が、遠い昔の見覚えよりも鮮やかに感じられた。

「どうにかこうにか、すごしております。千野さんのお健やかなお姿を拝見し、安心いたしました。この診療部屋のほかは、わが寝間しかない狭い住まいです。むろん、上座も下座もありません」

宗秀は膝《ひざ》に手をおき、頭を垂れた。

「ゆえに、このままで失礼いたします。どうぞ、手を上げてください」

「とても優しげな覚えがきざす、温かな診療所ではございませんか。江戸にきてから、すぐに宗秀どののお噂《うわさ》は聞こえてまいりました。今日初めてうかがい、ああ、宗秀どのらしいと思いました。きっと、こちらを訪ねられる方々の宗秀どのへの厚い信頼や、人々の役にたつために生きることを志してこられた宗秀どののお心が、この覚えを招いているのでございましょうね」

千野はまだ手を上げなかった。

「所詮《しょせん》はいたらぬ者です。歳《とし》を重ねれば重ねるほど、わが身の未熟さが身に染みます。菅沼さまは、変わりなく、お暮らしでしょうか」

そこで手を上げ、千野は身を起こした。白い顔に少し朱が差していた。美しい顔だちに憂《うれ》いが陰を作っていた。

思い悩むことが、あるのかもしれなかった。

「はい。今は弟の重之《しげゆき》に家督をゆずってすべてのお役を退き、下伊那の診療所の町医として、若きころよりも忙しく働いております」

「では、重之どのが典医となられ、お城勤めを?」

「さようです。未《いま》だ平医ではございますが、わが弟もどうにか身をたててくれました。父が安堵《あんど》しております」

「それはよかった。重之どのは優れた医師です。いずれ菅沼さまを継いで匙頭《さじ》に就かれ、殿さまのおそば近くにお仕えするお役に昇られることでしょう。菅沼さまのお喜びの様子が、目に浮かびます」

宗秀はのどかな笑みを、千野との間に遊ばせた。

「父が言っておりました。宗秀どのに申しわけないことをした。あれほどの優れた医者に重き負い目を負わせてしまったと」

「おやめください。柳井村の一介の紙漉《す》き業の倅が、菅沼さまのご恩をこうむり、医者となり、ご嫡子《ちゃくし》・重之どのの義兄《あに》として、菅沼宗秀を名乗らせていただきました。そのご恩をかえさぬまま、国を捨て、このような身になり果てたのです。自らが選んだことゆえ、後悔はありませんが、ただ心残りは、菅沼さまのご恩をかえさぬまま、塵界《じんかい》に朽ち果ててゆくばかりの……」

「心残りはそれだけですか。清五《せいご》のことは心残りではありませんか」

近所の庭木で、あぶら蟬が鳴いている。宗秀はあぶら蟬のふてぶてしい鳴き声を、ぼんやりと聞いた。

「清五はもう十三歳です。父が言うのです。長崎で医術を学ぶのに、早すぎるということはない。清五ほど優れた子なら、今のうちから長崎で学べば、清五の将来のためになる。わたくしはもう少し大きくなってから、と思いましたけれど、清五がゆくと言うので、この春、長崎へ旅だちました。宗秀どのに似て、少々頑固な、でも心の優しい子ですよ。顔だちも心根も、頭のよさもとても似ています」

宗秀は、何も言わなかった。自分が菅沼家の養子となって長崎へ旅だったのは、十六歳のときだった。

宗秀は沈黙し、古めかしい埃《ほこり》まみれのときが、脳裡《のうり》を廻っていくのを感じていた。さわさわと、心がざわめくのを、感じていた。

あぶら蟬の鳴き声の中、ばあさんがのそりのそりと茶を運んできた。「どうぞ」と茶碗《ちゃわん》をおいてゆく。最後に、「はい、先生」と、宗秀が普段使っている湯呑をおいた。

宗秀はざわめきを落ちつかせるため、熱い茶を含んだ。

「わたくしがなぜ、おうかがいしたのか、お話ししなければなりません」

「うかがいます」

宗秀は湯呑をおき、膝に手をおき、ゆるやかな端座を保った。

千野が宗秀を見つめ、言った。

「五年前、ご側室・土岐《とき》の方さまが亀姫さまをご出産なされ、亀姫さまお付きの年寄のお役目を拝命いたしておりました」

「ほお、姫君さまお付きのお年寄役に。それは重き役目だ」

「清五は八歳になっておりましたし、父や母、弟夫婦と暮らしておりましたので、気がかりという歳ではなく、城代家老の脇坂右京之介《うきょうのすけ》さまのお指図により、奥仕えに上がったのでございます」

「脇坂さまは、城代家老に就かれていたのですか。脇坂家は御当主の保利家につながる由緒あるご一門。また、有能な右京之介さまならばいつかは家老職にと思っておりました。またたく間に十年以上の歳月がすぎ、なるべくしてなられた、という気がします」

「この春、亀姫さま御歳六歳になられ、江戸上屋敷にお移りなされました折り、お供を命ぜられ、出府いたしました。こののち、亀姫さまは江戸にてお暮らしになられますので、わたくしはお付き年寄の役目をとかれ、秋には国元へ戻る手はずになっております」

「そうでしたか。それはお名残り惜《お》しい……」

「まあ、名残り惜しいとは、心にもないことを。おかしいですわ」

千野は戯《たわむ》れるように言った。ふと、新妻のころの千野の面影《おもかげ》がよぎり、宗秀はそれをふり払った。

どうぞ、続けてください——と、先を促《うなが》した。

「この春、出府する折り、江戸にて宗秀どのにお目にかかれるのではないかと、思っておりました。できれば、お目にかかりたいと」

宗秀はさり気ない笑みを作り、ふむ、と頷《うなず》いた。

「国を出る折り、後添えのお話がございました。お相手は、城代家老の脇坂右京之介さまでございます。亀姫さまお付きのお役目を終えて国へ戻る秋に、ご返事を申し上げることになっております。脇坂さまはすでに五十をこえられ、亡くなられた奥方様との間に家督を継がれるご長男もいらっしゃいます。けれど、わたくしが脇坂さまの後添えに入れば、清五は保利家の家老職を継ぐ脇坂家につらなる者となるのでございます」

千野は、そこで短い間をおき、物憂《ものう》げに宗秀を見つめた。

「父も母も弟も菅沼の縁者も、めでたいこととこのお話を喜んでおります。長崎へいった清五の将来のみならず、菅沼家にとっても……清五は、聞き分けのいい素直な子です。きっと、受け入れてくれます。ただ、わたくしは脇坂さまにご返事をいたす前に、宗秀どのにお会いして、ひと言、お知らせしておきたかったのです。菅沼宗秀の倅・菅沼清五が脇坂清五となることを、宗秀どのに知っておいてほしかったのです」

「わたしは菅沼宗秀ではなく、柳井村の宗秀です。菅沼宗秀はおりません。わたしが国を去ったとき、清五は三歳でした。清五は、わたしの顔など覚えておらぬでしょう。わたしにとっても、あのとき三歳だった清五は、十年がすぎた今も三歳の童子のままなのです。わたしには、清五の父親を名乗る謂《い》われがありません。十年も放っておいて、父親でいられるはずがありません」

「あの子には菅沼宗秀のことをよく話して聞かせました。たとえ顔は覚えていなくても、あの子は父親のことを沢山知っております」

「ありがとう、千野さん。清五がわたしのことを少しでも知ってくれていると思うと、嬉《うれ》しく思います。ですが、清五はわたしのことなど、忘れて仕舞《しま》っていいのです。脇坂清五として、これからのおのれの道をゆくべきなのです」

裏の炭町の色茶屋の方から、文庫売りの呼び声が「文庫やあぶんこう、文庫ぅぅ」と流れてきた。色茶屋の女が、文庫売りを呼ぶ声がした。

「先だって、向柳原の上屋敷に、お見えになられましたね。黒川さまが疵を負われ、そのお手あてに……」

と、やがて千野が言った。

宗秀は、何日か前、保利家の表門を出る折り、ふと、邸内のどこかから見られている覚えが兆したことを思い出した。

二

「ご存じでしたか。平山と岡下、福士にも会いました。かの者らに会うのは国を去って十一年ぶりです。黒川の疵の手あては、わたしでなくともよかったのですが、かつての仲間ということで、内々に。黒川の疵のことは、平山たちに口外せぬようにと釘を刺されましたゆえ、これ以上は話せませんが」

「お話しにならなくとも、けっこうです。宗秀どのより、わたくしの方があの一件はよく存じております。お屋敷の者は、口には出しませんが、誰もがみな存じておることでございますから」

「かつての仲間たちが出世して、お家のため領民のために働ける立場に就いていることを知りました。驚きましたし、よくやった、と思います。長いときが流れ、人も世も変わる。変わればよいのです。みなでお家の政《まつりごと》を正そうと誓った日々は、無駄ではなかった。意味があった。わたしはそれで満足です。黒川にも言いました。わたしのことなど気にするなと。よき国にするために、人々のために働いてくれればよいと」

「黒川さまは殿さまの御側御用人《おそばごようにん》に就かれ、平山さま、岡下さま、福士さまは江戸屋敷年寄。国元では、新条さま、溝口さまが、同じく年寄にお就きです。みなさま宗秀どのの、かつてのお仲間でございましたね」

「はい。みなかつての仲間です。年寄は、ご家老さまをお助けし、政の中核を担う重き役目。かの者らが力を合わせれば、国が動かせる。そこまできたのか。大したものだ、と思っております」

「黒川さまが、なぜお命を狙われたか、黒川さまご本人や、平山さま、岡下さま、福士さまから、お聞きになられましたか」

「何も、聞いておりません。お家にかかわりのない者が、訊ねることではありませんし、かの者らも表沙汰にできぬお家の事情を抱えておるようでした。黒川への遺恨《いこん》や私利私欲の諍《いさか》いではないことは、察しがつきましたが、それ以上は……」

「昔のお仲間が、宗秀どのにも隠しておられるお家の事情を、不審に思われませぬか。宗秀どのが屋敷をお出になる夕刻のころ、黒川さまに疵を負わせた飛田伝助というお侍が、邸内のお仕置き場にて斬首《ざんしゅ》されました。なんの詮議もなく」

千野は、宗秀へ問い質すような目を向けた。

「捨てた国の事情なのです。それが不審であったところで、今のわたしにはかかわりがありません。もし、七郎右衛門、いや、黒川が斬《き》られたわけが保利家の政をめぐっての家中の争い事にあったとしても、わたしは黒川が間違っているとは思いません」

「御用紙の紛争で、宗秀どのやお仲間のみなさんが反対なされたはずの施策が、今また新たにとり上げられているとしてもですか」

「あれは終わったのです。多くの者が命を落とし、疵つき憎み合い、保利家は御公儀より厳しき叱責《しっせき》さえ受けました。御用紙の施策が、再びとり上げられるはずは、ありません。そんなことをしてまた紛争が起こり、それが御公儀に知れれば、次は叱責ではすみません。そのようなお家の一大事を、家中の者の誰が望むでしょう」

「でも、宗秀どの、終わってはいないのです。森六左衛門《ろくざえもん》を覚えていますか。あの六左衛門と息のかかった商人が、あのときと同じ紙問屋仲間を、ただ御用紙会所と名を替えたばかりで、新たに許されているのですよ」

「森六左衛門を忘れはしません。紙漉き業のわが父らが六左衛門の店を打ち壊し、捕らえられたのですから。わが父は江戸の牢《ろう》屋敷で命を落としました」

宗秀はひと息つき、考えた。

「下伊那は、諸国の中でも有数の紙の産地です。紙が人々の暮らしを支えております。しかしながら、紙の商いが盛んになり、諸国との交易が増えれば、紙問屋が生まれるのは当然のことです。文化四年（一八〇七）の御用紙の紛争の折り、われらは問屋仲間ができることに反対したのではなく、六左衛門を頭にしたひと握りの商人に問屋仲間の商権を独占させる勘定奉行の施策に異議を申したてたのです」

「六左衛門にそれを許した当時の勘定奉行の、赤木軒春さまを斬るべし、という強硬なお考えの方もおられたのでしょう。実際に、打ち壊しのあった夜、赤木軒春さまが何者かに斬られ、宗秀どののお仲間や、宗秀どののご自身にも疑いがかかったのでしたね」

誰が赤木さんを斬ったのか、わたしは知りません、と宗秀は言おうとしたが、口には出さなかった。赤木の理緒と賢右衛門が宗秀を父親の仇と追い、江戸にきていることを放っておく、と決めていたからだ。

「千野さん、あのときわれらはみなで、あの施策を許してはならぬと、手を組みました。仲間になりました。あのときの仲間が、今は保利家の要職に就いているのです。黒川たちが、そのような施策を許すはずがないのです」

何かを考えるかのように沈黙をおいてから、千野は平静な口調で続けた。

「去年の冬、勘定方頭の飛田主馬助《しゆめのすけ》どのが、賊に襲われ命を落とされました。同じころ、下伊那の商人・天野《あまの》屋の良平《りようへい》さんがやはり無残に殺され、二人を亡き者にしたのは同じ賊ではないか、という評判がたちました」

「飛田、主馬助?」

「はい。先だって、黒川さまを襲って、詮議もなくその日のうちに首をはねられた飛田伝助どのの身内のお侍です。と申しますのも、飛田どのは御用紙会所の商権を森六左衛門らに独占させず、下伊那十八町のすべての紙商人に広げるべきと主張し、天野屋さんは、天領の紙漉き業者らを巻きこみ、六左衛門らの問屋仲間の利権を、御公儀に訴え出ようという動きの中心になっていた人物だからです」

「同じ賊が、飛田主馬助と天野屋良平を始末した？　二人は六左衛門らの問屋仲間の独占に異議を唱えていたのですか」

「そうです」

宗秀から目を離さなかった。

千野に見つめられ、宗秀は動揺を覚えた。

「すると千野さんは、飛田伝助という家士の黒川襲撃は、飛田主馬助と天野屋良平の殺害にかかわりがあると、お考えなのですか。もしかして、黒川が森六左衛門と結んで、会所の独占を進めていると、仰《おつしや》るのですか」

「飛田主馬助どのと天野屋さんが殺された事情と黒川さま襲撃のかかわりは、噂にしかすぎません。けれど、森六左衛門と黒川さまが手を結んでいるというのは、国元では誰もが知っていることです。森六左衛門が新たに願い出た御用紙会所が許されたのも、黒川さまが御側御用人のお立場を利用なされ、お殿さまにじかにお訴えがあったからと、聞こえております」

「あり得ぬ。黒川がそんなわきまえのない訴えを、するはずがない。それでは黒川はまるで、御用紙紛争の折りの赤木軒春さまのようではありませんか。城代家老の脇坂さまは、どうなさっておられるのですか。年寄役などの重役方がいる。黒川が不埒《ふらち》な働きかけをしているなら、ご重役方は何ゆえ見すごされているのですか」

「江戸屋敷にては平山さま、岡下さま、福士さま。国元にては、溝口さま、新条さま。それぞれのお年寄と城代家老の合議により、政は決まっていくのです。お年寄方の賛同が得られなければ、城代家老お独りのご判断では何も進められません。お年寄のみなさまが、黒川さまのお仲間なら、城代家老の脇坂さまでも黒川さまをとがめられないのです。できるのはお殿さまだけ。でも、お殿さまのおそばには黒川さまがおられます」

主君に上申するにしても、御側御用人をとおさなければならない。

ありえぬ、と胸のうちで繰りかえしながら、宗秀の胸は早鐘のように打っていた。

「そ、賊は、飛田主馬助と天野屋良平を襲った賊は、わからぬのですか」

「未だ、探索中とのことです。でも、これにもじつは、噂があるのです。中馬新蔵と申される侍がおります。宗秀どのは、ご存じではありませんか。下伊那一の腕利きと知られている侍です」

ああ、あの新蔵、と宗秀はある男を思い出していた。

「昔、中馬《ちゆうま》の馬方を生業《なりわい》にしていた新蔵という名の男を、覚えています。不死身の新蔵と言われていました。素手で刀身をにぎって血を一滴も流さず、片腕一本で侍を倒したところを見たことがあります。恐ろしいほどの力の持ち主です」

「今は中馬新蔵と名乗り、黒川さまにお仕えです」

「確かに、黒川の屋敷にしばしば出入りしておりました。だが、馬方の新蔵がなぜ侍に……」

「国では中馬どのを、黒川さまの牙《きば》と、恐れて言う者もおります。下伊那一の腕を見こまれたのです。馬方の配下を数名ともない、黒川家の家士として両刀を佩《お》びる身になっております。殿さまご参覲《さんきん》のお供をなされたこのたびのご出府でも、黒川さまは中馬どのと配下の者を従えて江戸に……」

「新蔵が出府しておるのですか。屋敷では、見かけませんでした」

「麻布《あざぶ》の下屋敷に、配下の者らと共に。配下の者らも、元は中馬どのと同じ馬方を生業にしていたと、聞いております」

「新蔵に、どのような噂が？」

「飛田主馬助どのと天野屋さんが殺害されたそれぞれのときと場所で、中馬どのの姿が見られております。それで、あれは中馬どのの仕業では、と噂に上ったのです」

「たったそれだけで、新蔵の仕業という噂がですか」

「黒川さまの専横に不満を抱いておられる方や、お家の前途に不安を覚えておられる方の声、御側御用人の黒川さまとお仲間のお年寄五人衆が、お家の政をほしいままにしているとの声が、ひそかに聞こえてまいります。けれど、誰も黒川さまを恐れて表だっては声を上げません。異議を唱えれば、その声を封じるために、中馬どのが闇《やみ》から闇へ暗躍すると、みな知っているからです」

「つまりそれは、飛田主馬助と天野屋の殺害は、新蔵が黒川の命を受けて異議申しての声を封殺したのだと。すなわち中馬新蔵は、黒川の牙だと？」

「そのように……」

「違うと思う。千野さん、あなたは黒川たちを誤解している」

「ご自分でお確かめになれば、おわかりになります」

「違う、あり得ぬ」

千野が、憐《あわ》れみの眼差《まなざ》しで宗秀を見つめた。

「御用紙の争いの折り、赤木軒春さまには、宗秀どのとお仲間の異議申したてや、人々の不満の声をふさぐお役目の中馬新蔵どのがいなかったのです。だから赤木さまは命を落とされました。黒川さまやお仲間のみなさまは、ご自分でご経験なさったことですから、異議申したてする者を放置しておけぬ、とご存じなのです」

あぶら蟬の鳴き声が、宗秀と千野の沈黙をくるんでいた。裏の茶屋の方から、女たちのあけすけな笑い声が起こった。

「黒川さまは昨日、お殿さまのお許しを得て、中馬どののらだけを警護につけ、ご静養のために下屋敷へお移りになられました。でも、本当の理由は、黒川さまとお年寄五人衆に異議を唱える江戸屋敷の誰かが、宗秀どののお手あてで一命をとり留めた黒川さまを、再び襲うことがあってはと、ご用心のためなのです。国元では、黒川さまとお年寄五人衆への反発が、強まっております。あのころの天竜《てんりゅう》組のような、異議申したての声が」

ああ、天竜組……

宗秀の胸は、激しい鼓動を繰りかえした。

「千野さん、彼《か》の国で何が起ころうと、もはやわたしには、かかわりのないことです。わたしの国は、江戸です」

宗秀は、やっとそれだけを言った。

「はい……」

と、千野が目をそらしたとき、赤い弁が物悲しげにゆれたかに見えた。

三

宗秀の父親・忠司《ちゆうじ》は、ただ一途《いちず》に、人々に役だつ医者になれと願い、宗秀を下伊那の医家としての名門・菅沼家へ養子に出した。いずれは菅沼家の家督を継ぐ長子・重之と共に医師として、お家に仕える身になることが約束されていた。

宗秀はまだ、下伊那柳井村で紙漉き業を営む忠司の十五歳の倅・宗助《そうすけ》だった。幼きころ、宗助は村の神童と言われた。

菅沼宗秀となって長崎へ旅だったのは、翌春の十六歳のときである。長崎で医術を修め、大坂の蘭医《らんい》の下で医業の研鑽《けんさん》に励んだ。二十五歳の春に下伊那へ戻ると、すぐさま保利家の典医に任ぜられ、お城勤めが始まった。

一年がたった文化四年、宗秀は菅沼平左衛門《へいざえもん》の娘・千野と、夫婦の披露をした。それは宗秀が菅沼家に養子に入ったときからのとり決めであった。

そのとき千野は、十九歳の美しき若妻であった。

蘭医・菅沼宗秀の将来は、約束されているかに見えた。

若き妻を慈《いつく》しみ、子を産み育て、典医として保利家に忠勤を励み、名門の菅沼家の家名を守ってゆく。そうして何よりも、柳井村の父親・忠司の、人々に役だつ医者となれ、と願った将来が約束されているかに見えた。

いずれは典医を退き、下伊那の近在に診療所を開いて、病や疵を負った多くの村人に医療をつくす。それが宗秀の、人々に役だつ医者となるための進むべき道だった。だが、約束された将来など、ありはしない。約束された将来に思われても、それは、いずれどこかで、あるいは何かでかえさなければならない一生の間の借財である。借財をかえすことを試練と呼ぶのは、勝手次第である。

宗秀の試練は、千野と夫婦になった文化四年のその年、すでに始まっていた。

保利家下伊那領は、伊那谷をくだる《暴れ天竜》の支流である松川《まつかわ》の河岸段丘一帯を占め、中山道下諏訪宿《なかせんどうしもすわ》から南下して下伊那をへて、東海道の吉田《よしだ》、岡崎《おかざき》、浜松《はままつ》へと抜ける伊那街道は、五街道につぐ脇往還《おうかん》である。

上伊那高遠《たかとお》領とともに伊那盆地に栄える城下町であり、明和《めいわ》元年（一七六四）、幕府が伝馬のほかに荷送手段として公許した《岡船《おかぶね》》とも呼ばれる《中馬》運輸の要衝であった。

その中馬運輸によって東海方面、あるいは信濃奥地に出荷される主要な品目の中に、下伊那の和紙があった。商家の大福帳に使われる大帳紙、傘《からかさ》紙、髷《まげ》を結うのに使う元結、晒《さら》し紙など、下伊那だけで数百駄数万貫の和紙が出荷されていた。

文化四年、森六左衛門という豪農が、保利家勘定所に《紙問屋》設置の許可を願い出て、勘定奉行・赤木軒春によって願いが許された。

森六左衛門は領内の一豪農にとどまらず、保利家の金融財政に大きな発言力を持つ御用達《ごようたし》の財産家であった。

下伊那の紙業にたずさわる業者は、楮《こうぞ》を収穫する農民、紙漉き業者、紙仲仕、紙の交易を担う商人、また元結仲間がいて、個々に収穫、製造、仲介、商いなどを行なっていた。

初めは農民の副業であったため、それを稼業とする者が生まれても、領家へはお城で使用する御用紙を納めることにより、運上金代わりとみなされてきた。

ところが、下伊那の和紙の評判が諸国に高まり、様々に重宝され、出荷品、交易品として大きな収益が見こまれるようになるに従って、それまでの紙業にかかわる者らの御用紙の慣行が、実情に合わなくなっていた。

保利家勘定所は、紙業者よりの冥加《みようが》金や運上金の納付を求め、一方、下伊那の紙商人は在郷町にも紙商人が増え、次第に盛んになる商いを競っていたこともあって、下伊那で扱う紙の値段の統一や、商いを円滑に進めるための紙問屋設置を求めていた。お上への冥加金や運上金は、新たに設置されることに決まった問屋仲間から納付されるようになる。

森六左衛門の紙問屋設置の許可の願いと、勘定奉行の赤木軒春が出した許可は、両者の利害が一致したものだった。両者のためになるように、両者の利害に折り合いをつけたとり決めのはずだった。

ところが、許可された紙問屋の実情が明らかになると、それは森六左衛門が紙問屋を差配し、保利家に納める御用紙は従来のまま残され、《問屋改印形》という極印のない紙は下伊那ではいっさいあつかえなくなる仕組みになっていた。

すなわち、紙漉き業者、紙仲仕、元結仲間および仲買人、そして紙商人、領国内外を問わず、下伊那であつかうすべての紙業者の紙代金一両につき、銀一匁《もんめ》六分の仲介手数料の《口銭》を実情において森六左衛門の差配する紙問屋に納めなければ、改印が押されなかった。

紙問屋の改印のない紙は売買が許されず、中馬運輸による出荷はできないのである。

下伊那の紙業者らは、森六左衛門による紙問屋の独占と、口銭の利権を許した勘定奉行・赤木軒春の措置を黙認できなかった。紙商人を中心に不満の声が高まり、森六左衛門の紙問屋設置反対の訴訟騒ぎまで起こった。

あわてた勘定所は、一旦《いったん》、森六左衛門の問屋設置の許可をとり消した。改めて下伊那十八町の町役人らに紙問屋設置の願いを出すように説いて、下伊那の紙商人に紙問屋組を作らせる形にし、紙仲仕を腰札制によって問屋支配下におくなどして、紙商人や紙仲仕の懐柔ときり離しを図った。

城下の紙商人らは、在郷町の紙商人らが着々と地歩を築いており、紙問屋設置を在郷町に持ってゆかれる事態を恐れていたため、勘定所の案を受け入れざるを得なかった。

結果は、当初の森六左衛門の紙問屋の願いと殆《ほとん》ど変わりはなく、文化六年（一八〇九）秋、紙問屋が城下の本町一丁目に設置されたのだった。

紙の代金一両につき銀一匁六分の口銭は変わらず、むしろ、紙商人らが承知していたことにより、紙問屋による締めつけが当初より厳しくさえなっていた。

この紙問屋が、保利家御用達の豪農・森六左衛門と勘定奉行・赤木軒春が結んだ当初のもくろみを、下伊那の紙商人に了承させただけにすぎず、二人が背後より糸を引いているというのは、紙業者らの間では周知の事情だった。

紙業者らが納めた口銭は、森六左衛門がほしいままに裁量し、一部は勘定所に運上金として納められ、一部は問屋運営の準備金となり、一部は不明金となっているというまことしやかな噂すら流れた。

しかし、紙問屋の特権からきり離された在郷町の紙商人らが、これに反発した。

これまで自由に広げてきた商いが下伊那の紙問屋の制約を受けるうえ、領外より仕入れた紙まで問屋を通さなければならないのは、不当だという声が上がった。

伊那盆地は領国と天領が入り組んだ支配地になっており、伊那街道の要衝の下伊那は、一国の交易だけの城下町ではすまなかった。

それを、新たに設置された紙問屋は領外の紙にまで改印を押し、代金一両につき銀六分ではあったが、領外の紙にも口銭をとりたてたのである。

さらに、在郷の紙漉き業者らも、在郷町の紙商人以上に猛烈に反発した。

農閑期の冬場、農家の副業から始まった紙漉き業は、仕事の対価としては利の薄い生業である。御用紙を納めるのは、これまでどおりで、そのうえに残りの紙一両の代金につき銀一匁六分の口銭は、法外であった。

これでは、元手になる支度金の少ない業者は仕事ができなくなってしまうと、在郷の紙漉き業者らの多くが危惧《きぐ》を募らせた。

同じ文化六年の冬の夜、在郷町の紙商人、下伊那領の村と天領の村の紙漉き業者らが手を組み、問屋の腰札となった紙仲仕の家々と、問屋設置の発起人となった森六左衛門の屋敷を襲い、打ち壊した。

その打ち壊しの中に、下伊那領柳井村の紙漉き業者の忠司がいた。

忠司は柳井村の零細な紙漉き業者を率いて、打ち壊しに加わったのだった。


城下本町一丁目の紙問屋が設置されて三月がたった文化六年冬。

宗秀は紙漉き業者らの不穏な動きが、気がかりであった。

在郷の紙商人や紙漉き業者らが、紙問屋に反対する直訴に打って出るのではないかという噂が流れていた。直訴が認められなければ、打ち壊しなどの一揆《いっき》が起こりかねないと、昼間、城中ではそういう情勢をあやぶむ声もあった。

「紙問屋の設置は、商人らには有益なのだが、森六左衛門に許したのは拙《まず》かった。六左衛門のやり方は、城下の商人らを優遇して、在郷町の商人らへの配慮を欠いておる。かの者らが、大人しく紙問屋に従うとは思えぬ」

「と言って、紙業者の全部にいい顔はできぬ。それに、このご時世に、紙業者だけが運上金を免れているのは、いかがなものか。御用紙が運上金代わりという仕組みが、時世に合わなくなっているのだ。業者の方も変わらねば」

「しかし、領外より仕入れた紙にも口銭を納めさせるというのは、やりすぎだろう。ましてや天領より仕入れた紙に口銭を求めるのは、御公儀より睨《にら》まれはせぬか」

「それよりも、このたびの紙問屋設置で、苦しくなったのは村の紙漉き業者だと聞くぞ。みな身内だけで紙漉きをやる、小さな稼業の者が多いからな」

「山方から報告が入っている。殊に、天領の今田村の紙漉き業者が強硬らしい。代官所に運上金を納めているのに、なぜ問屋に口銭を納めねばならぬ。別に紙問屋をとおさずとも困りはせぬ、と息巻いているそうだ」

「今田村ばかりではない。下伊那の八幡《やわた》町や柳井村の紙漉き業者らも、勘定所は森六左衛門のやり方を許して、われらをつぶす気か、と不満が高まっているそうだ。今田村と八幡町や柳井村の紙漉き業者らが談合しているとも聞く。両者が手を組んで、不穏な動きに出るかもしれぬ。とにかく、このまま何事もなく、というわけにはいかぬだろう」

「では、一揆か」

まずいな、えらいことだな、やっかいだな……

と、家士らが言い合っていた。

宗秀は柳井村の父親の忠司に会って確かめたかったが、父に会って事態が変わるわけではなかった。お上に楯突《たてつ》くふる舞いは慎むように、などと言えば、「今の仕事を続けたいだけだ」と、長く紙漉き業を営んできた父は言葉少なにかえすだろう。

父の気質は知っている。

確かに、一昨年《おととし》から打ち出された紙問屋設置の施策には、家中では様々な意見が交わされてきた。お家の台所事情を考えれば、いずれはこうならざるを得ない、という説が家中の大勢を占めていた。

何がこうならざるを得ないのだ。自分で紙を漉いてみろ。冬場、熱湯をそばにおいておかなければ手が凍って仕舞うほど過酷な紙漉き仕事を、自分でやってみてから言え、と宗秀は内心では思っていた。

むろん、今は柳井村の宗助ではなく保利家の典医役に就いている菅沼宗秀である。

それを口に出しはしない。

ただ、紙問屋の設置は下伊那の紙の商いを円滑に進め、領内の紙作りをより盛んにする狙いのはずが、紙問屋設置の発起人となった豪農の森六左衛門は、城下に集まる紙関連の業者を支配下におこうと狙っている、という見方が当初からなされていた。

紙問屋をとおして紙業者を支配下におき、莫大《ばくだい》な利益を森六左衛門は得る。

本来は、それを厳重に監察する役目の勘定奉行の赤木軒春が、領国内の紙業者の実情を考慮せず、紙問屋より納付される運上金のことしか念頭にないかのごとく、森六左衛門の紙問屋設置の願いを許可した。

中にはそれを、六左衛門と赤木が裏で手を組み、両者で私腹を肥やそうともくろんでいるという穿《うが》った見方があるのは知っていた。

しかし、宗秀がそういう見方に与《くみ》していたわけではなかった。

お家が推《お》し進めている紙問屋設置の施策はいたし方なかったとしても、勘定奉行の赤木軒春が、紙問屋の運営を森六左衛門に任せ、商権、利権を独占させたやり方は間違いである、という異議を申したてる家士たちがいた。

平山、岡下、福士、溝口、新条、いずれも、元締役や蔵奉行、城代組、御使番などの下役に就く若い家士らで、仲間の頭役が勘定方の黒川七郎右衛門だった。

宗秀がこの仲間に加わったのは、宗秀を誘った黒川が、零細な営みの多い紙漉き業者に同情する気持ちが厚かったからだ。

「わが領国をよくするため、民のためになる政の勉強会を、われら若い有志が集まって開いている。菅沼も出てみぬか。今、城下に紙問屋設置の件がとり沙汰されている。菅沼は髭頭に就くこと間違いなしと言われる有能な医者であると共に、生まれは柳井村の紙漉きを生業にする家と聞いている。菅沼の考えを、われらの勉強会に反映させたい」

みな中士以下の身分の軽い家柄だったが、国をよくし民のために、という志に宗秀は共感を覚え、六人と仲間を組んだ。それからは、行動を共にした。

勉強会を《天竜組》と名づけ、頻繁に勉強会を開き、紙問屋設置に関する意見書、すなわち、広く紙商人や紙仲仕、紙漉き業者、農民の考えを集め、紙問屋の運営に役だてるべきであるという意見書を勘定奉行の赤木軒春に提出し、天竜組は評判になった。

保利家の《天竜組の七人》と、知られるようになっていた。

森六左衛門の発起した紙問屋へ反対する動きが激しくなると、天竜組の中で、勘定奉行・赤木軒春の対応が森六左衛門へ偏りすぎ、その失策がこのたびの騒ぎの因《もと》になった、という非難が噴出した。

森六左衛門の紙問屋の願いをとり消すべきであり、赤木軒春を勘定奉行よりの罷免《ひめん》を求める意見書を出そう、という意見さえ出た。

そののち、森六左衛門の願いが一旦とり消され、ふり出しに戻ったかに見えた事態が再び動き出し、紙問屋が城下の本町一丁目に開かれたのがこの秋の九月だった。

勘定奉行・赤木軒春と森六左衛門の根廻しと、反対する紙商人のきりくずしが功を奏した、と評判がたった。

そうしてそれがまた、新たな火種になっていった。在郷町の新興の紙商人や近在の村々の紙漉き業者の、反対する動きが毎日のように城下に伝わってきていた。

天竜組の集まりで、勘定奉行の赤木軒春を斬るべし、という過激な発言が飛び交った。その発言が家中に伝わり、天竜組が勘定奉行の赤木軒春の暗殺を企てている、という噂が城下にまで広まった。

案じた養家の菅沼平左衛門が、宗秀に言った。

「おまえは医者だ。それも、殿さまに仕える典医だ。おのれの立場を忘れるな」

千野も、口にこそしないが、宗秀が天竜組の過激な仲間に加わっていることを、ひどく心配している様子だった。

医者である自分を忘れはしない。典医、という立場は重々承知している。

けれども、身分や肩書きを超えて、一個の命がたぎるときがある。宗秀は、柳井村の情勢が気がかりだった。父親の忠司の身が、気がかりだった。

夕刻、城下の屋敷に戻ると、千野が言った。

「先ほど、平山さまがお見えになりました。今宵、寄り合いを開くそうです。本覚寺《ほんかくじ》にて夕六ッ（午後六時頃）と……」

在郷の紙商人や紙漉き業者らの、紙問屋反対の動きが活発になるにつれ、天竜組は、ほぼ毎日のように、寄り合いや勉強会を開いていた。

「そうか。着替えてすぐに出かける。夕食はよい」

宗秀は供も連れず、屋敷を出た。

本覚寺には、平山、岡下、福士、溝口、新条の五人がすでに集まっていた。

「黒川は遅れる。赤木さまとご重役のお年寄が、夕方から何か協議を行なっているらしい。どんな内容が話し合われているのかを探ってからくる」

と、平山が宗秀に言った。

「赤木さまらの協議は、紙問屋の運営を、一旦休止するというものではないか。在郷の紙商人と紙漉き業者が、紙問屋に不満を高めている。今のやり方に、大人しく従うとは思えない。事が起こってからでは、とりかえしがつかない」

宗秀は、気になることを伝えた。

「事が起こってとは、打ち壊しが起こりそうなのか」

「お城で不穏な動きの話を、幾《いく》つか聞いた。山方が在郷の厳しい状況を、逐一伝えてきている。ここは一旦、紙問屋を休止して、業者らの説得を図るべきだが」

ほかの五人が、口々に言った。

「いっそわれら天竜組も、上申書を提出する前に赤木さまの屋敷へいって、休止願いをじか談判するのはどうだ」

「それはいい。われら七人がじか談判すれば、赤木さまも無視はできまい。紙問屋を休止に追いこんで、ともかくときを稼ぐ。その間に天竜組の上申書を作る一方、別の手を打ってはどうか」

「別の手とは？」

「赤木さまでは埒があかぬ。お年寄衆、あるいはご城代にかけ合うとか」

「ご重役にか。赤木さまは、森六左衛門とべったりだからな。お家は、六左衛門に莫大な借金を抱えている。六左衛門の言いなりだ。赤木さまはわれらがじか談判をしても、わかった、上に伝えておく、とのらりくらりと言い逃れて、放っておくだけだろう」

「六左衛門と組んで、私腹を肥やしている噂も絶えぬしな」

「あの方は要職にありながら、本当にお家のためを考えているのか、疑わしい」

「やはり、斬るか」

「やるか」

宗秀は眉《まゆ》をひそめて、それをとがめた。

「戯言《ざれごと》はよせ。天竜組が赤木さまを亡き者にしようとしている噂が流れて、われらを暗殺一味のように言う者もいるのだぞ」

「もっともだ。医者が人斬りではな」

「大丈夫だ。赤木さまを斬るのはわれらがやる。菅沼はそばで見ておればいいのだ」

「われらが斬ったあと、菅沼が手あてをしたりしてな」

「菅沼は名医だから、それではまた斬らねばならぬかもな」

と、それから一刻《いっとき》近く、六人の話し合いが続いた。

黒川は未だ現われず、「長引いているようだな」と、気にし始めたときだった。けたたましく半鐘が打ち鳴らされ、寺の外が騒がしくなった。

「や、火事か」

六人が顔を見合わせた。遠い空の慌ただしい半鐘の響きが、不気味だった。すぐに呼応して、ほかでも半鐘が鳴り出した。

いかん。宗秀の脳裡を不安がよぎった。

僧坊を飛び出し、境内《けいだい》に提灯《ちょうちん》を持って外の様子をうかがっている住職に訊ねた。

「子細はわかりませんが、あちこちで騒ぎが起こっておるようですな。今、見にやらせております」

宗秀に続いて、五人が住職を囲んだ。

そこへ、様子を確かめにいった寺男が、境内に駆け戻ってきた。

「何があった」

「は、はい。どうやら、打ち壊しのようです」

「打ち壊し？　場所はどこだ」

「さて、場所は。半鐘の音からして、毛賀《けが》村の方ではないかと言うておりました」

「毛賀村は森六左衛門の村だぞ。そうか、とうとう始まってしまったか」

ひとりが、声を絞り出した。

「ほかには……」

と、今ひとりが訊《き》くのも待たず、宗秀は走り出していた。「菅沼っ」と、背後から呼ばれたが、かまってはいられなかった。

深々と冷えこむ冬の夜道を、ひたすら駆けた。打ち鳴らされる半鐘の音が次第に大きくなり、夜空のうなるような声が、低く不気味に聞こえてきた。

四

森六左衛門の屋敷の近くまでくると、門外門内に数十の松明《たいまつ》がうごめき、打ち壊しの男らが走り廻っている様が見えた。喚声と悲鳴、雄叫《おたけ》びが錯綜《さくそう》し、暗がりの彼方《かなた》で、松明が人魂《ひとだま》のようにゆらめいていた。

宗秀が門前にきたとき、打ち壊しはほぼ終わっていて、無残に打ち壊された屋敷の庭と門前の道に松明が集まり、男らが気勢を上げていた。森六左衛門や妻子、隠居の安否はわからなかった。使用人たちも、屋敷の外に逃げ出していた。

「六左衛門の言いなりには、ならねえ」「六左衛門に思い知らせてやるだで」「六左衛門を捜せ」と、松明の明かりの中で男らが喚《わめ》きたてた。

笠《かさ》を着け手拭《てぬぐい》で頬《ほお》かぶりをしていて、一団の顔つきは見分けがつかなかった。

気勢を上げている男らの中に父親の忠司もいるのではないか、と気が気ではなかった。

ただ、その勢いに気圧《けお》され、男らに近づくことはできなかった。

半鐘が鳴り続けているが、かかわりを恐れてか、夜の暗がりの中に村役人や村人が集まってくる気配はなかった。

「菅沼、どういう具合だ」

平山ら五人が宗秀に追いつき、並びかけた。

「散々打ち壊して、さっきから気勢を上げているところだ」

「どこの村の者だろう。四、五十人はいそうだ。紙業者だけで、よくこれだけ集まったものだ。凄《すご》いな」

「柳井村の者はいるのか」

岡下が、宗秀が柳井村の出であることを気にかけて言った。

「どうかな」

と、曖昧《あいまい》にかえした。

「六左衛門はどうなった。無事なのか」

「まさか、殺しはしまい」

「いっそ、殺してしまえば、風通しがよくなるのだがな」

「滅多《めった》なことを言うな。あ、引き上げるぞ」

屋敷から出てきた男たちが、ぞろぞろと引き上げていった。男らは引き上げながら、気勢を上げていた。松明の火が、夜の帳《とばり》の奥にゆらめきながら消えていくのを、宗秀はいつまでも見つめ続けた。

打ち壊しの一団と入れ替わって、村役人と代官所の役人たちの一団の提灯が、暗闇の彼方からやってくるのが認められた。

半鐘は鳴り止んでいた。

「やっと役人がきたようだぞ。もう遅いがな。宗秀、戻ろう」

平山が、いつまでも動かない宗秀を促した。

六人は、城下への夜道を戻った。

今に大変なことが起こるぞ、と思っていたことが実際に起こってみると、みなの口は重くなった。溜息ばかりがもれた。これからどうなるのだろう、という漠然とした不安に、みな捉《とら》えられていた。

その夜道の前方より、足早に近づいてくる二つの人影があった。

「黒川。今きたのか」

平山が夜道の人影へ声を響かせた。

人影は黒川ともうひとり、大柄で屈強な身体つきの中馬の馬方の新蔵だった。新蔵は近ごろ、黒川の屋敷によく出入りし、黒川の手下のようにふる舞っていた。

「おお、みな一緒か。やっと会えた。よかった。本覚寺へいったら、毛賀村の方へみなでいったと住職に聞いたので、急いで追いかけてきた。やはり、森六左衛門の屋敷が打ち壊しに遭ったようだな」

「知っていたか。われわれが着いたときは、打ち壊しが収まったあとで、気勢を上げて引き上げていったのを見ただけだが」

「新蔵が知らせてくれたのだ。赤木さまらの協議など、かまっていられなかった。本覚寺へ向かう前に本町の紙問屋へ廻ってみたが、そっちは無事だった。打ち壊しは城下まではおよんでいない。六左衛門の屋敷を襲ったのは、どれぐらいの人数だった」

「ざっと、四、五十人はいたと思う」

「怪我《けが》人や死者は、出たのか」

「わからぬ。代官所の役人がやっときて、たぶん今、調べているところだ」

「新蔵、打ち壊しに加わったのは、どこの者たちだ」

一番後ろにいた宗秀が、黒川の傍らに従っている新蔵へ言った。

新蔵が宗秀へ、「へえ」と大柄な身体を縮めるように頷いた。

「手下が言うには、一揆は天領の今田村の紙漉きらが中心で、下伊那の方じゃあ柳井村の紙漉きが徒党を組んでおりやす。紙商人がどれだけ加わっているかまでは、わからねえ」

「菅沼、おぬしの父親は、柳井村の忠司さんだったな。新蔵の手下は、柳井村の忠司さんを見知っているらしい。一揆の徒党の中に、忠司さんを見かけたそうだ」

みなが宗秀を見かえった。

宗秀は「そうか」と、こたえただけだった。

「間違っているのは、赤木さまや森六左衛門だ。打ち壊しは起こるべくして起こった。こうなることは予測できたのに、改めなかった方が悪い。われらは菅沼の仲間だ。仲間は見捨てはしない。天竜組のみなで守るのだ。いいな」

黒川が言うと、五人が「おお」と夜道に声をそろえた。

そのとき、暗がりに閉ざされていながら、獣の目のように光る新蔵の眼差しがそそがれているのに、宗秀は気づいた。


夜が明けて、一揆の子細が明らかになった。

打ち壊しに遭ったのは、毛賀村の森六左衛門の屋敷のほか、紙問屋より腰札を受けている近在の紙仲仕の家が三軒だった。四軒の家屋敷とも無残に打ち壊されたが、幸い火事は出さず、怪我人が出ただけで、死者もなかった。

数はおよそ五十人。みな笠をかぶり、手拭の頬かぶりにしていたので、顔はどこの誰かは見分けがつかなかった。ただ、在郷の紙漉き業者や紙商人らの仕業に違いない、とはみなが一様に思っていたことだった。

わずか一晩の四軒で終わった打ち壊しとはいえ、お家の施策に楯突《たてつ》く打ち壊しを、保利家は厳しく詮議した。

手ぬるい措置ですませると、二度、三度と打ち壊しが起こり、一揆が大きくなる恐れがあった。一揆に加わった者を見つけ出し、断固、厳罰に処すべし、という指図が下されていた。

そして、この打ち壊し騒ぎの一方で、家中が騒然となる一件が起こっていた。勘定奉行の赤木軒春が、夕刻から町家の料亭で行なわれた年寄衆との協議を終えての帰途、何者かに斬られ落命していた。供の中間は、遅くなるというので先に帰していた。そういうことは、以前からよくあった。

森六左衛門ら紙問屋にかかわりのある者の家屋敷が打ち壊しに遭った同じ夜、六左衛門と共に紙問屋設置の中心人物だった勘定奉行が殺害された。当然のごとく、紙問屋設置に異議を公然と唱える者らとのつながりが疑われた。しかも、賊は侍と思われた。

真っ先に疑われたのは、天竜組の七人だった。天竜組が赤木軒春を亡き者にしようとしている噂は、家中では知られていた。

「天竜組がとうとうやってしまったか」

「愚かな若造らが、考えの足りぬ。むごいことを」

「打ち壊しの一味と通じておったのだろうな。森六左衛門もあぶないところだった」

騒然とする家中で、そんな遣《や》りとりが交わされた。

七人はそれぞれの役目の上役に呼び出され、徒士目付《かちめつけ》同席の下、当日の行動を厳しく問い質された。

夕刻六ツより本覚寺にて寄り合いを開き、打ち壊しの半鐘が打ち鳴らされてから毛賀村の方へいったことを住職と寺男が証《あか》し、打ち壊しで六左衛門の屋敷を逃げ出した使用人の中に、数名の侍が門前にいたことを見ていた者がおり、ひとまず疑いははれた。

けれども、以後、許しがあるまでは天竜組の寄り合いは慎み、おのおの謹慎しているように、という沙汰を受けた。

軽いご沙汰ですんで幸いだった、事と次第によっては典医の役目を辞さねばならぬ場合もなきにしもあらずだったのだぞ、典医という立場をわきまえよ、と養父の菅沼平左衛門が苦々しい口ぶりながらも、そのときはまだほっとした様子だった。

ただ七人は、黒川七郎右衛門が、本覚寺にも打ち壊しの場にもまだ現われていなかったことは話さなかった。

いたずらにつまらぬ疑いが黒川にかかるだけだから、と口裏を合わせたのだった。

本覚寺の住職も、黒川が遅れて現われたことをまったく気に留めていなかった。

お家の重役が斬られて命を落とし、手をくだした者をとり逃がしては、保利家の面目がたたぬ。と、城下町方の懸命の探索にもかかわらず、勘定奉行・赤木軒春を斬った者はわからぬまま日がすぎた。

また、打ち壊しに加わった者らの詮議も、在郷の村人や町民が口を噤《つぐ》んでいるため、手がかりも進展もなく翌文化七年がすぎ、文化八年未《ひつじ》年が明けた。

初春のころ、宗秀と千野の間に倅・清五が生まれた。

宗秀ら天竜組の謹慎は三月ほどでとかれ、七人はそれぞれの役目に戻っていた。

不満や反対の声は相変わらずくすぶり続けていたものの、本町の紙問屋は存続していた。

ただ、下伊那近在の天領の紙業者らが、紙問屋の不法を公儀に訴える動きが出ており、城下は波乱含みの平穏の中にあった。

ところが二月、天領ながら今田村と、下伊那領柳井村の紙漉き業者ら、一昨年冬の打ち壊しにかかわった者すべてが、下伊那の町方に捕縛された。

宗秀の父親・忠司は捕縛され、柳井村の者を率いたとして殊に厳しい詮議を受けた。

さらに数日後、今田村の村役人、下伊那領柳井村の村役人が、差し添え人として城下の役所に呼び出しがあった。

差口《さしぐち》があった。と言うよりも、打ち壊しの事情を知っている者が気を許して話しているのを、町方が偶然聞き留めた、と伝わっている。

呼び出しの五日後、今田村、柳井村の打ち壊しの主だった者、双方の村の差し添え人の村役人ら総勢二十一人が、重罪人の唐丸駕籠ではなかったが、手鎖腰縄で江戸のお裁きを受けるために出立した。

今田村は天領であるため、文化六年の打ち壊しのお裁きは、公儀が下すことになったからである。

父親の捕縛を知らされ、宗秀は衝撃を受けた。

だが、菅沼平左衛門は「断じて会うことは許さん」と、宗秀に厳命した。

「おまえは菅沼宗秀なのだ。菅沼家の家門を疵つけるようなことがあってはならん。妻も子もいる。医者ではあっても菅沼家は武士だ。おのれの情の赴くままにふる舞うことは許されん。未練たらしく、柳井村にいくこともならんぞ」

宗秀は春半ばの夜明け前、暗い伊那街道を護送されていく一団をひそかに見送った。

ああ、あれが父ちゃんの影だで、と思いながら。そして、その影が父親・忠司らしき姿を見た最後になった。

五

護送された二十一人が、江戸の牢屋敷に着いたのは八日後であった。数ヵ月をへて審理が始まって二年後の冬、性質《たち》の悪い風邪が百姓牢に蔓延《まんえん》した。

牢内の囚人たちが、次々と倒れた。

風邪は猛威をふるい、医者は手の施《ほどこ》しようがなかった。病に倒れた者が、相次いで息を引きとっていった。

今田村の者が九名亡くなり、柳井村の者は四名が命を落とした。

だがそれでも、審理は続いたのである。

宗秀に父親・忠司獄死の知らせが届いたのは、夏になってからだった。

柳井村の忠司が獄死したからと言って、典医の菅沼宗秀が江戸にゆくことを許されるはずはなかった。宗秀は、妻の千野に隠れて、ひとり忍び泣いた。

そのころより、典医・宗秀への家中の風あたりが、何くれと険しくなってきていた。

養父の平左衛門ですら、宗秀に対してよそよそしいふる舞いが見えた。

江戸での審理で、天領の今田村の者らに身贔屓《みびいき》の裁定がくだされるのではないか、という憶測が家中と城下に流れ始めたのも、そのころからだった。

一件の審理が始まって以来、保利家は公儀に対して両成敗と領国内の融和という立場を示して、早急な収束を図ろうと目ろんでいた。それが、これまでの重役らを刷新し、紙問屋に異議を唱えていた若い家士らの登用であった。

天竜組の仲間らが、出世の階段を上り始めていた。

七人の勉強会は続いていたが、組の中では領国内の融和を説き、お家の台所事情を憂慮する意見が多くなっていた。今なお保利家に大きな影響力があり、紙問屋の実権を陰でにぎっている森六左衛門への非難や、紙業者への同情の声は聞かれなくなっていた。

「何も変わってはいない。何も改まってはいないのだ」

宗秀は天竜組の集まりで、しばしば発言した。しかし、

「それは今、江戸で審理中の事柄ゆえ、われらがとり沙汰するのは差し控えよう」

と黒川が押し止《とど》め、みなが同調した。

「父親が獄死したことは気の毒に思うが、それは所詮、一個の民の事情だ。保利家の侍ならば、もっとお家の事情を考慮すべきだ」

宗秀は天竜組の中で、孤立するようになっていた。

父親の獄死の知らせを受けて、三月ほどがたった秋の半ばだった。

突然、宗秀は典医の役目を解かれた。出仕におよばず、とお達しを受けた。宗秀はそれを驚かなかった。薄々は何かがあると、感じていた。

典医の役目を解かれた翌日、菅沼平左衛門の居室に呼ばれ、菅沼家との離縁を言い渡された。

「宗秀に落ち度があったわけでない。文化六年の一件を未だに引きずり、江戸にて審理が続いている。お家は御公儀の手前、穏便に一刻も早く一件を収めたいというお考えだ。ただし、お家への忠は忠、不忠は不忠の黒白はつけねばならぬ。お家に謀反同然の打ち壊しを指図し、このような事態に巻きこんだ不埒者の血筋を、抱えておくわけにはいかぬ。菅沼家も、むずかしい立場におかれている。よって、離縁いたすこと

にした」

「承知いたしました。お家のため菅沼家のために、そうすると決められたのであればいたし方ありません。千野と倅の清五ともども、早々にお暇《いとま》いたします」

宗秀がこたえると、平左衛門は意外なことを言った。

「いや。千野と清五は菅沼家の者だ。一緒にはいかぬ。屋敷に残る。清五は菅沼一族の優れた医者になるだろう。きっと、父親のように優れた……千野は、菅沼家の女として、母親として、倅を守り育てる務めがある」

きりきりと心を刺し貫く痛みがあった。長く深い身をきられるような沈黙の中に閉じこもり、宗秀は虚《むな》しく考えた。

それから沈黙のあと、宗秀はようやく言ったのだった。

「柳井村の零細な紙漉きの倅が、思いがけなくも菅沼家の養子に迎えられ、医者にしていただき、侍の身分を与えていただきました。それが元の紙漉きの倅に戻るだけです。異存はございません」

平左衛門はただ口を結んでいた。

「獄死した父は、人々の役にたつ医者になれ、と願いわたくしを養子に出しました。医者となったわたくしは、人々の役にたつどころか、わが父の役にすらたてませんでした。しかしながら、刀は捨てても修めた医術は残ります。父の死は、国を出て、父の願うとおりにあれと、改めて父の声に励まされた気がいたします。すなわち、今こそわが門出の好機とでございます」

「どこへいく」

「天竜を下り、遠州灘《えんしゅうなだ》へ出て、大坂あるいは長崎へいくか、江戸へ出て、父の最期の場となった牢屋敷を見ておきたい気もいたします。わが妻千野と、わが倅清五のゆく末、よろしくお頼み申します」

宗秀は頭を垂れた。

翌早朝、新井《あらい》の船着場から天竜を下る高瀬《たかせ》船に乗った。別れを惜しむ者もなく、宗秀はただひとりだった。

天竜組の仲間には、知らせなかった。おぬしらは、国のため、人々のために働け。わたしは別の道をゆく。そう思った。

妻の千野とも、早や三歳になっている倅の清五とも、別れを惜しむ間もない慌ただしい旅だちとなった。

暴れ天竜を下る高瀬船は、舳《へさき》と艫《とも》、胴の三ヵ所に船頭がついて、ゆっくりと船寄せから離れた。船が渓谷の流れに乗る前、宗秀は再び戻らぬであろう故国の山河を、ふりかえった。両岸の断崖《だんがい》の木々が、色鮮やかな紅葉に燃えていた。

その紅葉の下に、三歳の清五を抱き締めた千野が佇《たたず》んでいるのを認めた。清五が千野の腕の中から、宗秀へ小さな手をふっている。

千野の髪に挿した赤い笄が、見えた。

ああ、あれは……

声がもれ、胸が締めつけられた。あの赤い笄は、宗秀と千野が夫婦になったとき、宗秀が買い求め、十九の新妻に贈ったものだった。

千野はとり乱してはいなかった。おのれの情を心の奥に仕舞いこみ、お家に仕えることを第一義とする侍の家に生まれた者の、ふる舞いを守っていた。

赤い笄がよく似合う。今もだ。宗秀は思った。

やがて船は流れに乗り、千野と清五の姿は見る見る遠ざかっていった。

宗秀は千野と清五へ手をかざした。

「清五を頼む。達者で」

宗秀は手を掲げたまま、ひっそりと願い、呟《つぶや》いたのだった。

日が暮れて、診療部屋の宗秀の周りに夜が声もなく忍び寄っていた。明るいうちは、近所の庭木でふてぶてしく鳴いていたあぶら蟬は、もう声をひそめていた。

傍らの薬研、医療道具や薬を仕舞う簞笥《たんす》、患者の容体を記した帳面や書物を並べた棚、壁に掲げた解剖図、連子格子の窓、襖《ふすま》、診療部屋続きの四畳半に表の土間、何もかもがたちこめる暗がりにくるまれ、宗秀の心を映すかのような沈黙に閉ざされていた。

連子格子の外の小路を、からころ、と下駄の音が通りすぎていった。

裏の色茶屋の方からは、女と客が楽しげに浮かれ、戯れ、台所では、ばあさんが遅い夕餉《ゆうげ》の支度をしている物音が、気だるく続いている。

千野とつき添いの女中がいたところが、ぽっかりと暗い穴になっていた。

宗秀は、静寂の底にひとり沈んでいたのだった。

「先生、晩ご飯はどうなさいますか」

台所からばあさんがきて、行灯《あんどん》に明かりを入れがてら、訊いた。

宗秀は深川油堀の一膳《いちぜん》飯屋の喜楽亭で酒を呑み、晩飯をとらないことが多かった。

「晩飯の刻限か。食いたくないが、腹はへる。いつものまずい飯をいただくか」

と、気だるく戯れて言ってみるが、ばあさんは応《こた》えない。

「まあ先生ったら、ご冗談を。そうでもありませんよ。一番のご馳走《ちそう》は、感謝の気持ちを持っていただく人の心がけですから。心がけひとつで、質素なお膳でも一流の料亭に劣らない美味《おい》しいご飯が、いただけます。それで、お酒はどうなさいますか」

「人の心がけか。なるほど、そのとおりだ。では、一本、冷たいのをつけてもらおう」

ばあさんが支度した膳には、和《あ》え物や膾《なます》の鉢、鰯《いわし》の焼き物の皿、漬物に味噌汁、白いご飯に、二合徳利《どつくり》が一本ついていた。

だが、徳利を半分ほど呑み、飯を数口咀嚼《そしやく》したばかりで、箸《はし》と盃《さかずき》は止まった。

膳のわきへごろりと横になり、天井を見上げると、脳裡を儚くすぎた歳月がぐるぐると廻った。

宗秀は大坂でも長崎でもなく、江戸へ出て、父親の忠司の獄死した牢屋敷を見た。江戸で診療所を開くことを思いたったのに、特別なわけはなかった。強いて言えば、父親の忠司に見られているような気がした。それで、大坂でなくともよかろうと、ふと、思ったのだった。

江戸市中に蘭医・柳井宗秀の名が広まるのに、さほどときはかからなかった。

初めは同じ京橋の、畳《たたみ》町の裏店だったが、一年足らずで患者が増え、そこが手ぜまになり、この柳町に診療所を移した。

その翌年の文化十二年（一八一五）秋、丸四年半ものときをかけて一件は落着した。

公儀より下された裁きは、保利家にとっては厳しい締めくくりとなった。

下伊那城下に紙問屋を開き、領国内のみならず、領外の紙荷物に改印を押し口銭運上をとりたてたのは不法とみなされ、また紙漉き営業人からも、口銭運上を徴収したのは不埒である、と断ぜられた。

したがって、領外の紙業者よりとりたてた口銭は清算して返済を命ぜられ、紙問屋を開き運営にかかわった商人らには、押しこめや譴責《けんせき》の咎《とが》めが下された。

そして、下伊那領内の紙問屋物とり扱いは、紙問屋を廃止し、従前どおりに改めることを命ぜられた。

ただし、打ち壊しの騒擾《そうじょう》の罪を犯した者には五十貫文の過料《とがりよう》を課せられ、審理中に死亡した者については不問。打ち壊しを受けた森六左衛門らは、紙問屋設置に表だっていなかったことが幸いし、罪を問われなかった。

この裁きがくだされたとき、宗秀は苦い祝杯をひとりで挙げた。

父ちゃんが勝ったぞ。父ちゃんのやったことは無駄にならなかったぞ。だが、牢で死んじまったんだから、負けたも同然の勝ちだな、と宗秀は泣けてきた。

とそこへ、たんたんたん、と地面を激しく蹴《け》る響きが、畳に横たわった宗秀の身体へ伝わってきた。人が小路を、慌ただしく駆けてくる足音の響きだった。

ふと、宗秀は不穏な気配にかられた。

やおら、上体を起こし、「うん?」と、小路を駆けてくる足音に耳をそばだてた。

途端、表戸がけたたましく叩《たた》かれた。

勢いのよい若い声が、小路でつむじ風が起こったように叫んだ。

「相すいやせん、夜分畏《おそ》れ入りやす。こちらは江戸一番の名医・柳井宗秀先生のお店でやすか。あっしは、その、なんだ、伊東屋の良一郎と申しやす。神田雉子町の唐木市兵衛さんのお指図を受け、先生をお迎えにまいりやした」

良一郎という男が、表戸を懸命に叩いていた。

宗秀はすぐに、いかねば、と思った。

「柳井宗秀先生、急いできてくだせえ。御旅のお理緒さんが、男に斬られて、大怪我を負わされやした。血がいっぱい出て、苦しんでいやす。命があぶねえんだ。お理緒さんを助けてくだせえ。お願《ねげ》えしやす」

先生、先生――と、良一郎が呼び続け、戸を叩き続けている。

「はいはい、ただいま。そんなに叩かなくても……」

と、ばあさんが勝手の土間から表土間へ、からからと下駄を鳴らした。
宗秀は素早く立ち上がり、出かける支度にかかった。

第四章　ときの道

一

医療道具の柳行李《やなぎごうり》は、まだあどけない顔つきをして痩《や》せてはいるが、背の高い良一郎がかついで宗秀に従った。

箱崎《はこざき》を抜けて夜道を大川へ出ると、川向こうの深川に満天の星がかかっていた。宗秀が提灯《ちょうちん》をかざし、新大橋を渡った。

御旅の木戸をくぐる折り、番小屋の若い衆に睨《にら》まれた。行李をかついだ良一郎が、

「お医者さまの柳井宗秀先生でございやす。藤田屋さんのお理緒さんの手あてに、お連れいたしやした」

と通った。

「おう、藤田屋のお理緒の医者か。早くいってやれ。虫の息だぜ」

木戸番の若い衆が、顔を歪《ゆが》めて言いかえした。

御旅は、往来をゆく嫖客《ひようかく》の数が少なくなった刻限だった。客引きの若い者や見世の表に立って客を呼ぶ女たちに、どことなくだれた様子がうかがえた。三味線や太鼓の賑《にぎ》わいも、聞こえなかった。

藤田屋の表土間へ入ると、土間にたむろしていた使用人らが一斉に宗秀と良一郎へふり向いた。中には茶を挽《ひ》く女郎もまじって、心配そうな顔つきを宗秀へ見せた。

亭主らしき羽織姿の男が、あたふたと出てきた。

「これはこれは、柳町の柳井先生でございますか。ご高名はうかがっております。お目にかかれて……」

「挨拶《あいさつ》はあとだ。お理緒の部屋に案内してくれるか」

「あ、はい、早速。先生を案内して差し上げなさい。どうぞ、お上がりください」

若い者が先に立って、廊下の奥へ案内された。薄暗い廊下に、女のかすれるようなうめき声が流れてきた。

案内されたのは、布団部屋らしき狭く少々埃《ほこり》っぽい部屋だった。

部屋に布団を積み重ねて空いた片側に、お理緒と思われる女が寝かされていた。

島田《しまだ》が乱れ、苦痛に歪んだ顔が哀れだった。お理緒は眉間《みけん》に深い皺《しわ》を刻み、目を閉じていた。しかし宗秀は、一瞬、下伊那にいたころの美しい娘だった赤木家の理緒の面影《おもかげ》を、苦悶《くもん》する女の面差しに探した。

枕元に市兵衛と、濃い白粉《おしろい》が斑《まだら》になった年増《としま》の女郎らしき女がついていた。

「宗秀先生、お待ちしておりました。理緒です」

市兵衛が先に言った。

「市兵衛、世話になる。もっと早く、理緒に会っておくべきだった」

「いえ。わたしが勝手な真似《まね》をしているのです」

「道々、こちらの良一郎にあらましを聞いた。弟の賢右衛門が斬《き》られたそうだな。お家が改易《かいえき》となり、何もかもを失い、親の仇《かたき》を追って旅暮らしの果てに、ここにいたったか。むごいことだ」

宗秀はお理緒の枕元に坐った。

「わたしもここにきて、弟の賢右衛門さんが斬られたことを知りました。理緒を斬った男も、同じ男です」

「その詮索《せんさく》はあとだ。まず、疵《きず》を診《み》よう」

布団をめくると、お理緒の赤い襦袢《じゅばん》をくつろげた胸から肩へ包帯が巻かれ、包帯には真っ赤な血がにじんでいた。

疵は両の乳房の間を走っており、形のいい白い乳房が露《あら》わになると、襖《ふすま》の外の廊下に集まり部屋をのぞきこんでいた亭主や若い者の間から、しどけない女たちの姿を見慣れているはずだが、「ほお」と低い溜息《ためいき》がもれた。

お理緒は、藤田屋では一番評判のいい女だった。

宗秀は柳行李より白い布の束を出し、血をぬぐいながら疵を診た。

「血が止まらないのです」

市兵衛が言った。

「血があふれ出てくる。骨にも損傷を受けているようだ。すぐに縫合《ほうごう》にかかる。それにしても埃っぽいな。ご主人、もう少し綺麗《きれい》な部屋はないのか」

「へ、へえ。お理緒の部屋は賊が荒らし廻《まわ》って、出格子の窓も破られて使えません。先ほどまで町方のお役人さまのお調べがあって、ほかの部屋はお客さまもいらっしゃいます。一階は使用人やわたしども家の者が、肩を寄せ合ってすごしております。空いている部屋はここしかなく、みなでやっとこちらへ移しましたもので……」

「そうか。仕方があるまい。そこにいられては邪魔になる。ご主人、みなを退《さ》がらせてくれ。襖は開けたままでいい」

「承知いたしました。みな、退がれ退がれ」

「市兵衛、手伝ってもらうぞ」

「はい。指図をお願いします」

「この人は？」

年増の女へ目を投げ、訊《き》いた。

「お多木《たき》さんです。わたしがくる前から、理緒のそばについて介抱をしてくれていたのです」

「あっしは、お理緒ちゃんと仲よしでやした。綺麗で、気だてがよくて、あっしらにも優しくて。こんなにいい人がこんな目に遭うなんて」

と、お多木が涙ぐんだ。

「そうか。ならばお多木さんにも手伝ってもらうぞ」

お多木が白粉が斑になった顔を、けな気に頷《うなず》かせた。

「良一郎、おまえにも手伝ってもらっていいか」

「もも、もちろんでやす」

「先生、良一郎さんは渋井さんの倅《せがれ》です。ご存じでしたか」

「うん？　渋井さんとは、鬼しぶの旦那のことか」

「渋井さんと、別れたおかみさんの倅です。おかみさんは今は本石町の扇子《せんす》問屋の伊東屋さんへ再縁になり、良一郎さんは伊東屋さんの跡継ぎです」

「な、なんと、渋井の旦那の倅か。さっき会ったときから、なんとはなしに親しみを覚えていたのだ。良一郎、歳《とし》は幾《いく》つだ」

「じゅ、十五でやす」

「十五にしてはしっかりしている。よき倅だ。渋井の旦那もさぞかし、自慢に思っているのだろうな」

良一郎は決まりが悪そうに、肩をすぼめた。

「支度にかかる。用意する物は……」

と、もっと多くの晒《さらし》や、綺麗な水と湯、焼酎《しょうちゅう》に明かりをもう一灯などと、指示した。

宗秀が襷《たすき》をかけ、市兵衛が下げ緒で袖《そで》を絞ると、お多木と良一郎も襷の紐《ひも》を借りてきてそれにならった。

「市兵衛、理緒の襦袢を脱がせ、しっかり押さえろ。良一郎、痛みで腰から下が動かぬよう、足をしっかりと押さえているのだぞ」

「へ、へえ」

宗秀は、市兵衛が襦袢を肩からはずしにかかると、小さく喘《あえ》いで身をよじるお理緒へ身体を寄せ、ささやいた。

「理緒さん、菅沼宗秀だ。覚えておるな。お久しゅうござる」

お理緒が目を閉じたまま、かすかに頷いたかに見えた。

「これから疵の縫合をする。すぐにやらねば出血がひどい。少々痛いが堪《こら》えてくれ。長くはかからぬ。必ず治す。健やかな身体をとり戻し、父親の仇の菅沼宗秀を追わねばな」

すると、硬くまぶたを閉じたお理緒の目尻《めじり》より、ひと筋の涙が伝った。

この夜更けに馴染《なじ》みの客が入ってきたのか、女たちの嬌声《きようせい》が上がって、表土間の方がひとしきり賑わった。

「よし。かかるぞ」

宗秀が三人をひと見廻しした。

一刻半（約三時間）がすぎた。

歓楽の町は、もう静まりかえっていた。この刻限、遊里の宵っ張りの男や女郎相手の風鈴そばの風鈴の音が、静かな往来に流れていた。犬の長吠《ながぼ》えが遠くに聞こえた。

痛みを堪えていたお理緒は、縫合の半ばをすぎたころ、堪えきれずに気を失った。

それがかえってよかった。思っていた以上に速く進めることができた。

縫合が無事に終わり、新しい包帯を巻いて横たわっても、お理緒は気がつかなかった。

さらにときがたち、御旅のどの見世もすっかり寝静まったころ、お理緒は「ふ」と小さな吐息と共に目を開けた。

四人はお理緒の周りで、うとうととしていた。お多木が気づき、

「お理緒ちゃん、気がついたかい。具合はどうだい」

と、心配そうな顔を近づけた。

「あ、お多木さん、いてくれたの……」

お理緒が布団の中から、か細い声を投げた。

それからゆっくりと、市兵衛、良一郎を認めた。

良一郎が「お理緒さん」と、心配そうに呼びかけた。お理緒が「良一郎さん、唐木さま、ありが……」とまで言いかけ、言葉が途ぎれた。

お理緒は、やっと見つけた宗秀へ、潤んだ目を流した。そして、

「菅沼、先生」

と、か細く言った。

「よく頑張った。縫合はすんだ。あとは、理緒さんが疵に打ち勝つだけだ」

「よかった。本当によかった。お理緒ちゃんなら、こんな疵なんかに負けやしないさ。あんたは強い人だもの」

お多木が、薄《うっす》らと汗ばんだお理緒の額や、涙が伝うこめかみを手拭《てぬぐい》でぬぐった。

すると震えながら差し出したお理緒の白い指先が、お多木の手に触れた。

「お多木さん、お、お願いがあるの」

「なんだい。なんでも言っておくれ。何かほしい物が、あるのかい」

「あのね……わたしの部屋の納戸に、小さな行李があるの。中にね、晒にくるんだお金を仕舞っているの。わたしの蓄えの、全部……それを持ってきて、ほしいの」

「お理緒ちゃんの部屋の、納戸の中の行李に仕舞ったお金だね。晒にくるんだまま、もってくればいいんだね」

「それとね、帳面が一冊、行李の中に仕舞ってあるの。白い厚紙の表に、《科野《しなの》秘帖《ひちょう》》と書いてあるわ。それも、一緒にお願いできる?」

「しなのひちょう?　いいけど、でも、お理緒ちゃん、ごめんね。あっしは字が読めないんだよ」

「大丈夫。すぐに見つかるわ。帳面は分厚くて、一冊しかないから」

「わかった。お金の包みと帳面を、持ってくりゃあいいんだね」

「それから、まだあるの。晒にくるんだ小さな粗末な瓶《かめ》が、行李に並んでおいてあるから、その瓶もお願いできる？　じつはね、瓶には弟のお骨が入れてあって……」

「わかった。お金と、分厚い帳面と、弟の骨を入れた瓶だね。まだあるかい？」

お理緒がまぶたを閉じ、苦しげに首を横にした。

お多木がいそいそと布団部屋を出ると、お理緒は宗秀へ言った。

「菅沼先生。わたくしは先生に、お詫《わ》びいたさなければ、なりません。愚かなわたくしと弟の賢右衛門を、何とぞ、お許しください」

「理緒さんと賢右衛門さんが、わたしに詫びることなど何もない。それに、今は喋《しゃべ》るのはよくない。疵に障《さわ》る」

「いいえ、先生。お願いです。聞いてください。わたくしの無念を、わが弟の無念を、今、お話ししなければ、ならないのです」

宗秀と市兵衛は、目を合わせた。

「すでに、唐木さまよりお聞きおよびでございましょう。わたくしと弟は、菅沼宗秀先生を父・赤木軒春の仇と追って国を出て、足かけ五年の間、諸国の旅路の末に、江戸に流れ着き、このような身になり果てたのです」

「そうか。ならば無理せず、ゆっくりな」

お理緒は静かに頷いた。

「今にして思えば、なんと虚《むな》しく愚かしい歳月だったのでしょうか。ただひとえに、武門の意地をよすがに、生き長らえてきた日々でした。けれど、武門の意地の末に、賢右衛門はやっと二十歳《はたち》をひとつすぎたばかりの若さで命を失い、わたくしも、もうすぐ弟を追いかけ、父や母の許《もと》へ最後の旅路につきます」

「何を言う。理緒さんは、まだまだ長く生きられる。生きて、なすべきことをなせ」

「先生、わたくしは恥ずかしい。愚か者が生き長らえても、愚かさを積み重ねるだけです。賢右衛門を斬った男が、わたくしをも亡き者にするため、現われたのです。刃《やいば》を受けて、やっと自分の愚かさに気づかされました。菅沼先生が父の仇でなかったことが、やっと知れました。でも、遅い。遅すぎます。先生、この身に浴びた刃が、積み重ねた愚かさの、償《つぐな》いなのですね」

「賢右衛門さんと理緒さんを斬ったのは、同じ男なのだな。男を知っているのか」

お理緒は、繰りかえし押し寄せる苦痛に顔をしかめるように、まぶたを震わせたばかりだった。それでも、

「中馬新蔵という、元は下伊那の中馬を生業《なりわい》にしていた男です」

と、苦痛を堪えて言った。

「男は自ら名乗りました。中馬の馬方が、ある武家に召し抱えられ、侍になったと。おそらく、抱えた武家は、黒川七郎右衛門さまと、思われます」

「そうか。やはりそうか……」

宗秀は物憂《ものう》げな呟《つぶや》きのように、言った。

「先生、ご存じの方なのですか」

市兵衛が訊いた。

「下伊那の保利家に仕えていたころの、わが仲間だ。中馬の馬方をしていた新蔵も知っている。あのころから、黒川が配下のように使っていた。恐ろしいほど腕のたつ男だ。今、黒川は殿さまの御側御用人《おそばごようにん》に出世している。中馬新蔵が、黒川に奉公していると聞いた」

良一郎が、訝《いぶか》しげに宗秀を見つめた。

と、そこへお多木が、廊下にせわせわしい音をたて戻ってきた。

「遅くなってごめんね、お理緒ちゃん。暗くて、なかなか見つけられなくて」

「ありがとう。お多木さん」

「忍び足でいったから、なんだか盗みに入っているみたいで、どきどきした。お理緒ちゃん、これだね」

お多木がお理緒の枕元に、金の包みと瓶の包み、そして一冊の紐で綴《と》じた分厚い帳面を並べた。帳面の表に、《科野秘帖》と記してあるのが読めた。

「お多木さん、紐をほどいて」

うんうん、とお多木が晒を結《ゆ》わえてあった紐をといた。

「わあ、凄《すご》い」

良一郎が晒の中から現われた小判などの金貨や銀貨、銅銭などを見て声を上げた。

二十両以上は、ありそうに思われた。遊里で奉公する女が、これだけの額を蓄えたとすれば、並大抵の働きではすまない。

「まあ、こんなに。お理緒ちゃんは、藤田屋では一番評判がよくてね。身請け話も幾つかあったのに、それを断って。けど、どんなお客さんでも選《え》り好みするわけじゃなく、稼ぎたけりゃあお金持ちの身請け話を請けりゃあいいのに、何かわけありなのかなって、思っていたんですよ」

お多木が、お理緒の島田の乱れを優しく直しながら言った。

「わたしがこのまま死んだら……」

と、お理緒がお多木をさえぎった。

「このお金で、菅沼先生に治療のお礼を、してちょうだい。残ったお金でわたしを火葬して、小さな粗末な瓶でいいからひとつ買い求め、それに骨を入れて、弟の瓶と一緒にどこかのお寺に頼んで、葬ってほしいの」

「お理緒ちゃんは死にゃあしない。弱気になっちゃあ、いけないよ」

「いいえ。いいの。それでもお金が残ったら、どうぞ、お多木さんとみなさんでいいように分け合い、みなさんの何かに役だててください。お金のために散々苦労したのに、お金を貯《た》めても、愚かなわたしは上手に使う知恵もなかった」

　お理緒はそこで、枕元の帳面を流し見た。

「菅沼先生、この帳面は父がつけていた日記です。父は下伊那の勘定奉行に就いてから、わたくし事のつき合いを、誰となんの用で会ったかなどを書き記していたのです。それを綴じて溜《た》めているうちに、こんなに厚くなったようです。わたくしはこれを、亡くなった母の遺品の中から見つけました。科野秘帖と記したのは、父の自嘲《じちょう》なのか戯《たわむ》れなのか、もしかして、何かがあった折りの証《あか》しにしたかったのかもしれません」

「見てよいか」

　宗秀が言うと、お理緒は目を閉じ、ひと筋の涙をこめかみに伝わらせた。しかしす

ぐに目を細く開き、

「中馬新蔵が、弟の賢右衛門を斬り、わたくしを斬りにきたわけが、愚かにも菅沼先生を父の仇と誤解し、仇討《あだう》ちの旅に出た七年前の、事の起こりになる事情が、そこに書き残されているのです。それを、お話しいたします」

と、科野秘帖を目で追うように宗秀を見上げた。

二

菅沼先生が、国を去られた翌年春、保利家の重要な役職が一新されました。

それまでもご年配の方々が役職をとかれ、若く有能な方の登用が始まっており、それが政《まつりごと》を指図するお年寄役や、城代家老、江戸家老にもおよんでいったのです。

若手の登用の中でも、黒川さまがお殿さまの側役の御側御用人にとりたてられ、それに続いて平山さま、岡下さま、福士さま、溝口さま、新条さまの五人がお年寄に就かれた人事は、家中で大胆な人事と、ずいぶんとり沙汰《ざた》されました。

家老職や奉行職はお家柄血筋で決まります。ですが、御側御用人やお年寄は必ずしもそうではなく、家中の有能な方々が就かれることは珍しくないと聞いております。

ただ、みなさん、御用紙の紛争の折りは、わが父の勘定奉行・赤木軒春や、紙問屋発起人の森六左衛門さんらを厳しく糾弾なさっていた、天竜組の方々ばかりです。

御用紙の紛争の裁定が御公儀に持ちこまれ、御公儀の審理が続けられているさ中でしたから、家中のとり沙汰では、保利家は、紙問屋設置の意図はどうであれ、結果の不始末を改める姿勢を反対派登用で御公儀に示したと、そんな声もあったように覚えています。

まるで、嵐が吹き荒れたような人事の改めでした。

天竜組のお仲間だった菅沼先生だけは、貧乏籤《くじ》を引かされて役目をとかれたうえに国まで追われた、と評判になったものです。

それと同じことが、人事刷新が一段落したあと、赤木家に起こりました。

突然、赤木家改易のご沙汰が下されたのです。

赤木家改易は天竜組のみなさんが、ご重役に就かれて真っ先に決められた御用紙紛争の報復のご沙汰、という噂《うわさ》がしきりに流れました。

菅沼先生が典医をとかれ国を去られたのが、前年の秋。その半年後の春、寛文《かんぶん》（一六六一～一六七三）以来、保利家の重臣として仕えてきた赤木家が、身分と禄《ろく》と財産を失ったのです。

でも、保利家御用達《ごようたし》の森六左衛門さんや、勘定奉行だった父と共に紙問屋設置を進めたご家中のどなたも、いっさいお咎《とが》めなしでした。

ご沙汰の軽重ではなく、御用紙紛争の不始末を改めた姿勢を御公儀に示すための両成敗のご沙汰であり、もしも父が斬られていなければ、奉行職をとかれることはあっても、赤木家改易まではなかった、とも言われました。

年老いた祖父母、母、そしてわたくしと賢右衛門の五人は、長年住み慣れた拝領屋敷を追われ、城下橋南の町家の粗末な裏店に慌ただしく越さなければなりませんでした。

それから、わたくしと賢右衛門が国を出るまでの二年と半年、突然、身分と禄、財産、家屋敷を失った武家の暮らしが、どれほど悲惨でむごたらしいあり様であったか、申し上げようもありません。

身分にぬくぬくと安住していた一家に、武門の屈辱どころか、たちまち一日一日の食べる物にさえ事欠く困窮に喘ぐ日々が始まったのです。しかも困窮はいつ果てるともなく、一家の者全部が朽ち果てるまで続くのです。

まったく思いもよらなかった定めに、一家は改めて戦《おのの》かされている始末でした。

それでも、身が朽ち果てるまでは生きていくものなのですね。

老いた祖父母は生きる気力を失い、母はただ悲嘆に泣き暮れ、弟はまだ幼く、十八のわたくしが、うろたえながら、一家を支えるしかなかったのです。

ほんの数ヵ月で、質屋や道具屋に売り払ってお米に換えるわずかな着物や道具がなくなると、わたくしは城下の商家の端女《はしため》に雇われ、働きに出るようになりました。

言われるままに家の掃除、水汲《みずく》み洗濯、薪《まき》を運んで火を熾《おこ》しと、早朝から日暮れまで休みなく勤め、働くことがどういうことか、やっと思い知らされたのです。

毎日泣き暮れていた母も、裁縫の手内職を始めておりました。

ですが、端女の給金と母の手内職など、わずかな稼ぎです。食べることもままならず、毎日がひもじさとの闘いでした。お腹《なか》が空いてお腹が空いて、つらい毎日との……

一年ばかりがたって、祖父母が相次いで亡くなりました。

それから、母が病で倒れ、そのころよりわたくしは、人への怒りや憎しみ、侮蔑《ぶべつ》を心の底に秘めている自分に気づかされておりました。

初めは、苦しみやみじめさはわが身を鞭打《むちう》つ責苦でした。それが、知らず知らずのうちに、わが身ではなく人へ向けた怒りや憎しみ、侮蔑でわが心が満たされていたのです。

今にして思えば、わたくしの武門の意地や、赤木家の屈辱をはらしたい一念を支えていたのは、人への筋の通らない怒りや憎しみ、侮蔑だったかもしれません。

病の母とわたくしと幼い弟が、いつ共倒れになってもおかしくない暮らしを続けつつ、わたくしは内心では、赤木家の血筋を自慢に思い、頼りにし、周りにいる町民の誰も彼もを、無礼者、退がれ、と罵《ののし》っていたのです。

病に苦しんでいた母が天竜川に身を投げて亡くなったとき、わたくしは二十歳、弟の賢右衛門は十四歳になっていました。母の亡骸《なきがら》は、川縁《かわべり》の岩に流木のように引っかかっているところを、見つけられたのです。

わが父・軒春のその《科野秘帖》は、母のわずかな遺品の中に見つけたのです。

母がなんらかの意図を抱いて、父の日記を残していたとは思えません。

おそらく、夫に従う奥方として、世間の波風を受けずにすんでいた覚えの、いささかの未練にすぎなかったのでしょう。

勘定奉行に就いて数年がたったころから、父は日記をつけ始めたようです。

内容の殆《ほとん》どが、奉行職のお役目にかかわる談合、会合、頼み事、相談事などで、そのために設けられた酒席、供応、宴《うたげ》の場所と相手と日数、さらにつけ届けと称する賂《まいない》の金品までを、簡略に記したものと思われます。

その日記によって、父が勘定奉行職の役目の便宜を図った見かえりを得ていたことを、わたくしは知りました。父はそういう人だった。わが赤木家の何不自由のない暮らしは、そういう父のお陰によって、もたらされていたと。

文化四年（一八〇七）に始まった御用紙の紛争の一件で、森六左衛門さんと談合や協議を頻繁に行なっていた節が読みとれます。それを読めば、紙問屋の設置には、御用紙の紛争が起こるずっと以前より、保利家の強いご意向が働いていたことがわかります。

わたくしはあのとき、十一歳の童女でした。紙問屋設置によって、誰が有利になり、誰が不利益をこうむるかなど、考えられる歳ではありませんでした。

今なら、わかります。父は、あってはならぬ間違いを犯しました。権限を持つ勘定奉行の犯した間違いが、恥ずかしながら、見かえりを求めたわが父の不公正が、ひいては御用紙の紛争を起こし、そのために父は誰かに斬られたのです。

不審を覚えたのは、ある方のお名前が父の日記に出てきたからです。

その方は、菅沼先生と同じ天竜組のお仲間であり、父の配下の勘定方でした。天竜組の方々が、父や森六左衛門さんを快く思っていないことは、子供心にも感じておりました。文化六年のあの打ち壊しがあった冬の夜、父が命を落としてから、天竜組が父を斬った噂が流れ、一ときは天竜組の方々へ憎しみを募らせたものでした。ですから、父と対立する天竜組のその方が、父のわたくし事の交際相手のおひとりだったことが日記を読んでわかったとき、意外でなりませんでした。

お察しのとおり、その方は今、お殿さま側役の御側御用人に就いておられる黒川七郎右衛門さまです。

黒川さまは、勘定方でしたが、わが屋敷に見えられたことはありません。

ただし、日記によれば、御用紙の紛争が起こる以前から、父は黒川さまと、決まって二月に一度ほどの割合で会合を持っているのです。そして、御用紙の紛争が起こってからは会合を持つ機会が、だんだんと増えていっておりました。

どんな用件の会合だったのか、日記には書かれていません。わかるのは、会合の場所と日数だけです。

わたくしは、御用紙の紛争で対立していたはずの父と黒川さまが繰りかえし会合を持っていた用件に、不審を覚えてなりませんでした。しかも、何も用件が書かれていないことが、かえって不審を募らせました。

それが黒川さまにお会いしなければ、と思ったことのひとつですが、今ひとつ、お訊《たず》ねしたいことがあったのです。

と申しますのも、父が日記の最後に記した日づけが、打ち壊しがあったあの冬の夜の前日で、その日、会合があり、お相手は黒川さまだったからです。

当日は、お年寄衆との談合があると母から聞いたことを覚えております。その談合より戻る途中、父は何者かに襲われ、斬られたのです。当日とその前日、たった一日前に父は黒川さまとどんな用件で会ったのか、訝しくてなりませんでした。

弟と二人きりの母の初七日をすませた夕刻、わたくしはひとりで黒川さまのお屋敷を訪ねました。まだお戻りでなかったなら、たとえ夜更けになっても、門前でお待ちするつもりでおりました。

門番に元勘定奉行・赤木軒春の娘・理緒と名乗り、とり次を頼みますと、幸い、黒川さまはすでにお屋敷にお戻りでしたが、初めは若党が門前に現われ、

「旦那さまのお志《こころざし》である。仏前へ供えられよ」

と、見舞金を差し出され、まるで物乞《ものご》いにきたかのような扱いでした。

「物乞いにきたのではありません。黒川さまにお訊ねいたしたいのでございます。わが父・赤木軒春と黒川さまは、わたくし事の用件で会合をしばしば持たれておられました。その件でおうかがいいたしたいことがございます。ご不審ならば、文化六年の

冬、打ち壊しがあった夜の前日の会合についてと、お伝えください。父の日記に、黒川さまと会合があったと記してございます」

「日記に？」

若党は、わたくしがすがるように言うのを、しばらく見つめておりました。それから、

「うかがってまいる。待っておれ」

と、門内へ消えてほどなく、若党がまた現われ、屋敷に通されたのです。

通された部屋は、行灯《あんどん》が一灯、寂しく灯《とも》った寒々とした書院でした。

わたくしが黒川さまにお会いした機会は、父の配下だったころに、通りがかりに道端で短くご挨拶を交わしただけでした。

けれどあの夕刻、書院に出てこられた黒川さまは、袖なし羽織に着流しのくつろいだご様子ながら、御側御用人に就かれて二年半がたち、いつしか、畏《おそ》れ多いような威厳を備えておられました。黒川さまは、母の死の悔《く》やみを短く述べられたあと、

「赤木さんとわたしのかかわりで、何か訊ねたいとか。と言われても、赤木さんは勘定奉行。わたしは勘定方。上役と下役、という以外のかかわりはないが」

と、少し横柄な物言いで、やおらきり出されました。

「父は勘定奉行に就いてから、お役目にかかわりのある、談合、寄り合い、会合、また頼み事や相談事などを、用件の内容と、どなたとどこで開いたか、記しておりました」

そうこたえますと、黒川さまはさり気なくお訊ねになったのです。

「日記があるように、うかがったが」

「はい。子細というのではありません。でも、お役所以外での、わたくし事のおつき合いも含めて、おそらくほぼ全部を簡略に……」

「それか」

わたくしは、布きれにくるんだ父の日記を携えておりました。

「見てよいか」

布きれから《科野秘帖》と表に記した分厚い帳面をとり出し、黒川さまの膝《ひざ》の前へ差し出しました。黒川さまは帳面を手にとって、

「ふふん、高が日記に科野秘帖とは、少々外連《けれん》がすぎるな。赤木さんらしい」

と、嘲《あざけ》りを浮かべて言いながら、事もなげにめくっていかれました。

それでも、とき折り紙面を繰る手を止めて物思わしげに文面を追われ、日記の終わりが近づくにつれて手の動きが遅くなり、帳面をおかれるまで四半刻（約三十分）は

たっておりました。

「なるほど、わかった。これは日記というより、赤木さんの裏帳簿と言うべきものだな。あまり他人に見せぬ方が、いいのではないか。父上の、赤木さんの恥をさらすことになるだろう。まさに、秘帖にしておいた方がいい代物だ」

黒川さまは、わたくしの頭を押さえつけるように言われました。

「赤木さんがそういうお奉行だったことは、役所ではみなわかっていた。口には出さなかったが。ここに書かれてある事柄の殆どは、ご重役方は大旨《おおむね》つかんでおられた。一昨年《おととし》、赤木家が改易になったのは、赤木さんの奉行としてあるまじきふる舞いが明らかなため、やむを得ぬことだった。それに何よりも、御用紙の紛争が起こった責めはお奉行だった赤木さんにある。あれで多くの者が命を失い、保利家も痛手を受けた」

「父は斬られて亡くなっておりました。なのに、赤木家だけが改易のご沙汰を受けたのでございます。赤木家が改易になるのであれば、父の便宜を受けた森六左衛門さんや他の方々にも……」

「仕方がなかった。お家の政に支障をきたさぬ配慮だ。誰も彼も、というわけにはいかなかった。一罰百戒だ」

「それでは、菅沼宗秀先生に下されたご沙汰も、一罰百戒なのでございますか」

「何を言う。菅沼と赤木家の場合は、別の理由だ」

黒川さまは薄笑いを見せ、とり合われませんでした。

「父が、役目を利用して便宜を図り、見かえりを得ていた不正は承知しております。けれど、お訊ねいたしたいのは、そのことではございません」

わたくしは、言わずにいられませんでした。

「日記には、黒川さまと父が、ずいぶん以前より繰りかえし会合を持っていたことが書かれております。御用紙の紛争が起こってからは、日記を読む限り、会合の数が増えております。ちょうどあのころ、黒川さまとお仲間の天竜組が、できたのでございますね。天竜組は、父と森六左衛門さんが進めた紙問屋設置に異議を申したてておられました」

「赤木さんとわたしが会合を持つのは、不審ではなかろう。勘定奉行と配下の勘定方なのだ。打ち合わせ、あるいは会合は、幾らでもある」

「いいえ。父は表だった会合や協議については、日記にはいっさい記しておりません。先ほど、いみじくも裏帳簿と仰《おつしや》られたように、記述があるのは、父の便宜にかかわる談合、会合、頼み事、相談事などだけと思われます。黒川さまと父の会合も、表だってのご用ではなかったのでは？　表だってのご用であれば、黒川さま以外の勘定方の方々との会合がいっさいないのは、かえって不可解でございます」

黒川さまは、にやにやするばかりで、それには何もお答えになりませんでした。

「もしかして、黒川さまは、父の指図を受けて、隠密《おんみつ》の仕事をなさっておられたのではございませんか。そうなのでございますね。そう考えれば、合点がまいります。黒川さまとの会合に、用件が書かれていなかったのも辻褄《つじつま》が合うのでございます」

「もし、そうだとすれば？　日記を表沙汰にしたいのか」

「そんなつもりはございません。もし、そうだとすれば、黒川さまは父と対立する天竜組のお仲間でありながら、実情は、父のお味方だったのでございますからね。ただ、父は斬られ、赤木家は改易になり、一方、天竜組の方々はお年寄役にご出世になり、中でも黒川さまは御側御用人に登用されておられます。わが赤木家のみじめなあり様と較べ、天地の違い。それがひどくあさましく思えるのでございます」

「赤木さんの味方というのは違う。わたしはお家のためになることだけを考えて、赤木さんに乞われ、隠密役を引き受けた。天竜組に加わったのは、天竜組の動きを探る狙《ねら》いというより、赤木さんや森六左衛門らと反対派の天竜組の間を、とり持つ腹だった。すべてはお家のためだ。それを、赤木さんと森六左衛門が先走って紙問屋を設置し、かえって事態を悪くした。赤木さんは自ら墓穴を掘った」

「父が斬られたのは、自業自得だったと仰るのでございますね」

「政は、対立する考えの落としどころをいかに見つけるかにかかっている。誰もがおのれの考えをいっさい譲らぬのであれば、政は進まぬ。わたしにはその勘所がわかる。御側御用人にとりたてられたのは、巧《うま》くたち廻ったからではない。是非に殿さまをお助けせよと、周りから推《お》されたのだ。自業自得とまでは言わぬが、赤木さんは政を行なう勘所がわかっていなかった」

わたくしは、父が正しき人だったとは思ってはおりません。

ただ、そんなふうに言われる父が、哀れでなりませんでした。可哀相《かわいそう》に思えて、胸が締めつけられました。

「日記によれば、文化六年の、打ち壊しのあった夜の前日、黒川さまは父と会っておられます。その会合のご用は、なんだったのでございますか。あの前日、黒川さまは父と何を話し合われたのでございますか」

「だから、いつもどおり報告していることとだ。本町に紙問屋を設置したことにより、在郷町の紙商人や紙漉《す》き業者の間で不満の声が高まっている。天竜組では、赤木さんを斬るべし、という主張にみなが同調し始めている。わたしひとりでは止めきれぬ。

お気をつけなされ、とそういうようなことだ」

「翌日の夜、父は何者かに襲われ、落命いたしました。父を襲い、斬った方は今もって不明でございます。もしかして黒川さまは、父を斬った方にお心あたりがあって、その方をかばっていらっしゃるのではございませんか。お心あたりがあるのなら、どうかお教えいただきたいのでございます」

わたくしは打ちひしがれた思いで、「どうか、どうか……」と繰りかえしました。

「心あたりなどない。たとえあったとしても、もしそれが仲間なら、わたしの口からは教えられぬ」

「仲間？　黒川さまのお仲間に父を斬った方のお心あたりが、あるのでございますか」

「もしも、の話だ。第一、そなた、それを知ってどうするのだ」

「わかりません。でも知りたいのです。わたくしは赤木家の女です。父を斬った相手を知らぬまま、朽ち果てるのはいやでございます」

「今さら無駄なことを」

「黒川さまにお教えいただけないのであれば、天竜組のどなたかにおうかがいいたせば、それを教えていただけるのでしょうか。天竜組のどなたにおうかがいいたせば……お願いでございます。黒川さまは、一度は父のお味方だったではございませんか。何とぞ、朽ち果ててゆく赤木家を、哀れと思《おぼ》し召して」

「そなた、天竜組の仲間にも、会いにゆくつもりか」

黒川さまは吐き捨てるように言われ、ひどく不快そうなお顔つきになって、わたくしを睨んでおられました。物憂い沈黙が続いてから、

「見たわけでは、ない」

と、仰られたのです。

「天竜組の仲間らもみな同じだと思う。ただ、赤木さんが斬られた夜、天竜組の集まりが本覚寺であった。平山、岡下、溝口、福士、新条、そしてわたしだ。ひとり遅れていた者がいる。森六左衛門の屋敷が打ち壊しに遭い、われらは六左衛門の屋敷へ向かった。打ち壊しの騒動が終息して、われらが城下へ戻る途中、その者が現われた。なぜ遅れてきたのかは、聞かなかった。その夜、赤木さんが斬られていたことをあとで知った」

わたくしの胸に、やり場のない怒りがふつふつと湧いておりました。暗くて重い憎悪がこみ上げてくるのを、感じておりました。

「みな、驚いた。よいか。見たわけではないのだぞ」

黒川さまは、繰りかえされました。

「誰が言い出したかは覚えておらぬ。おそらくみながそういう気になったのだと思う。われらはその者を信じていたし、今も信じておる。ただ、その者が天竜組の中では、赤木さんを追及する急先鋒《きゅうせんぽう》だった。赤木さんを斬るべし、とも言っていた。われらは同調したが、集まりの場で血気に逸《はや》ったばかりで、本気ではなかった」

「その方の名は……」

「名は言えぬ。ただ、われらはその者にあらぬ疑いがかかるのを恐れた。われらは赤木さんの一件の奉行所のお調べには、あの夜、天竜組の七人共に本覚寺に集まっていたことにしようと、口裏を合わせた。のちにその者が役目をとかれ保利家を去ったとき、安堵《あんど》したというのが、われらの偽らざる心境だった。これで赤木さんの一件は、忘れられていくであろう、上手《うま》く逃げてくれ、とな」

黒川さまのお屋敷から戻る夜道で、わたくしは、あふれる悔し涙を抑えられませんでした。その方が、わたくしたち一家をこんなみじめな境遇に落とし入れたのだと、思い知りました。

わたくしの心は、すでに決まっておりました。

父の無念をはらす、由緒ある赤木家の武門の意地をとおしてみせる、とです。

わが一門が受けた屈辱への、怒りや憎悪や悔しさがわが存念の支えでした。武門の意地をとおすために、わが命など捨てて惜《お》しいとは思いませんでした。

わたくしは、罪を犯す覚悟を決めておりました。

端女奉公をしていたお店へいったのです。

奉公人はもう休んでいる刻限でした。お店にはご主人おひとりが帳場格子にいて、一灯の行灯の明かりを頼りに、帳簿づけをなさっておられました。

ご主人はいつも、その日の商いが終わってから、最後におひとりで一日の収支をお確かめになると、手代の方が仰っていたのを聞いておりました。しわいご主人と、使用人の評判はよくありませんでしたが、商売にとても厳格なご主人でした。

わたくしは台所の出刃包丁を手拭に巻いて懐に仕舞い、端女ながら、帳場格子で算《そろ》盤《ばん》を使っておられるご主人のそばにいき、跪《ひざまず》きました。

「旦那さま、お願いがございます」

「うん？　なんだ」

ご主人は一瞥《いちべつ》をくれただけで、算盤の手を休めず仰いました。

「お金を、十両を、恵んでいただきとうございます」

わたくしは懐から出刃包丁を出し、両手ににぎり、ご主人へ切先を差し向けました。

　ご主人の算盤が、ちっちっち、と鳴り続けておりました。

「十両？　うちのような小店に十両は大金だ」

「わたくしには、ご主人にお恵みいただくしか、ないのでございます」

「おまえは武家の娘だな。武家は刀で富を手に入れる。商人は商いをして金を儲《もう》ける。わたしは商人だ。商い以外で、商いの魂である金をおいそれと恵むわけにはいかん。金がほしいなら、その包丁でわたしを差し殺し、武家らしく奪ってゆけ」

　わたくしは、包丁が震えるのを止められませんでした。

「ただし、おまえが売り物を出したら、売る物にもよるが、十両の商いができる」

「貧しき者です。わたくしには売る物など、ございません」

「おまえは美しき娘だ。歳は二十歳か。二十歳なら、もう美しき女じゃないか。おまえを十両で買おう。おまえが売る物なら、商いをしてもいい」

　わたくしは包丁を落とし、初めは呆《あき》れておりました。けれど、命さえ捨てているのに、ほかに捨てられない物など、あるはずもありません。

　そのひと夜を、わたくしとご主人は城下の茶屋ですごしました。明け方、ご主人は十両を差し出し、仰ったのです。

「わたしには女房と子がいる。おまえを女房にできないが、妾《めかけ》としてなら養ってやれる。幼い弟がいると聞いている。おまえも弟も、少しは楽ができるだろう。しかし、おまえにはこの十両を元手に、何かすることがあるのだな」

わたくしは十両を受けとりながら、黙って頷きました。

「なら、仕方がない。これも持っていけ」

と、ご主人はさらにもう十両をわたくしの膝の前におかれました。

「これは口止め料と手ぎれ金だ。わたしとおまえは主《あるじ》と端女。たったひと夜の契りであったとしても、これで何もなかったことにしてくれ。おまえは二度と、うちのお店に姿を見せるな」

わたくしは畳に手をつき、ご主人に言うべき言葉を失っておりました。

三

市兵衛は宗秀の柳行李を担ぎ、まだ暗い星空の下の一ツ目の通りを、宗秀と共に新大橋へ向かっていた。途中、明けの七ツ（午前四時頃）を報《しら》せる横川《よこかわ》の時の鐘を聞いた。

すべてを話し終えたお理緒は、痛みを忘れようとするかのように、再び静かな眠りに落ちたのだった。

良一郎が宗秀と市兵衛に言った。

「宗秀先生、市兵衛さん、お疲れさんでございやした。あとはお多木さんとあっしが、ついておりやす。もし、なんかがあったら、柳町までまたひとっ走りいたしやす」

「先生、唐木さま、ありがとうございやした」

お多木が這《は》いつくばるように、辞宜《じぎ》をした。

「では頼む。夕方、またくる」

「それで、先生、市兵衛さん、このことは親父《おやじ》には、何とぞ内緒にお願《ねげ》えしやす」

良一郎が真顔で言ったので、市兵衛と宗秀は顔を見合わせて笑った。

二人は一ッ目の通りを新大橋の袂《たもと》までとった。

空は少しずつ白みが広がってゆき、大川には早や荷を積んだ川船がいき交っていた。朝の早い職人風体の男らの、道具箱や袋をかついで新大橋を急ぎ足に渡っていく様が、ちらほらと見えた。

「市兵衛、すまんな」

「いいえ。わたしが良一郎さんに頼んで、勝手に先生をお呼びしました。お節介をしたのかもしれませんが」

「もっと前に、理緒に会ってやるべきだった。理緒はすべてを失った。弟の賢右衛門を失い、怒りと憎しみに支えられていたとはいえ、武門の意地までも失って仕舞った。わたしの頑《かたく》ななふる舞いが、この事態を招いたのかもしれぬ。医者として手はつくした。せめてそれが救いだ」

「この事態を招いた？　どういうことですか」

「市兵衛、おぬしに話しておきたい。聞いてくれるか」

「是非、聞かせてください」

「ばあさんが朝飯を作っているはずだ。朝飯を食っていけ。朝飯を食いながら話す」

「喜んで、馳走《ちそう》になります」

大橋をこえてゆく宗秀と市兵衛の足元の川面《かわも》を、じいじいちいちい、じょいじょい、と川鳥が鳴きながら飛び交った。

ばあさんの拵《こしら》えた朝飯は、白いご飯に油揚げの味噌汁、浅漬けの香の物、それにじりじりと脂《あぶら》の焦げた匂《にお》いが香ばしい干しだらの焼き物である。それに宗秀は、朝から一本の酒をばあさんに頼んだ。

「わたしも少しいただく。市兵衛も呑《の》め。こういうときは、酒がいる」

二人は、宗秀の居室と寝間をかねた部屋に、膳《ぜん》を挟んで向き合っていた。

市兵衛には、宗秀の様子が少し違って感じられた。市兵衛に語りつつ、語りつくせぬもどかしさに、あがいているかに見えた。

そんな宗秀の傍らに、お理緒から預かった科野秘帖が、ぽつり、とおかれている。

朝飯が終わり、ばあさんが膳を片づけ、茶を喫しているころ、診療所のある小路に上ったばかりの朝日が射した。

ほどもなく、近所のどこかであぶら蟬《ぜみ》のふてぶてしい鳴き声がした。

「江戸に出て、足かけ十一年になる。捨てた国だが、そのような事情になっていると思うと、やはりつらい。もうわたしとはかかわりがないのに、少々息苦しい。もしかしたら、柳井村の父の死が、無駄だったかもしれぬと、思えるからかな」

「下伊那城下では、森六左衛門という御用達の豪農が今、新たに黒川さんを筆頭とする元天竜組の方々と結び、再び会所と名を変えて紙問屋を設置しようとする動きがあるのですね。ならば文化十二年の、紙問屋を廃止し城下の紙の商いは従前どおり、と出された御公儀の裁定と、どのように辻褄を合わせるのでしょうか」

「わからん。まさかと思っていた。われわれが勘定奉行の赤木軒春に異議を申したて、あの打ち壊しが起こり、多くの者が命を失った御用紙の紛争は、一体なんのためだったのか。それを思えば、天竜組の意図をないがしろにするふる舞いを、黒川たちがするとは信じられなかった」

宗秀は束《つか》の間、考えた。

「千野はわたしに、自分で確かめてみよと言った。確かめるまでもない。この科野秘帖に書かれていることで、大旨わかった。黒川の性根が知れた」

「黒川さんは、赤木軒春が残した科野秘帖を、消そうとなさっているのですね。そのために、中馬新蔵という男に賢右衛門と理緒を襲わせた。ですが、今は御側御用人に就いて権勢をふるっている黒川さんが、赤木軒春の隠密だったおのれの過去が明かされるとしても、所詮は一個の日記にすぎぬものです。放っておけぬのでしょうか」

「おそらく、今は保利家の重役に就いている仲間らも、黒川がかつて、赤木の隠密だった事実を知らぬのだろう。御側御用人の黒川が筆頭になり、元天竜組の五人の年寄役が保利家を牛耳っている。だが五人が、黒川の昔の裏ぎりに気づけば、保利家における黒川の立場はあやうくなる。わたしはうかつにも、理緒と賢右衛門の姉弟が江戸にいて、わたしを父親の仇と追っている市兵衛から聞いた事情を、黒川に話した」

宗秀は眉間に憂いを浮かべた。

「黒川は、赤木軒春を斬ったのがわたしではないと知っている。なのに偽りを言い、わたしが斬ったかのように理緒に思わせた。わたしが理緒たちに会い、偽りが露顕し、のみならず、この赤木の日記がわたしの目に触れるかもしれぬ事態を推量した」

「黒川さんは、科野秘帖が表沙汰になる事態を恐れた。理緒と賢右衛門を抹殺し、この日記を消し去ろうと図って、中馬新蔵がそれを命じられたのですね」

「皮肉だな、市兵衛。偶然、黒川は遺恨《いこん》を抱く江戸勤番の家士に襲われ、疵の手あてのために、黒川自身がわたしを保利家の江戸屋敷に呼び寄せたのだ。保利家と縁をきっていたわたしを、再び保利家へ縁づけたのは黒川だ。そうして、縁づいたわたしが、姉と弟と共に消えていたすぎし日を甦《よみがえ》らせてしまった」

「黒川さんは、理緒から父親の形見の日記を見せられたとき、すぐにそれを消し去ろうとは考えなかったのでしょうか。今、姉弟の抹殺と日記を消し去ろうとするのなら、なぜ姉弟が日記と共に国を出たのを見逃したのでしょうか」

「中馬が理緒に言った。黒川は、姉弟が仇討ちの旅に出るとは思っていなかった。そんなことができるわけがないと、高をくっていた。うかつだったと。いずれ姉弟を手なずければ、などと考えたのではないか」

「そうなら、まさにうかつだったのですね」

「市兵衛の言ったとおり、所詮は一個の日記にすぎぬ。今までもそうしてきたのだから、黒川はこれからも科野秘帖など放っておけばよかった。疑心、暗鬼を生ず。権勢をにぎるということは、そういうものなのだな」

市兵衛は宗秀をまっすぐに見つめ、言った。

「赤木軒春を斬ったのは、誰ですか」

「赤木軒春が斬られた夜、本覚寺で持った天竜組の集まりに遅れたのは、わたしではなく黒川だった。おそらく黒川が知っている。誰が赤木軒春を斬ったか」

「黒川さんは、なぜ天竜組の集まりに遅れたのでしょうか」

「市兵衛、これも成りゆきだ。確かめる」

宗秀が言った。それからやおら立ち上がり、居室の押し入れより、桐油紙《とうゆがみ》にくるんだ二刀をとり出した。

市兵衛と再び対座し、桐油紙をといた。二刀の黒鞘《くろざや》が、くすんだ色を放った。大刀をゆるやかに抜き、鈍い光沢を放つ刀身を眼前にかざした。

「わたしは山間《やまあい》の貧しい村の、紙漉き業者の倅だった。それが、菅沼宗秀という刀を持つ武士の身分を与えられた。だが、この刀は使ったことがないまま、柳井村の父が牢屋敷で亡くなり、わたしは菅沼宗秀ではなくなり、国を去り武士を捨てた。武士を捨てたのに、この刀は捨てられなかった。恥ずかしながら、こっそり手入れをしておる。今は、柳井村の宗秀なのにだ。愚かだな」

「菅沼宗秀として医者になられたときの先生の志と、今は町医者・柳井宗秀となった先生の志が、同じだからでしょう。大坂で知り合った若き医師・菅沼宗秀先生は、今も変わらず、わたしの前におられます」

「ふむ。だいぶ髪も薄くなり、くたびれたが。出かける。市兵衛はゆっくりしていけ」

宗秀は科野秘帖を懐に差し入れ、座を立った。そして両刀を、しゅっ、しゅっ、と腰に佩《お》びた。

「わたしもお暇《いとま》いたします。そこまで先生をお見送りします」

続いて市兵衛も腰を上げ、二刀を携えた。

「そうか。ではそこまで。ばあさん、出かける」

宗秀が居室から表の土間へ廻り、勝手の方へ声をかけた。ばあさんが下駄《げた》をからから と鳴らし、表土間へ見送りに現われた。

「いってらっしゃいま……」

言いかけたばあさんは、土間に下りて菅笠《すげがさ》の顎紐《あごひも》を結んでいる宗秀の、二刀を佩びている拵えを見て、不審顔になった。

「どうしてもゆかねばならぬ用ができた。今日は臨時の休みだ。すまぬが、患者にそう伝えてくれ。うまくゆけば午後には戻ってこられるだろう。戻ってこられたら、夕刻、また御旅に出かける。ではな」

宗秀はかまわず言った。

「へ、へえ。いってらっしゃいませ」

ばあさんが、宗秀と市兵衛の背中に声をかけた。

柳町の小路に、だいぶ高くなった朝日が降っていた。

小路に出るとあぶら蟬の鳴き声が、一段と騒がしく聞こえた。宗秀の後ろに従い、市兵衛は菅笠をかぶってまぶしい朝日を防いだ。

通りがかりのどじょう売りの棒手《ぼて》ふりが、「先生、今日はお早いお出かけで」と、声をかけて通りすぎていった。

小路をひとつ折れ、しばらく歩いて日本橋南の南伝馬町《みなみでんま》の大通りに出た。

大通りのどの表店でも、商いを始める支度に手代や家人が忙《せわ》しげに立ち働いていた。

両天秤《てんびん》の行商が売り声を上げていき交い、荷馬のいななきが聞こえ、使いを命ぜら

れたお仕着せの小僧が大通りを走ってゆく。宗秀は市兵衛へふりかえり、

「では、市兵衛。わたしはこちらへゆく。今夜、喜楽亭にいければよいがな」

と、大通りの南の京橋の方を指した。京橋の橋詰が見え、京橋川堤の柳の枝葉が、朝の光の下で涼しげな緑を輝かせていた。

市兵衛の住まいがある神田は、大通りの北の日本橋の先である。市兵衛は頭《こうべ》を垂れた。宗秀が踵《きびす》をかえし、猫背になった背中を見せて、京橋へ歩んでいった。

けれども市兵衛は、二間《けん》（約三・六メートル）ほどをおいて、やはり宗秀の後ろに従った。

宗秀はすぐに気づき、京橋の橋詰で足を止め、市兵衛を顧みた。

「市兵衛、今夜、喜楽亭に顔を出せ。もう、よい。世話になった」

「そこまで、お見送りします」

「そうか」

宗秀は菅笠の下の横顔を向け、ふふ、と笑った。

それから二人は、京橋を渡り、新両替町《しんりようがえ》から京橋南の大通りをとった。やがて新橋に差しかかったとき、宗秀はふりかえらず、

「市兵衛、どこまで見送るつもりだ」

と、半間少々ほどの間で従う市兵衛に話しかけた。

「そこまで、お見送りします」

「もうよい。帰れ、と言っても、帰らぬのか」

「はい。お見送りがすむまでは……」

「おそらく、わたしはこれから、わが患者を斬ることになるだろう。つまり、医者らしくないふる舞いをする。逆に、こちらが斬られるかもしれぬがな。斬るか斬られるか、市兵衛はそれを見届けるつもりか」

「宗秀先生に見届けよ、と言われれば見届けます」

「それはだめだ。わたしが斬られるときは、見届け人の市兵衛も斬られることになる。迷惑だ。帰ってくれ」

「では、わたしの気がすむようにします。わたしの勝手にします」

市兵衛がこたえると、宗秀はもう言わなかった。

ただ、痩せた猫背が、おかしそうに小さくゆれた。

四

金杉橋《かなすぎ》を越え、新堀川《しんぼりがわ》に架かる一之橋を渡った。

朝の五ッ（午前八時頃）を、もうだいぶ廻っていた。

南へ川筋が折れる新堀川の土手道に沿って、長屋門をかまえた武家屋敷の土塀がつらなり、広大な武家屋敷の樹林では、みんみん蟬やにいにい蟬が鳴き騒いでいた。

夏の日射しが、川面にまぶしく照り映《は》えていた。

二之橋から三之橋の間に、古川町《ふるかわ》の店が土手通りに軒《のき》を並べ、三之橋をすぎたあたりより古川と呼ばれる土手道に沿って、下伊那領保利家の下屋敷がある。

保利家下屋敷は、古川が西へ流れを変えるあたりより、古川に沿って広い敷地を占めているが、むき出しの土塀が屋敷を囲い、門番所もない古びた小ぶりな長屋門を、土手通りにかまえていた。

ただ、大きな楠《くすのき》が長屋門の瓦《かわら》屋根よりはるかに高く、鬱蒼《うっそう》とした緑の枝葉を青空を背に繁《しげ》らせていた。

宗秀先生、わたしが――と、市兵衛が鉄鋲《てつびょう》打ちの門扉を叩《たた》いた。

板門に鈍く低い音が鳴って、屋敷内へとどろき渡った。

「お頼み申す。お頼み申す……」

市兵衛の張りのある澄んだ声が、門前の土手通りや古川対岸の永松町《ながまつ》一帯に朗々と流れた。門扉を叩き続け、呼び続けた。

それでもだいぶ間があって、門内より「どなたか」と、誰何《すいか》する声がした。

「柳町の医師・柳井宗秀先生と従者でござる。こちらは、下伊那領保利家御下屋敷とお見受けいたし、お訪ねいたしました」

「いかにも。保利家下屋敷でござる」

「先般、御領主岩見守広満さま御側御用人・黒川七郎右衛門さまが手疵を負われ、当お屋敷にてご静養中とおうかがいいたしました。その折り、柳井宗秀先生が向柳原の上屋敷に招かれ黒川さまのお手あてをなされました。本日は、黒川さまのその後のご様子をお診たていたすため、お訪ねいたした次第でござる。何とぞ、開門をお願いいたす」

「柳町の柳井宗秀先生？　少々お待ちを」

門内の声が、たた、と石畳を鳴らし、遠ざかっていった。

ややあって、また足音が近づき、門わきの小門がごとりと音をたてて開けられた。

若党ふうの両刀を佩びた男が顔をのぞかせ、市兵衛と宗秀を見廻し、「どうぞ、こちらより」と導いた。宗秀が先に邸内へ入り、そのあとを市兵衛が小門をくぐった。

門内わきに大きな楠がそびえ、石畳が切妻破風《はふ》の玄関へ続いていた。

門と玄関の中ほどに、黒羽織に縞袴《しまばかま》の大柄な士が、胸を反《そ》らして立っていた。腰の長刀が、隆とした体軀《たいく》に劣らぬいかめしさで侍を包んでいた。会釈や辞宜をするでもなく、日射しの下の石像のように固まり、宗秀と市兵衛を見つめていた。

楠の葉影が、石畳にまだら模様を落としていた。

宗秀が菅笠を軽く上げ、石畳の侍に言った。

「新蔵か。久しぶりだな。覚えているか。宗秀だ。おぬしと知り合ったころは、菅沼宗秀と名乗っていた。今は江戸で町医者をしている柳井宗秀だ」

すると侍は、ごつい両手を膝にあて、からくり仕かけの石像みたいに黒羽織をかたむけ、宗秀へ辞宜をした。

「菅沼宗秀先生、お久しぶりでございます。それがし、今は中馬新蔵と名をいただき、黒川さまにお仕えいたしております。何とぞよしなに、お願いいたします」

「聞いている。中馬新蔵か。侍になったのだな」

中馬は、どっしりとした仕種《しぐさ》で頷き、身体を起こした。

「本日はわざわざのお越し、畏れ入ります。お知らせいただければ、お迎えに上がったのでございますが」

「すまぬ。急なのだ。黒川に会わねばならぬ用ができて、知らせる間がなかった。疵の容体も診たい。とり次いでくれるか」

「旦那さまは、菅沼先生のお手あてにより順調に回復しておられますが、なお安静が肝要と御医師の指示もあって、殿さまのお許しを得て当下屋敷に静養なされておられます。お心静かにおすごしなされるよう、われら家臣も気を配っております。急なご用とは、いかような事柄でございましょうか」

「それは少々こみ入っておって、立ち話で言いつくせることではない。しいて言えば、科野秘帖、について伝えてくれるか。黒川は承知していると思う」

中馬は、両刀を佩びた宗秀の拵えを訝しげに見つめた。

「科野秘帖、でございますか」

「さよう、科野秘帖だ。どちらにせよ、疵の容体を診たい。黒川に会わせてくれ」

それから中馬は、宗秀から背後の市兵衛へ強い眼光を流し、短く沈黙した。市兵衛に何かを感じるのであろうか、

「こちらのご仁は……」

と、市兵衛より目を離さず言った。

「唐木市兵衛と申します。柳井宗秀先生の弟子でござる。先生は昨夜より、急な怪我《けが》人の治療にあたられ、お疲れです。よって、お疲れの先生の手助けをいたす助手《すけて》として、本日は従ってまいりました」

「医師の従者にしては、いかめしいご様子に見える。ご浪人か」

市兵衛はにんまりとした。

「弟子でござる。何とぞよしなに、お願いいたします」

中馬は市兵衛へ向けた強い眼光に、かすかな不快をにじませた。しかしすぐに、宗秀へ向きなおった。

「ならば、ご案内いたします。こちらへ」

「よろしいのか」

「旦那さまは、菅沼先生の来訪をすでにご承知でござる」

中馬はまたどっしりと頷き、「黒川さまのわたくし事のご用ゆえ、お任せを」と、応対に出た家士に言った。

家士は「では……」と、中庭の方へたち去っていった。

中馬は先に立ち、玄関ではなく、家士が去った反対の方へ、袴の裾《すそ》を翻した。

下屋敷の内本家は古び、土壁がむき出しの塀が、通り庭のような中庭を隔てて続いていた。土塀と内本家の間の中庭は手入れがいき届いておらず、雑草が繁っていた。日射しの下を、蜂《はち》がぶうんと音をたてて飛んでいるのを、中馬はごつい手をひらひらさせて追い払った。

邸内は広々としていた。そのうえ人気《ひとけ》がなく、ひっそりとしていた。さほど大きくもない内本家の裏手に出ると竹林があって、小道が通っていた。その小道の先の竹林の間から、鶯垣《うぐいすがき》に囲われた邸内屋敷らしき茅葺《かやぶき》屋根がのぞいていた。

中馬は何も言わず、小道をずんずんと進んでゆく。

くいっ、くいっ、とつぐみらしき小鳥の鳴き声が、竹林の中に聞こえた。

鶯垣に突きあたり、垣根沿いを少しいった先に茅葺屋根の引き違いの木戸門があった。

木戸門の中は手入れされた庭になっていて、踏み石の先に表の障子戸が開け放ってあった。薄暗い表戸の中に三和土《たたき》の土間と、拭い板、とり次の間の上がり框《がまち》に衝立《ついたて》が見えた。

表の三和土に入ると、とり次の間の衝立の陰に中馬と同じ黒羽織と縞袴の男が着座していた。中馬と同じように、目つきの険しい浅黒い男だった。

「柳井宗秀先生と助手の方だ。ご案内せよ」

中馬が侍ふうに言った。

「どうぞ、お上がりくだせえ」

かえってきた男の言葉は、侍らしくなかった。

宗秀と市兵衛は刀を手に携え、拭い板からとり次の間へ上がった。

庭に面した縁廊下が、腰障子を閉じた部屋に沿って鉤形《かぎがた》に折れ、廊下の突きあたりに茶室風のひと部屋があった。黒川はその室を寝間にしているらしく、腰障子の一枚を半開きにした奥に布団が見えた。

案内の男と中馬が廊下の先をいき、そのあとを宗秀と市兵衛は従った。

と、廊下に沿った部屋に、黒羽織の三人の男が丁半博奕《ちょうはんばくち》に興じていた。

三人は博奕の手を止め、中馬に続いて通る宗秀と市兵衛へ浅黒い無骨な相貌《そうぼう》を、無遠慮に向けた。中馬は三人が博奕に興じていても、何も言わなかった。

案内の男を含めたこの四人は、中馬と同じ黒羽織を着け、袴に両刀差しの拵えだが、明らかに侍ではなかった。

宗秀が言っていた中馬の手下の馬方に違いない、と市兵衛は思った。

またこれも宗秀から聞いた中馬が凄《すさ》まじい膂力《りょりょく》を持つ男であることは、廊下をゆく頑丈そうな背中が物語っていた。

黒川は今、中馬新蔵と手下の四人の馬方しか信用していないのかもしれなかった。

「お連れいたしました」

中馬が、明障子を開けた座敷の縁廊下に着座して言い、座敷から「入れ」と黒川の声がかえってきた。

通されたのは十畳ほどの、茶室に使っていたらしい座敷だった。屏風《びょうぶ》と茶道具が部屋の一隅にあり、庭に面した回廊の廻《めぐ》る二方向を明障子が仕切り、片側に水墨の唐絵の襖がたてられていた。

二方向の障子は開け放たれ、籬垣で囲った小さな庭に梅や桂《かつら》が葉を繁らせていた。つぐみがここでも、くいっ、くいっ、と鳴いているのが聞こえた。

黒木を使った床の間と違い棚に向けて布団がのべられ、黒川が布団の中に上体を起こすのを、若い女中が手伝っていた。

「おお、菅沼、きてくれたか。上屋敷より静かなのでな、殿さまのお許しをいただき、しばらくこの離れで静養することにした」

「どうだ、疵の具合は」

宗秀が座敷に坐って言った。そして、刀を右膝のわきへおいた。

黒川はそれを訝しむように見て、宗秀の斜め後ろに控えて端座した市兵衛にも、幾ぶん不審そうな目を流した。

「すっかりいい。手助けはいるが、身体が起こせるようになった。名医・菅沼宗秀のお陰だな。飯も美味《うま》い」

中馬は、黒川の床と宗秀の間の、唐絵の襖を背に着座した。

「そうか。よく回復した」

若い女中が布団の中で上体を起こした黒川の肩に、絽《ろ》の袖なし羽織をかけた。

「ふむ、もうよい。おまえは退がっておれ」

黒川が女中に命じた。

女中が縁廊下から退がってゆくと、黒川は「そちらは?」と、市兵衛を再び流し見た。

「この男はわが友・唐木市兵衛だ。今日はわたしの見届け人としてきた」

「唐木市兵衛と申します。宗秀先生の弟子でございます」

黒川は宗秀に言った。

「唐木市兵衛は、菅沼の何を見届けるのだ。菅沼は、わたしの疵を診にきたと思ったが、それを見届けるのか」

「じつは違う。古い知人である黒川に、確かめねばならぬことができた。そのためにきた」

「古い知人？　わたしは菅沼の、古い仲間ではないのか」

「仲間か……黒川や天竜組の仲間を、疑ったことはなかった。だが、おぬしらはいつの間にか、変遷していたようだな」

黒川は、ふ、と憐《あわ》れむような笑みをこぼした。

「菅沼、ときは息づいているのだぞ。長いときがたてば、変わらぬものもあれば、変わるものもある。その息づきが人の世だ。変わりゆくものを止めることは、誰にもできぬ。先日も言っただろう。おぬしひとりが、深山の高僧でいるつもりか」

「変わらぬものと変わるもの、その息づきが人の世か。ははは……黒川、どちらへ転んでも都合がいいな」

「菅沼、何を確かめたい」

すると中馬が、「旦那さま」と、黒川のそばへにじり寄った。中馬がささやきかけた中に、科野秘帖、という言葉が聞きとれた。しかし黒川は、わずかに青ざめたのみで、顔つきを殆ど変えなかった。

「やはりそうか。そんなことだろうとは、思っていた。菅沼、おぬしがくることは予期していた。昨日、千野どのがおぬしを訪ねたそうだな。わが手の者より知らせがあった。千野どのはこの秋、国に戻られ、城代家老の脇坂右京之介さまの後添えにお入りになるらしい。千野どのからそれは聞いたか。脇坂家は家老職を継ぐ家柄。そうなれば、おぬしの倅の清五も由緒ある家柄につながるわけだ。めでたいな」

宗秀は黙って頷いた。

「そんな千野どのが、のこのこと前の亭主をお訪ねになるか。何をどう話そうがかまわぬが、女はのどかでいい」

「のどかだと？　そう思うか」

「思うとも。菅沼をわたしの疵の手あてに呼んだとき、菅沼と千野どのが会うことは、考えた。千野どのにも、積もる話があるだろう。何しろ千野どのは、われらと何かと対立する脇坂さまの後添えにお入りになるお方だからな」

「脇坂一派と、黒川一派に、家中が分かれているのか」

「そう言いたてる者もいる。それでも菅沼を呼んだのは、おぬしに知られてもかまわぬと思っていたからだ。千野どのから聞いただろう。今われらは、森六左衛門と結んで、城下の御用紙会所の設置に動いておる。つまり、紙問屋をおくのだ。わが領国にとって、紙問屋設置は、ごくあたり前の成りゆきだ。政をなす者は、あたり前の成りゆきの、邪魔をしてはならぬ」

　中馬は黒川のそばから離れず、宗秀と市兵衛へ赤く燃える目を向けていた。

「わが保利家は紙問屋をとおし、紙業者よりの運上金と冥加金《みようが》を必要としておる。農民、職人、商人らが生み出した紙は、わが領国を豊かにする産物となった。お家が運上金や冥加金を求めるのが、なぜ悪い。お家あってこその、領国。領国あってこその領民ではないか。政を知らぬ菅沼にはそれがわからぬのだ。知らぬから変われぬのだ」

「知らぬというのには、知られてはまずいから知らさぬ、というのもあるのだ。われら天竜組は、紙問屋の設置を反対していたのではない。赤木さんと森六左衛門が貪《むさぼ》るための紙問屋に、反対していた。そうだったろう」

「われらは赤木軒春とは違う。領国の紙業者にも、お家にとっても、誰もがよかれと喜ぶ政を、粛々と進めるのみだ」

「誰もがよかれか。文化四年に、森六左衛門が紙問屋設置を願い出て勘定奉行の赤木軒春がそれを許し、紙業者が一斉に反発したとき、赤木と森が同じことを言っていた。黒川、わすれたか。二年後、打ち壊しが起こったあの夜、赤木さんは斬られて落命した。そうして今、おぬしが斬られた。似ているると、思わぬのか。森六左衛門と結んで、天竜組は今、何をしようとしている。赤木軒春と同じことを、しようとしているのではあるまいな」

「あ、あたり前だ。そんなことを、するわけがない」

黒川は語気を強め、宗秀を睨んだ。

宗秀と黒川の重苦しい沈黙をほぐすかのように、くいっ、くいっ、とつぐみが鳴いた。

中馬が不快そうに、眉をひそめた。

「だが、それはいい。今さら、おぬしらの変遷を責めるつもりはない。かの国の出来事はかの国を捨てたときから、わたしにはかかわりのないことだ。だが、赤木家の理緒と賢右衛門の姉弟に父親の仇と追われている経緯を聞いたとき、わたしは、自分の性根の奥底にかの国が未《いま》だ息づいていることに気づかされた。かの国を捨てて足かけ十一年、わたしは未だかの国とつながっていた。ゆえに、黒川に確かめねばならぬことがある」

宗秀は懐から、科野秘帖、と表に記してある赤木軒春の分厚い帳面をとり出し、膝の前へどさりとおいた。

ひと言も発さず、黒川と中馬は帳面を見つめている。

「おぬし、われら天竜組と組みながら、赤木軒春の隠密役を果たしていたな。仲間のふりを装ってわれらを騙《だま》し、天竜組の動きを探って、赤木に知らせていたのだな。それが役目だったのだな。赤木がここに、書き残していた」

「騙したのではない。お家のためによかれと信じ、両派のいたずらな戦いを未然に防ぐために働いたのだ。天竜組ができるまえから、赤木の隠密役を果たしていた。わがふる舞いに一片の恥じることはない」

「また、よかれとか。この期におよんで、わたしにそんな子供騙しが通じると、思っているのか。黒川、うかつだったな。人を見くびるからだ」

宗秀は静かに言った。

「七年前、理緒が赤木軒春のこの日記を携えておぬしを訪ねた折り、おぬしは、日記ごときと思いつつ、しかし表沙汰になるのは拙《まず》いとわかっていた。殊に、天竜組の仲間たちに知られるのはな。それゆえ、父の仇を問い質《ただ》す理緒の懸命な一念をはぐらかすため、典医をとかれ国を追われていたわたしが赤木を斬った者のごとくに思わせた」

「そんなことを、言ったつもりはない」

「これ以上誤魔化《ごまか》すな。理緒からすべてを聞いている」

新蔵——と、宗秀は中馬へ向いた。

中馬の眼差《まなざ》しが、身がまえるように光った。

「中馬新蔵と名乗り、よき武士になれたか。おまえは黒川の指図により、飛田主馬助を斬り、下伊那の商人・天野屋の良平を斬ったのだな。そうしてこの江戸では、赤木賢右衛門を斬り、理緒を斬った。この科野秘帖を消し去るためにだ。だが、理緒は生きている。わたしが疵を縫った。必ず生かしてみせる。新蔵、ここは天下の江戸だ。下伊那での人殺しは知らぬが、江戸の町方が人殺しのおまえを見逃しておくと思うか」

中馬のごつい手が、かちゃ、と音をたてて黒鞘の長刀をつかんだ。

「おまえは、屋敷にひそんでいる限り安泰だと思っているのだろう。だが、町方がこの下屋敷をとり囲み、いずれ、おまえは保利家の番方に縛《いまし》められ、屋敷の門前で町方に引き渡されるのだ。おまえの罪は打ち首に間違いない。殊によれば獄門になる。そうなれば、小塚原《こづかっぱら》か鈴《すず》ヶ森《もり》におまえの首は晒《さら》される。胴は捨てられ首は烏《からす》についばまれる。おまえは故国より遠く離れた江戸の刑場で、そうなって死ぬ」

唐絵を描いた襖の向こうに、複数の人が音を殺して集まっていた。わずかな息の震えとすり足が、不気味な気配を市兵衛に伝えていた。

市兵衛は網のごとくに、周囲へ気を張り廻らせた。

襖ごしに、二人か、三人。明障子を開け放った庭の方から、ひとりが市兵衛と宗秀の背後を狙って迫っていた。

しかし宗秀は続けた。

「黒川、おぬしは七年前、二十歳の理緒と十四歳の賢右衛門が、仇討ちの旅に出るとは思わなかった。高が女、高が子供、闇《やみ》から闇へ葬ればよいと見くびったうかつさの勘定書きが、七年の歳月をへて廻ってきたのだ。足かけ八年、賢くたち廻ってきたつもりなのだろう。しかし、それも終わりだ。おぬしの終わりのときがきている。そう思わぬか」

「それしきのことを、わざわざ確かめにきたか」

「まさにそれしきのことだ。おぬしが終わることなど、お家にとってはな」

怒りと憎しみ、暴虐と残虐、悪意が、音もなく宗秀と市兵衛の包囲を狭めていた。

つぐみが、くいっ、くいっ、と鳴いた。

「黒川、なぜ赤木軒春を斬った」

宗秀が言った。そのときだ……

五

片膝立った中馬が、長刀を腰に溜め、ずず、とにじり寄った。

怒りに燃える中馬の目が、ただ宗秀ひとりを見据えていた。まっしぐらにただひたすら突き進む。ただひたすら獲物に喰《く》らいつく。

ただひたすら、膂力をこめ——それが中馬の必殺剣であった。痛みを覚えぬ身体が、中馬の必殺剣を支えていた。

「だああ」

雄叫《おたけ》びを発し、鞘を払い上段よりの一刀を宗秀へ浴びせた。

刹那《せつな》、一刀両断の一撃が、激しく牙《きば》を咬《か》み合わせてはばまれた。

刃が弧を描いた閃光《せんこう》の走る瞬時、巻き上がった風のようにその男が中馬の眼前に現われていた。中馬は交錯する刃と刃の向こうに、唐木市兵衛と名乗った男の静かな眼差しを見つけ、訝しく思った。

市兵衛の目には、怒りも憎しみも、悪意も暴虐も残虐も見えなかった。

それでどうして人が斬れる。かたわらいたし。押し潰《つぶ》すのみ。中馬は思った。

「どけえっ」

と叫んだとほとんど同時に、唐絵の襖が両側に勢いよく開け放たれ、二間半（約四・五メートル）はある素槍《すやり》をかまえた男が、畳をゆらし突進してきた。そしてまたわずかの差で、庭の方から襲いかかる男が縁廊下へ飛び上がって上段にかまえた。

どど、と畳がゆれ、板縁が鳴った。

「おりゃああ」

「くわああ」

雄叫びと絶叫を、宙に震わせた。

「どけえっ」

中馬が押し潰しかけた一瞬、市兵衛の痩軀《そうく》が片膝のまま半歩わきへ退き、まっしぐらに押し潰す中馬の膂力がそらされた。中馬の身体が、わずかに泳いだ。そのはずみに、中馬の顎の先を何かが、こつん、とかすめた。

虫がとまったほどの感触だった。

ただ、中馬のごつく長い顎が左右にゆれ、妙な衝撃が顎から頭の天辺《てっぺん》へ走った。

われえっ、と再び叫ぼうとした口元に、さらに激しい打撃を受けた。中馬の折れた歯が、ぱらっ、と畳に噴き飛んだ。

これしきの痛み、と思った。

途端、身体が大きくゆれて、中馬は仰《あお》のけに泳いだ。足が痺《しび》れ、中馬の大柄な体軀を支えられなかった。中馬の中に怒りがたぎった。仰のけに倒れながら、素槍のひと突きを薙《な》ぎ払う唐木市兵衛の剣捌《さば》きに目を奪われた。

市兵衛は、中馬のまっしぐらの圧力を半歩左わきへ退いてそらしつつ、中馬の顎の先端へ、左の肘《ひじ》を突き上げた。

六尺（約百八十センチ）近くある中馬の顎は、骨張って長くのびていた。その先端を市兵衛の肘が捉《とら》え、削《そ》ぐように抉《えぐ》ったのだ。中馬は首を、大きくゆらした。

中馬の顔がかしげたところへ、突き上げた肘を肘鉄にしてしたたかにかえすと、口の中で、ぱちん、と歯が折れた。

長い顎がまたしゃくれ、折れた歯が噴きこぼれた。

啞然《あぜん》とし目を市兵衛へ向け、中馬は腰からくずれ落ちてゆく。

ぐうん、と素槍が肩先をかすめたのはその刹那だった。

突進した素槍の男は、一瞬、端座している宗秀へ突き入れるか、頭の中馬と刃を咬み合わせた相手を貫くか、ためらった。

ためらいが、市兵衛に穂先を躱《かわ》し、二間半の素槍を薙ぎ払う余裕を与えた。

肩先にうなる素槍を、市兵衛は片膝立ちから起き上がりつつ払う。

払い上げた刃が、逆輪と胴金の間を真っ二つにした。

穂先が飛んで天井を貫いた瞬間、そのままかえした上段よりの一撃は、素槍の柄で防ごうとした男の顔面を、もろ共に断ち斬った。

「あ、つう……」

顔面をくだかれた素槍の男は、短い悲鳴をもらし、数歩退がった。それから、倒木のように両開きの襖の向こうへ横転していく。

ほぼ同時に、今ひとりが縁廊下より座敷へ突っこんできたのは、とり次の間からこの座敷に案内した男だった。

また、両開きの襖の陰より二人の男がすかさず突撃をはかったのもそのときだった。

だが、座敷に踏み入った途端、縁廊下の男の足は止まった。咄嗟《とっさ》に市兵衛は、天井にゆれる素槍をつかんで投げていた。

途端、素槍の穂先が、座敷に踏み入った今ひとりの喉首《のどくび》を串刺《くしざ》しにした。

座敷へ踏みこんだところで、濁ったうめき声を吐いた。くずれるようにへたりこみ、げえ、と喉を鳴らし、歪めた唇より血をしたたらせた。

すかさず、市兵衛は襖側の二人の、束の間遅れた片方との間を見きって、もう一方へ大きく踏み出していた。

上段より打ちかかって、がらん、と刀が高らかに鳴った。

相手の圧力を、痩軀をしなやかに反らせて受け止め、反りを戻すように分厚い身体をたちまち押しかえした。

わっ、と男は体勢をくずして退いた。

そのとき、束の間の遅れで斬りかかった片方の切先は、間を見きっていた市兵衛の袖を舐《な》めたばかりだった。

間髪《かんはつ》容《い》れず刀をかえし、片方の体が泳いだところへ袈裟懸《けさがけ》に浴びせた。

男はきりきりと舞い、襖を突き倒し転倒していく。

押しかえされた男は、体勢を直して上段へとった。

だが、慌てて大きくふりかぶりすぎた。

打ちこんだ一刀が、鴨居《かもい》を打ちくだくほど激しく咬んだ。

刀身が鴨居に食いこんだ次の瞬間、市兵衛はがら空きになった胴へ、どすん、と見舞った。悲鳴と共に、刀を鴨居に残し、男は身体を折り畳んだ。

だらだらとくずれ、畳に転がり、身をよじらせた。

断末魔の苦悶と、かすかな悲鳴と、死の沈黙が、座敷を占めた。そのとき、

「くそが……」

と、声が低く言った。

見ると、中馬が黒川の傍らに立ち上がっていた。畳に長刀をついて、足元の覚束《おぼつか》ない体軀を支えていた。

「中馬新蔵、あとはおまえひとりか」

市兵衛が言うと、中馬は薄ら笑いを投げた。

「しゃらくせえ。おめえみてえな野郎は、おらひとりで十分だで。旦那さま、心配にはおよばねえぞ。あの野郎、おらがひとひねりしてやる」

唇の間から、血の筋を垂らしていた。

中馬はゆらっとよろめきつつ、畳に突き刺した刀を放し、黒羽織を脱ぎ捨てた。

「唐木市兵衛、勝負だ」

再び長刀をつかみ、鉞《まさかり》のように担ぎ上げた。鉞のように力任せに打ち落とし、相手を根こそぎ叩き潰す。

荒い呼吸を繰りかえし、吐息のたびに歯の折れた口から血がしたたった。

市兵衛は正眼《せいがん》にとり、かまえを横八相《よこはっそう》に変えて膝を折った。

宗秀は、端座した姿勢をくずしてはいなかった。科野秘帖と記した帳面も、膝の前へおいたときのままだった。斬り合いが始まって、すぐ傍らで刃がうなり、鉄が軋《きし》み、人が倒れても、宗秀は逃げる素ぶりひとつ見せず、黒川を見据えていた。

「菅沼先生、恐いだろうが、そこを動くなよ。唐木を片づけたら、次は先生を始末するだで。あは……」

中馬が、血まみれの口を見せて嘲った。

「恐いよ、新蔵」

宗秀は動かず、中馬へかすかな笑みを投げた。

「だがな、新蔵。おまえが闘っている唐木市兵衛という男はな、おまえが考えているような相手ではないぞ」

「おらが何を考えているのか、先生にはわかるめえ」

「わたしは人を診る医者だ。人の心を読めぬようでは、医者は勤まらぬ。おまえの考えていることなど、手にとるようにわかる。おまえに教えてやる。市兵衛はな、奈良の興福寺《こうふくじ》という大きな寺で、剣の修行を積んだ。仏に仕える興福寺の僧侶たちが、市兵衛の剣を《風の剣》と、仏のように畏れ、敬《うやま》い、褒めたたえた。おまえはそんな男を相手にしているのだ。おまえは市兵衛に、勝てはせぬ」

「虚仮《こけ》が。風の剣だと。笑わせるな。おらな、餓鬼《がき》のころから伊那街道の馬方だった。吹き下ろす山の風で鍛えた。山の風には山の神がついている。山の風がおらの師匠だで。坊主の仲間なら、おらが市兵衛を仏にしてやる。ありがたく思え」

市兵衛は沈黙をかえした。

横八相のかまえを、微動だにさせなかった。

中馬が無造作に、ずず、と踏み出した。ただ、足にはまだ痺れが残り、身体の軸が定まっていなかった。酔ったようにゆれていた。

「いくぞおっ」

雄叫びをひと声発し、市兵衛に打ちかかった。粗雑だが、荒々しく、激烈な、分厚い攻めだった。

市兵衛は、耳元でぶんぶんとうなる刃を、右へ左へと躱した。

横八相はまだ動かない。

三の太刀と同時に、中馬のごつい身体が市兵衛とぶつかるほど肉迫した。

刹那、身を鋭く転じた八相からのひと太刀が、中馬の肉の盛り上がった肩から太いうなじへ、打ちこまれた。

中馬の分厚い肉体が鳴った。

顔が苦痛に歪んだ。片膝を落とした。けれども、うなじと肩に食いこんだ刃の下から、怒りに燃える目を市兵衛へ投げつけた。うなじから、音をたてて血が噴いた。

撫《な》で斬る、と思ったとき、中馬が素手で市兵衛の刃をにぎった。

中馬が市兵衛を睨みつけ、真っ赤な口の中で歯を食い縛ると、市兵衛の刀は石の拳に突き刺さったかのごとくに、ぴくり、ともしなくなったのだった。

「まだだあっ」

中馬が怒声を発して、起き上がった。今度こそ市兵衛の痩軀を一刀両断にする。

長刀をふりかざし、渾身の一撃を浴びせた。

ざん、と鳴った。

次の瞬間、長刀は空を流れ、中馬は支えを失ってよろめいていった。

市兵衛は拳にとられた刀を捨て、脇差を抜刀しながら中馬の胴を抜いていた。

二人は体を入れ替え、同時にふりかえった。

中馬がにぎった刀を捨て、またしても長刀をふりかざし打ちかかる。ただそれは、荒々しく天井板を突き破り、束の間、何かが途ぎれたかのような空白が生まれた。

市兵衛は大きく一歩を踏みこみ、片手一本の脇差で中馬の胸へ深々と突き入れた。

すると中馬は、うめき声すらもらさず、市兵衛を見つめた。それから、胸に突きたてられた脇差の刀身をにぎった。

市兵衛は中馬の、燃えつきかけた怒りを、憐れみで押しかえした。

脇差を抜くと、刀身をにぎった中馬の指が落ち、血がぼっとあふれた。

中馬は胸元を見下ろした。だらだら流れる血を見つめ、数歩後ろへよろめき、座敷から縁廊下へくずれ落ちていった。そして、

「まだ……」

と、最期の息で呟いた。


宗秀は横たわった中馬を見やり、溜息をついた。

「すんだな、市兵衛」

「終わりました、先生」

「凄まじい男だな」

そう言って、中馬の亡骸からほかの四人を見廻した。

「みな凄い。助かった。市兵衛のお陰で、まだ死なずにすみそうだ」

四人はすでに、うめき声すらもらしていなかった。

「宗秀先生、仕上げが残っています」

市兵衛は布団の中にいる黒川を見て言った。黒川は布団を這い出て、枕元の刀架にかけた刀に手をのばしていた。

ふむ、と宗秀は刀をとって、ようやく座を立った。

「患者の死を幾つも見てきたのに、今日は恐くて身体がすくんだ。初めて、斬り合いを見た。凄まじい」

宗秀は黒川の傍らへ、ゆっくりと進んだ。

黒川はつかんだ刀にすがり、宗秀を恨めしそうな目で追った。

宗秀は黒川の傍らに立ち、鞘を払った。冷たく光る刃を、黒川の首筋へあてた。黒川は刀を半ば抜いて、それから動かなくなった。

「黒川、わたしは人を斬るために刀を抜いたのは、初めてだ」

宗秀が黒川を見下ろして言った。黒川が顔をそむけた。

「疵を負って、動けぬ怪我人を、医者が斬るのか」

そむけた顔から宗秀を見上げた目に、隠れていた怯《おび》えが走った。

「恐いのか。命に未練があるのか」

「わ、わたしには、お家のため、領民のためになさねばならぬ使命が、まだ、今はまだ、あ、あるのだ。町医者ごときの、おぬしとは、違う」

「なさねばならぬ使命とは、たとえたわ言でも、おぬしの偽り命の、飾りにはなるか」

「偽りではない。ほほ、本心だ。た、頼む。菅沼、わたしを信じてくれ」

「おぬしは斬られて当然の男だ。自ら選んだ死を、今さら恐れるな。おぬしを斬る前に聞かせてくれ。なぜ赤木を斬った」

　宗秀は黒川の顎を、刀の峰で持ち上げた。

「なぜだ、黒川」

　黒川が唾《つば》を呑みこみ、喉を震わせた。

「あ、赤木は、紙問屋の設置を成功させ、それを足がかりに、城代家老に就くことになっていた。森六左衛門の、後ろ盾を得てだ。勘定奉行の後を、わ、わたしが継ぐ、約束だった。だからわたしは、赤木の隠密役を果たし、赤木につくしてきた。天竜組ができる前からの、約束だったのだ。なのに、赤木はその約束を反古《ほご》にした。設置した紙問屋に障りが生じ、思いどおりにいかなかった。約束は果たせぬと、ぬけぬけと言った」

　黒川はうな垂れ、「疵が痛む」と、顔をしかめた。宗秀はうな垂れた黒川の顎を、また持ち上げた。

「それで赤木を斬ったのか」

「そうだ」

「お家のため、領民のためと称して、斬ったのか」

「そ、そうだ。勘定奉行になって、お家を富ませ、民の暮らしを……」

「赤木賢右衛門を斬り、理緒までを、斬ったのか。おのれの手は汚さず、中馬に斬らせたのか」

「そうだ。すべてはお家と領民のためだ」

「嘘だ」

宗秀が叫んだ。

「う、嘘ではない。わ、わが領国に紙問屋を設置すれば、大きな、大きな富を、われらの思うままできるのだ。どうだ、宗秀、おぬしもわれらと共に、この企《くわだ》てに加わらぬか」

「おぬしを斬らねばならん」

宗秀は、両手を柄《つか》にかけ、上段へととった。

「これまでだ。覚悟っ」

黒川が茶道具をおいた部屋の一隅へ、倒れて逃げ、がらがらと茶道具を乱し、屏風を倒した。ようやく刀を抜き、宗秀へかざした。

「よせ、宗秀」

かまわず、宗秀が打ち落とすと、黒川は長くか細い悲鳴を上げた。

そのとき、下屋敷に勤める家士らが足音を鳴らして庭へ駆けこんできた。

縁廊下の方からも数名の家士が、どど、と迫った。そして、座敷に転がる血まみれの骸《むくろ》を見つけ、「おお」と喚声を上げた。

白い肌着姿の黒川が、部屋の一隅にうずくまっていた。

「黒川さま。おのれ、狼藉《ろうぜき》者っ」

ひとりが叫び、刀の柄に手をかけると、廊下や庭のほかの家士らも一斉に抜刀のかまえをとった。

「待った。待ってくれ」

宗秀が手をかざして、家士らを制した。

「われらを襲ったのは、この者たちだ。身を守るため、やむを得ず斬った。これにはわけがある。逃げも隠れもせぬ。話をさせてくれ。向柳原の上屋敷におられる、お年寄の平山どの、岡下どの、福士どのを呼んでもらいたい。お年寄役に話せば事情が明らかになる。わたしは柳町の医師・柳井宗秀。この者は、わが友・唐木市兵衛だ」

家士らは、「医師・柳井宗秀?」「お年寄の……」と、口々に言った。しかし、一同の険悪な睨み合いが続いた。

すると、乱れた茶道具の中にうずくまっていた黒川が、むっくりと上体を起こした。

うつろな目で廊下と庭の家士らを見廻し、吐息をもらした。そして、

「もうよい。すべてが終わった。二人に手を出すな。言うとおりにせよ」

と、気だるげに言った。

くいっ、くいっ、とつぐみが竹林の方で鳴いていた。

終章　孝行息子

一

半月がすぎ、六月の終わりになった。

六月の月並の登城日のその日、江戸在府の諸大名は朝五ツ（午前八時頃）に登城する。

四ツ（午前十時頃）に将軍の謁見があった。

そうして下城する午《うま》に近い刻限、月並の登城日の半 裃《はんがみしも》を着けて大広間につめる下伊那領保利家当主・保利岩見守広満の傍らに、出入りの表坊主がそっと跪《ひざまず》き、耳打ちをした。

広満は、うん？　と小首をかしげ、表坊主を横目に見て、「相わかった」とささやきかえした。

表坊主が去ると、広満は両隣に着座している大名衆に、「少々失礼いたす」と会釈を投げ、席を離れた。

大広間北御椽《ごてん》に続くとり次の間には、人払いをしたのか、その男ひとりが着座し、広満を迎えた。

男はうやうやしく畳に手をつき、御公儀目付役の片岡信正と名乗った。

「岩見守さまをお呼びたていたしましたご無礼の段、お許しをお願いいたします。と申しますのも、岩見守さまにごく内々のお知らせいたしたき儀が、いささかございます。それゆえ、このような非礼な手だてにおよびました次第、まことに心苦しく思っております」

片岡信正は、手をついたまま言った。

「ごく内々の？　さようか。片岡どの、どうぞ手を上げられよ。ご用件を、おうかがいいたす」

広満は半裃の袴《はかま》を払い、堂々として気圧《けお》されるような風貌《ふうぼう》の目付に対座した。この男、見かけたことがある。目付役の片岡信正の名も、聞いている。

油断がならぬ、と広満は思った。

しかし片岡は手を上げ、その堂々と落ち着いた風貌に、何かしら奥行きを感じさせる深みのある笑みを浮かべていた。

「お聞き届け、ありがとう存じます。では早速ではございますが、お耳を拝借いたしとうございます。おそばに寄らせていただいて、差し支えございませんでしょうか」

「うん？　そばに……」

内々に知らせたき儀とはなんだ、と広満は訝《いぶか》しんだ。

片岡の、奥行きのある笑みは消えなかった。その笑みで広満を包みこむように、広満の返事を待っていた。


すぐ秋になる。と言っても、暑さはまだまだ続く。

だが、諏訪坂の片岡信正の屋敷の樹林で、季節を間違えたかつくつくぼうしの鳴き声が、蟬《せみ》の声の中にひとつまじった。

夕刻、下城した信正がつくつくぼうしの鳴き声を聞いて、着替えを手伝っている奥方の佐波に言った。

「早いな。もうつくつくぼうしが鳴いている」

「本当に。気の早いつくつくぼうしどのが、勘違いをして鳴いているのでしょうか」

微笑《ほほえ》みを浮かべ、佐波が言った。

「たった一匹で、しまった、間違えた、と鳴いているのかな」

信正は笑った。

二人の傍らに寝かせている信之助が、母を呼んで小さな手足を宙にあがかせた。

「はい。いますよ」

佐波が信正の袢を畳みながら、信之助にこたえた。

信正は、宙に手足をあがかせている信之助を抱き上げ、居室から縁へ出た。

「信之助、今日はどのような一日であった。父に教えてくれぬか。うん？」

信之助が信正の腕の中で、何かを話しかけるように声を出した。

そうか、そうか、と信正は楽しげにこたえた。それから、

「今夜は市兵衛がくる。弥陀ノ介も呼んでいる。支度を頼む」

と、座敷の佐波に言った。

「心得ております」

袢を仕舞いながら佐波が言い、庭のつくつくぼうしが、おおし、おおし、つくつくおおし……と唄うように鳴いた。

夜の帳《とばり》が下りて、客室用の書院では、信正と弥陀ノ介がもう酒を酌み交わしてい

た。

二人の前には膳《ぜん》がおかれ、冷えた酒がほのかに香り、焼き物や煮つけ、汁の香ばしい匂《にお》いがたちこめていた。

市兵衛はまだだったが、「先に始めよう」と信正が弥陀ノ介を誘った。

庭の縁廊下で、蚊遣《かや》りが煙をくゆらせている。土塀の彼方《かなた》の宵の空には、昼の名残りのかすかな青みが残っている。

「なるほど。すると、下伊那領の御用紙会所設置は、やはりとり止《や》めになったのですな」

弥陀ノ介が言った。

ふむ。正しくは当分、先延ばしだ――と、信正は盃《さかずき》を上げた。

「下伊那の紙会所の一件は、文化十二年（一八一五）に、紙問屋物とり扱いは紙問屋を廃止して従前どおりに改める、と裁定が下された。にもかかわらず、およそ八年がたって、再び会所と名を変えて問屋設置の動きが活発になっておる。広満さまはご承知であったものの、従前どおりと下された御公儀の裁定とのすり合わせについては、重役方のとり計らいに任せ、経緯の子細はご存じではなかった」

「伊那谷の天領と下伊那領の紙漉《す》き業者らが組んで打ち壊しを起こし、捕らえられた紙漉き業者らの裁定が、御公儀に持ちこまれたのでしたな」

「そうだ。牢《ろう》屋敷に疫病が流行《はや》り、多くの者が命を落とした。疫病は牢屋敷が負うべき責めだが、紙問屋設置を強引に推《お》し進めた保利家とて、責めを問われて当然だ」

「あの折りは、勘定奉行の赤木軒春と保利家御用達《ごようたし》の森六左衛門が、紙問屋を設置しておのれらの利権にしようとしたため、御用紙の紛争にまで発展しました。それをわかっていながら、今度は御側御用人《おそばごようにん》の黒川七郎右衛門と年寄役らが再び森六左衛門と結び、紙会所と称しての利権を漁《あさ》ろうとする。幾《いく》らなんでも、それは無理だと、思わぬのでしょうかな」

「思うさ。それは無理だと思うから、家中に対立が生じ、内紛が始まる。黒川は対立する一派に襲われた。再びあのようなことがあってはならぬのに、喉元《のどもと》をすぎて熱さを忘れ、利権にすぎたるよき政《まつりごと》なし、というわけだ」

弥陀ノ介が盃をひと息にあおった。

「お家のため、国のため、民のため、という正義の裏で、わたくし事の思わくが、ひそひそと進められていく。たとえ思わくが失敗しても、その者らは知らぬふりをして責めをまぬがれる。残った結果だけが、闇《やみ》の底へ芥《あくた》のように捨てられていくだけだ。芥に気づいた者が掘り出して白日の下に晒《さら》そうとすると、善人ぶるな、何様だと思っている、と逆に責めたてられる」

「つまりませんな」

「まことにつまらぬ。広満さまに、このたびの保利家の御用紙会所設置の動きがどのように進められるのか、文化十二年の御公儀の裁定を踏まえ、われら目付役、慎重に見守っております、と申し上げた。広満さまはおこたえにならなかった。少々不快そうに、顔を青ざめさせたばかりだった」

「保利家にしてみれば、下伊那の豊かな物産となった紙の商いより運上金や冥加《みようが》金を得たい。御公儀は領国内の事柄に口を挟むな、というお気持ちなのでしょう」

「領国の百姓や、すべての紙業者に広く門戸を開き、助力を求めればいいのだ。みなが好き勝手を言って施策がまとまらぬとしても、それをまとめるのが、政をつかさどる武士の役目なのだ」

もっともでござる——と、弥陀ノ介が頷《うなず》き、瓦《かわら》をも嚙《か》みくだきそうな白い歯で、焼き魚の頭へがりとかぶりついた。

「美味《うま》い。ところで、御側御用人の黒川七郎右衛門の処置は、いかが相なりましたので。文化六年に斬《き》られた赤木軒春の書き残していた《科野秘帖》という日記を、広満さまはすでにご存じのはずでござる。黒川の差金で赤木軒春が斬られたのは明らかゆえ、どのような処置がくだされるのか、他国のことながら、気になります」

「それも申し上げた。広満さまは、目付役がなぜ科野秘帖を知っているのかと、訊《き》きかえされた。それにはだいぶ、驚かれたようだ。むろん、市兵衛のことも医師の柳井宗秀のことも出さず、ある筋より知らされ、御公儀役人の中ではほかに知る者はおりませぬゆえ、お気になさることはございません、今のところは、と申し上げた」

「あは、今のところは、でございますか。愉快愉快。多少は脅してやりませんと……」

弥陀ノ介が口の中の魚滓《かす》を噴きこぼした。慌てて、

「これは粗相をいたしました」

と、拾い集めた。

信正はくすくすと笑った。

「遠からず、市兵衛と宗秀のつながりは、お耳に届くであろうが。広満さまが申されるには、黒川は御側御用人役をとかれ、数日前、疵《きず》の具合は旅に差し支えないと御医師の診《み》たてがあって、国元へ戻されたそうだ。国元で調べを受け、しかるべき裁きを受けるということだ。赤木軒春殺しの罪が明らかになれば、斬首《ざんしゅ》。黒川家は改易《かいえき》になる、と仰《おつしや》られた。江戸に三人、国元に二人の年寄役も、役目替えになるだろうと

も」

「赤木家は改易の憂き目を見ております。長いときがかかりましたが、勘定奉行赤木軒春と天竜組の、両成敗の形が整ったと、言えるのでしょうか」

「ふむ。両成敗というのは、赤木家の理緒と賢右衛門の姉弟二人には酷なような気がする。罪のないあの二人は、御用紙の紛争により、長き年月にわたって翻弄《ほんろう》され、そうして、姉はひとり、これからも翻弄されていく。あの姉弟は可哀相《かわいそう》だ」

「ああ、そうでした。赤木家が改易になっておよそ十年。親兄弟、すべてを失った赤木家の理緒は、これからどのようになるのでございましょう」

「わからん。市兵衛は、宗秀から聞いているかもしれぬな」

「そうだ。市兵衛なら知っておるでしょう。あの男、何をしておる。早くこぬかな」

「ふふん、もうくるさ。風が出てきた」

信正が盃を舐《な》めながら、宵闇に包まれた庭へ目を向けた。すると、

「ごめんください。唐木市兵衛です。ごめんください」

と、玄関で市兵衛の声が聞こえた。「ただ今」と、若党の小藤次がかえし、とと

と、と廊下を鳴らしていった。

「なあ……」

信正が弥陀ノ介に笑みを投げ、

「確かに。風が吹いてまいりましたな」

と、弥陀ノ介が頷いた。

二

翌日の昼九ツ半（午後一時頃）すぎ、深川油堀の一膳飯屋・喜楽亭に、市兵衛、宗秀、それに良一郎の三人がいた。

昼の飯どきがすぎ、西永代町の干鰯《ほしか》市場の男らでこんでいた店が暇《ひま》になったとき、珍しく昼間から市兵衛と宗秀、それに良一郎が喜楽亭の縄暖簾《のれん》をくぐったのだった。

良一郎が喜楽亭にくるのは、初めてである。

お理緒の見舞いに市兵衛が御旅の藤田屋を訪ねると、良一郎が先に見舞いにきていた。

そこへほどなく、宗秀がお理緒の疵の具合を診に、藤田屋に現われたのだった。

お理緒の世話は、やはりお多木がやっていた。

ただ、藤田屋の亭主が、江戸で評判の高い柳町の町医者・柳井宗秀先生が治療にくる特別な患者らしいお理緒を、いつまでも布団部屋に寝かせておくのは体裁が悪いと、住まいのひと部屋を無理やり空けて、お理緒は今、その部屋で寝起きしていた。

お理緒の疵は、すっかり良くなった。ゆっくりとなら、ひとりで起きて歩けるようになるまで回復した。

「先生、もうここまでに……」

と、お理緒は言ったが、宗秀が許さなかった。

「まだ駄目だ。よしと言うまで、休んでいなさい」

お理緒からは一文もとらなかったし、世話をするお多木に、「日払いで給金を払う。お理緒が回復するまで、世話役の下女におまえを雇う」とさえ言った。

そんなこともあって藤田屋の亭主は、渋々ではあったものの、お多木の身上がりはとらなかった。

「よし、これから喜楽亭へいって昼飯を食おう。わたしのおごりだ。良一郎、おまえもこい。おまえの親父《おやじ》さんといつも呑《の》んでいる一膳飯屋だ。小さな店だが、頑固者の亭主の料理の腕はいい」

宗秀がお理緒を診たあと、市兵衛と良一郎を誘ったのだった。

「心配はいらん。渋井の旦那《だんな》は仕事だから、昼間は顔を見せぬ。自分の親父が、普段、誰とどういうところで呑んでいるのか、見ておくのもいいだろう」

というわけで、良一郎が宗秀の道具箱の柳行李《やなぎごうり》を担いで、三人は浜通りをぶらぶらとゆき、九ツ半を幾らかすぎたころ、喜楽亭に着いたのだった。

痩《や》せ犬の《居候》が調理場からいそいそと出てきて、ひと声軽く吠《ほ》えた。

薄くなった胡麻塩《ごましお》の髷《まげ》を月代《さかやき》にちょこんと乗せた亭主が、ねじり鉢巻きの恰好で、調理場と店土間の仕きりの出入り口より顔だけをのぞかせた。

「おや。先生、今日は早《はえ》えじゃねえか。市兵衛さんも一緒かい。珍しいな」

「先生がおごってくれると仰るんでね。喜んできたよ」

亭主が、あは、と笑った。

「今日は昼飯を食いにきた。飯は残っているかい」

「飯は大目に炊いたからなんとかなる。けど、肴《さかな》がな。変わり映《ば》えのしねえ煮つけだが、今日の昼はよく出て、もう幾らも残っていねえ。なら、卵焼きでも拵《こしら》えるか。卵焼きと焼き海苔《のり》、香の物は胡瓜《きゅうり》と茄子《なす》の浅漬け、油揚げの味噌汁、それと白い飯だ。そんなもんしかねえが」

「卵焼きか。卵焼きには、細かく刻んだ葱《ねぎ》が入っていると風味がよくなる」

「あはは、葱の辛味が卵焼きの味に筋をとおすんだ」

「筋のとおった卵焼きはいいじゃないか。美味そうだ。それを三人前だ」

「そっちの若い衆もかい」

居候が吠えるのを止め、良一郎を見上げている。

「この若い衆は、良一郎と言う。良一郎、このおやじさんが喜楽亭の亭主だ。それからこいつは、綽名《あだな》が居候。まあ、喜楽亭の用心棒をかねた居候だ」

良一郎は恥ずかしげに、亭主へぺこりと頭を下げた。居候が良一郎へ、よう新米、とちょっと偉そうに吠えた。

「お客さんに吠えるんじゃねえ」

「良一郎は、ある人の倅《せがれ》だ。ある人が誰か、わかるかい。よく見ると、ある人の面影《おもかげ》がちょっとあると思うが」

宗秀に訊かれ、亭主と居候が、ん？　と首をかしげた。

「渋井の旦那の倅だよ。形《なり》はでかいが、まだ十五歳。別れたおかみさんに引きとられて、今は伊東屋という扇子《せんす》問屋の跡とりだ。少し、渋井さんの面影があるだろう」

亭主は、短い間だが目を瞠《みは》り、すぐに「ある」と、満面の笑みで言った。

「こいつは、驚いた」

亭主は良一郎のそばへいき、老いたやわらかそうな掌《てのひら》で、亭主より顔半分ほど背の高い良一郎の腕や肩へ優しく触れた。

「そうか、おめえ、良一郎というのか。渋井の旦那の倅かい。面影はあるが、旦那より男前だ。いい若い衆じゃねえか。おっ母《か》さんに似たのかな。こんな倅がいるとは、聞いたことがなかった。旦那は隠していたんだな」

亭主が市兵衛に言った。

「そうですね。偶然、良一郎さんと知り合いましてね。渋井さんがきて倅だと知れると、渋井さん、とても照れ臭そうになさっていました」

市兵衛が、良一郎に笑いかけた。

「そりゃあ、こんな立派な倅がいたんじゃ、あの旦那なら、照れ臭がるに決まってる。そうかい。渋井の旦那の倅に会えるなんて、嬉《うれ》しいね。さあ、良一郎、坐れ。ここが旦那の席だ。旦那には世話になっている。こいつを連れてきてくれたのも旦那だ——と、亭主は傍らで尻尾《しっぽ》をふっている居候の頭をなでた。居候が、はっはっ、と得意げに息を吐いた。

「見た目は渋面《しぶづら》をしているが、じつは、あの渋面に似合わず情の深《ふけ》え旦那なんだ。喜楽亭は、渋井の旦那の御用達だ。めでてえじゃねえか、先生。一本、つけるかい」

「いや、まだ仕事がある。今はやめておく。今晩、出なおす。それに良一郎は十五歳だ。渋井の旦那が聞いたら、まだ早い、と言うかもしれぬしな」

「あ、あんな、親父なんか。あっしはあっしで……」

良一郎が小声で言って、肩をすぼめた。市兵衛が小さく噴き、宗秀と亭主が、あはは……と笑い声を狭い店にまいた。

「このとおり、少々ぐれておるがな」

「わかった。なら、昼飯は喜楽亭のおごりだ。ほかにも何か拵えよう。良一郎、たっぷり食っていけ」

「何を言う。支払いはわたしに任せろ。市兵衛と良一郎にも、伝えておきたいことがあって誘ったのだ」

「そうかい。じゃあ、祝いは旦那がいるときに改めて、ということで、すぐに支度するから待っててくれ」

亭主が調理場へ消え、居候は、良一郎のそばにちゃっかりと坐って、尻尾をふってみせている。

良一郎は、童子のような親しさで、居候の頭や喉をくすぐった。

「渋井さんもな、そうやって居候の頭をなでるのだ。仕種《しぐさ》が似ている」

宗秀が言うと、良一郎はまた照れ笑いを浮かべた。

「ところで先生、わたしや良一郎さんに伝えることとは、なんでしょうか」

市兵衛が宗秀を促《うなが》した。

「うん、そうだな。じつは、理緒のことだ。まだ殿さまのお許しを得てはいないので、理緒に話すのはそれからにするつもりだが、悪い話ではない。だから、市兵衛と良一郎には先に話しておこうと思ってな」

良一郎が気になる様子で、市兵衛と宗秀へ顔を上げた。

「このたびの一件の保利家の後始末は、ほぼついた。黒川七郎右衛門と元天竜組の五人の年寄役の処遇と、会所設置の先延ばしは、先だって話したとおりだ」

市兵衛は頷いた。その始末は、昨夜、諏訪坂の兄・信正からも聞いた。

「今朝、千野より、話があるという文が届いた。向柳原の上屋敷にいって、その戻りに理緒の具合を診に寄ったのだ」

「千野さまは、宗秀先生が保利家の典医をお務めのころの、先生の奥方さまだったお方さまなのだ。今は保利家の奥勤めをなさっておられる」

市兵衛は良一郎に言った。良一郎は、戸惑ったふうに頷いた。

「千野から聞いた。昨日、江戸城で御当主の広満さまに、ある御公儀御目付役より内々の話があったそうだ」

宗秀は言った。

「御目付役によれば、御公儀は保利家のこのたびの御用紙会所設置の動きを、文化十二年に御公儀の下した裁定の経緯もあって、注視している。のみならず、元勘定奉行の赤木軒春が残した科野秘帖という日記の内容も承知しており、それについては今のところその御目付役一個の存念ではあるものの、赤木軒春が斬られた件について、それから、先日、御側御用人の黒川七郎右衛門が江戸屋敷で襲われた一件についても、関心を持って見守っていると言ったらしい」

市兵衛と良一郎が黙って聞いているところへ、亭主が茶を運んできた。居候は良一郎のそばで尻尾をふっている。

「広満さまは、御公儀より注視されていると言われ、ひどく慌てられた。ましてや、科野秘帖を残した赤木軒春殺害や、表沙汰《おもてざた》にならないようにしていた黒川の一件まで、御目付役に見守られていると言われてはな。それでも表向きはとりつくろわれ、御用紙会所設置は当分先延ばしにし、事実上はとり止めた。また、赤木軒春殺害の疑いが濃い黒川七郎右衛門は御側御用人の役目をとき、国元へ戻し、厳格なとり調べを始めている、と申された」

宗秀は、くぐもった笑い声をたて、茶を含んだ。

「話はそれですんだが、裃の下は冷や汗でびっしょりだったそうだ」

「確かに、御目付にいきなりそんな話をされますと、大名の殿さまであっても、さぞかし慌てたでしょう」

「ふむ。そこで広満さまは、赤木軒春の子の、理緒と賢右衛門の姉弟の境遇と、御旅の一件もお耳に入っていたからひどく気にかけられてな。せめて理緒が一命をとり留めたのは幸いだった、黒川の差金だったとしても、保利家が償《つぐな》うようにせよ、赤木家改易の経緯も調べなおせ、などと命じられた」

「遅いですが、調べなおさないよりは、ましですかね」

「ましだろう。千野が言うには、疵ついた理緒を保利家は放ってはおけない、理緒を藤田屋よりすぐに身請けし、上屋敷に迎えてそこで治療を続け、疵が癒《い》えたなら、千野と共に国元へ戻して、しばらくは奥女中役に就かせ、赤木家が再興になれば、ゆくゆくは養子を迎えて、という手はずが決められた。あとは広満さまのお許しを得るばかりと……」

「それはよかった。今の理緒の境遇よりは、悪くはない話です」

市兵衛が言ったときだった。

「ちょ、ちょいと待ってくだせえ、先生」

と、良一郎が顔つきを変えて言った。

うん、なんだ？　というふうに、宗秀と市兵衛が良一郎へ見かえった。

「その話は、ちょいと待ってくだせえ。じつはあっし、お理緒さんののちのちについて、考えていることがあるんでさあ。お理緒さんのためになる、一番いい手だてでやす」

「ほう、理緒のためになるか。どういう手だてを考えている」

「お理緒さんは賢右衛門さんを亡くし、そのうえ、身も心もひどく疵ついた。あっしは、賢右衛門さんの友だちだった。友だちの姉さんがひどい目に遭ったんじゃあ、ここはあっしがひと肌、なんとかするのが、友の情ってもんでやす」

「なるほど。いい心がけだ」

「でやしょう。それで、あっしはもう決めたんでやす」

宗秀と市兵衛は良一郎を見つめた。

「あっしがお理緒さんを藤田屋から身請けし、女房にしやす。あっし、お理緒さんと夫婦になりやす」

きっぱりと、良一郎が言った。

「り、理緒を女房にする？」

「へえ。どう考えたってそれが一番いい手だてだと、お理緒さんのためには、それしかねえと、思うんでやす」

「だが、良一郎は十五だな。理緒は二十七だ。少し歳《とし》の差があるのではないか」

「なあに、歳の差なんて、あっしとお理緒さんの気持ちさえひとつになっていりゃあ、どうってことはありやせん」

　宗秀と市兵衛は顔を見合わせた。宗秀はぽかんとした顔つきである。

「良一郎、理緒さんには、もうその話をしたのか」

　宗秀が訊いた。

「いえ、まだで……だって、恥ずかしくって、なんて言ったら……けど、お袋にはもう話しやした。お理緒さんを女房にするって」

「お袋さんはなんと言っていた」

　と、宗秀はそわそわした様子である。

「泣いておりやした。たぶん、喜んでくれたんだと思いやす。あっしが一人前の男らしいことを言ったと、喜んでくれたんだと」

「いや、まあ、良一郎、それはだな……」

　宗秀が言うのをためらっていた。

「渋井さんには、話したのか」

市兵衛が訊いた。

「親父になんか、話すもんですか。だって、これはあっしのことで、親父にはかかわりのねえことだし」

「良一郎さん、その手だては悪くはないと思う。だが、もう少し考えてから決めてもいいのではないか。渋井さんに、親父さんに相談してみるとか」

「市兵衛さん、そんな悠長なことを言ってられやせん。だって、保利家だなんとかだが、お理緒さんを国元へ戻しちゃうんでしょう。お理緒さんと賢右衛門さんを、あんな目に遭わせといて、今さら、悪かった、みたいなふりして、身勝手じゃありやせんか。あっしは許せねえ」

すると、宗秀が、ぷっ、と噴き出した。それから、くつくつと笑い始めた。

市兵衛も堪《こら》えていたが、宗秀につられて、頬《ほお》がゆるむのを抑えられなかった。ふふ、と声が出た。ひどくおかしかった。

だが、それ以上に清々《すがすが》しかった。なぜか嬉しくもあった。

市兵衛と宗秀の笑い声が、次第に高くなった。居候が、顔を持ち上げて吠えた。

初めはそれを訝しげに見ていた良一郎も、そのうち、一緒になって笑い出した。

「ねえ、いい手だてでやしょう。あっしがお理緒さんを、幸せにしやす」

と、良一郎が笑いながら言い、市兵衛と宗秀の笑い声がさらに高くなった。

居候が吠え、くるくると嬉しそうに廻《まわ》り、調理場からは亭主が顔をのぞかせ、

「どうした。何かあったかい」

と、楽しげな三人と一匹に言った。

三

同じころ、見廻りから呉服橋の袂《たもと》まで戻ってきた渋井と手先の助弥、挟み箱を担いだ中間《ちゅうげん》の三人の前に、橋の袂の柳の木の下で待ちかまえていたお藤が、ぱたぱたと草履を鳴らして走り出てきた。

お藤は、夏場の日盛りの見廻りはつらいぜ、と疲れた足どりの渋井の正面に、これ以上は一歩も譲れない、という風情《ふぜい》で立ちはだかった。あ？　と渋井が気づいたとき、

「渋井さんっ」

と、お藤が目を吊《つ》り上げて渋井を睨《にら》みすえた。

「おお、おめえか。先だっては」

渋井はすぐにいやな予感を覚えたが、さり気ないふうを装って言葉をかけた。

「何が先だっては、よ。渋井さん、知ってたの」

「知ってたって、何をだい」

「しらばっくれないで。良一郎とお理緒とかいう女のことよ。渋井さん、知ってて隠していたのね」

「良一郎とお理緒？　お理緒とは、どこの女だい」

「まだしらばっくれて。往生ぎわが悪いわね。御旅の女よ。おたび……」

と、お藤は通りがかりをはばかるように、御旅を言うのに小声になった。

呉服町の土手通りは、人通りが多い。だが、呉服橋の袂の町方同心と町家の裕福そうなおかみさんとの立ち話など、誰も気にかけずゆきすぎる。

「御旅って、岡場所の御旅か。お理緒？　どっかで聞いた名だな」

「もう、呑みこみの悪い。しっかりしなさい、とんちき。良一郎をたぶらかした、となんでもないあばずれのことよ。良一郎が、親父も知っている女だって言ってたわよ」

「親父ってえのは、おめえ、文八郎さんのことじゃねえのかい」

「きぃ、何言ってんの。人聞きの悪いことを言わないで。文八郎さんが御旅の女なんか知るわけがないでしょう。御旅なんて、あんな下品な場所の女を知っているのは、渋井さんのことに、決まっているじゃないの」

お藤の甲高《かんだか》い声が、見廻りで疲れた渋井の頭に響いた。

「そんなにきんきん声を出すな。みんな見ているじゃねえか。落ち着いてちゃんと話せ。何を言っているのか、わからねえぜ」

と、手先の助弥がお藤に愛想笑いをして言った。

「おかみさん、ご無沙汰しておりやす」

「まあ、助弥さん、ご苦労さま」

外の者と家の者との言葉遣いをさっと変えるところは、お藤は商家育ちの女である。

助弥は渋井の耳元で言った。

「旦那、お理緒って女は、賢右衛門とかいう浪人者の姉で……以前に、良一郎さんと一緒になって御旅でもめ事を起こして、それが原因で賢右衛門が斬られたとかの」

「ああ、御旅で働いている姉の方も賊に襲われて大怪我《おおけが》をしたとかいう、あれか……」

「そうそう。旦那の掛《かかり》じゃねえんで詳しくは調べちゃいやせんが、これはただの仕かえしじゃなくて、なんぞわけありらしいって言われている、例のやつじゃあ」

「そうか。思い出した。良一郎と一緒に縛られていたあの若い浪人者の、姉か。そうか、確か、お理緒だった。思い出した。御旅の藤田屋の女だ」

「そのお理緒よ。それがとんでもないあばずれなのよ」

「よせよ。お理緒って女はな、生まれは武家で、暮らしに窮して女郎になったが、御旅じゃあ気だてがいいし器量もいいというんで、評判の女だと聞いてるぜ。女郎だからって、悪く言うな」

「これだもの、しょうがないわね。町方の父親がたぶらかされているくらいだから、倅がたぶらかされるのも当然だわ。男って、本当に駄目ね」

「たぶらかされてなんかいねえよ。おれはお理緒の名は知っているが、会ったことはねえんだ。弟の賢右衛門っていう浪人者を知っているだけだ。賢右衛門は良一郎の悪仲間らしいんだ。賢右衛門は斬られて命を落とした。姉も賊に襲われ大怪我をし、あれは気の毒な姉弟なんだぜ」

「その気の毒な姉が、人の同情を誘っておいて、油断がならないったらありゃしない。初心《うぶ》な良一郎をたぶらかして、可哀相な良一郎は……」

お藤はそこでむせび始めた。

通りがかりが、おや？　という顔つきを向けながら通りすぎてゆく。

さすがに渋井も、ちょっと気になった。

「なんだよ、こんなところで。良一郎に何があった。さっさと言え」

「良一郎がお理緒というあばずれに騙《だま》されて、夫婦になるって言い出したのよ。何を馬鹿なことを言ってるのって叱《しか》っても、お理緒と夫婦になるって、聞かないの……」

ぐぐ、とそれからこみ上げてくるものを抑えきれず、お藤は顔を覆ってむせび泣いたところを見ると、冗談ではなさそうである。冗談のわけがない。

ああ？　と渋井は助弥を見かえった。

「今、なんてった？」

「ですから、良一郎坊ちゃんとお理緒が、夫婦になるって」

助弥は、心配なようなおかしいような、困った顔つきでこたえた。挟み箱を担いだ中間は、顔をお濠《ほり》の方へ向けて、おかしさを堪えている。

「そう、聞こえたよな」

と、渋井は言った。それからすぐにお藤へ見かえり、

「お藤、冗談だろう。おめえ、良一郎にからかわれているんだ。あんまり世話を焼きすぎるからだ。まあ、餓鬼の歳でもねえが、良一郎は十五。お理緒は確か、三十近い

女だ」

「二十七と、聞いてやす」

助弥が言い添えた。

「十二も年上の商売女と、餓鬼にちょいと毛が生えたばかりの若造に、それはねえだろう。若いときだ。年上の商売女に夢中になることも、ときにはあるさ。んなもの、ほっときゃいいんだ。すぐ覚めるさ。なあ、助弥」

「へえ、おかみさん、大丈夫っすよ。ひと月もたちゃあ、良一郎坊ちゃん、そんなことがあったかいってな具合で、けろっとしてやすぜ」

「けど、ひと月の間に、思いつめて欠け落ちでもしたらどうするのよ。親に反対されて心中なんてことになったら、どうするのよ。良一郎にもしものことがあったら、わたしもう生きていけないあい」

お濠を向いている中間が、我慢できずに噴き出した。助弥も懸命に堪えているが、渋井は笑えなかった。親馬鹿とはわかっていても、お藤を笑えなかった。

「わかった。心配すんな、お藤。今日仕事が終わってから良一郎に会って、ちゃんと言い聞かせてやる。おっ母さんにあんまり心配かけるんじゃねえってな。良一郎は、不良ぶってるが案外心の優しいところがあって、お理緒って可哀相な女に同情して、おれがなんとかしてやらなきゃあ、って思ったんだよ。その心根はいいんだが、夫婦になる、女房や子供、一家を養うというのがどういうことか、まだわかっていねえんだ」

渋井は俯《うつむ》いたお藤をのぞきこんだ。懐の手拭《てぬぐい》を出し、お藤の涙をぬぐってやった。

「あいつは、おめえや文八郎さんに甘やかされて、ちょっとばかし生意気になって、羽目をはずしただけさ。おめえの倅なんだ。聞き分けのいい、いい子に決まってる。ちゃんと言い聞かせればわかるさ。おれに任せろ。安心して、家で待ってろ」

お濠端の通りに、夏の午後の白い光が落ちていた。日盛りでも通りに人通りは絶えず、町は賑《にぎ》やかで、青空には白い雲が浮かんでいた。

「もうすぐ秋なのに、暑い日が続くな、助弥」

渋井は、汗ばんだ渋面を空に向けて言った。

「へえ。まだまだ暑い日が、続きやす」

と、助弥がこたえた。

「お藤、おれに任せろ」

空を見上げたまま言うと、お藤は俯いた恰好で、こくり、と頭を頷かせた。

一〇〇字書評

切り取り線

購買動機（新聞、雑誌名を記入するか、あるいは○をつけてください）	
□（　　　　　　　　　　）の広告を見て	
□（　　　　　　　　　　）の書評を見て	
□ 知人のすすめで	□ タイトルに惹かれて
□ カバーが良かったから	□ 内容が面白そうだから
□ 好きな作家だから	□ 好きな分野の本だから

・最近、最も感銘を受けた作品名をお書き下さい

・あなたのお好きな作家名をお書き下さい

・その他、ご要望がありましたらお書き下さい

住所	〒				
氏名		職業		年齢	
Eメール	※携帯には配信できません		新刊情報等のメール配信を 希望する・しない		

この本の感想を、編集部までお寄せいただけたらありがたく存じます。今後の企画の参考にさせていただきます。Eメールでも結構です。

いただいた「一〇〇字書評」は、新聞・雑誌等に紹介させていただくことがあります。その場合はお礼として特製図書カードを差し上げます。

前ページの原稿用紙に書評をお書きの上、切り取り、左記までお送り下さい。宛先の住所は不要です。

なお、ご記入いただいたお名前、ご住所等は、書評紹介の事前了解、謝礼のお届けのためだけに利用し、そのほかの目的のために利用することはありません。

〒一〇一－八七〇一
祥伝社文庫編集長　坂口芳和
電話　〇三（三二六五）二〇八〇

祥伝社ホームページの「ブックレビュー」からも、書き込めます。

http://www.shodensha.co.jp/bookreview/

祥伝社文庫

科野秘帖《しなのひちよう》　颪《かぜ》の市兵衛《いちべえ》

平成26年12月20日　初版第1刷発行
平成30年7月15日　第4刷発行

著者　辻堂《つじどう》 魁《かい》
発行者　辻 浩明
発行所　祥伝社《しようでんしや》
東京都千代田区神田神保町3-3
〒101-8701
電話　03（3265）2081（販売部）
電話　03（3265）2080（編集部）
電話　03（3265）3622（業務部）
http://www.shodensha.co.jp/

印刷所　堀内印刷
製本所　ナショナル製本
カバーフォーマットデザイン　中原達治

Printed in Japan ©2014, Kai Tsujidou ISBN978-4-396-34082-7 C0193

祥伝社文庫の好評既刊

辻堂 魁

風の市兵衛

さすらいの渡り用人、唐木市兵衛《からきいちべえ》。心中事件に隠されていた奸計《かんけい》とは？ 〝風の剣〟を振るう市兵衛に瞠目！

辻堂 魁

雷神 風の市兵衛②

豪商と名門大名の陰謀で、窮地に陥った内藤新宿の老舗。そこに現れたのは〝算盤侍〟の唐木市兵衛だった。

辻堂 魁

帰り船 風の市兵衛③

「深い読み心地をあたえてくれる絆のドラマ」と、小梛治宣《おなぎはるのぶ》氏絶賛の〝算盤侍〟の活躍譚！

辻堂 魁

月夜行《つきよこう》 風の市兵衛④

狙われた姫君を護れ！ 潜伏先の等々力・満願寺に殺到する刺客たち。市兵衛は、風の剣を振るい敵を蹴散らす！

辻堂 魁

天空の鷹《たか》 風の市兵衛⑤

「まさに時代が求めたヒーロー」と、末《すえ》國善己《くによしみ》氏も絶賛！ 息子を奪われた老侍とともに市兵衛が戦いを挑むのは!?

辻堂 魁

風立ちぬ（上） 風の市兵衛⑥

〝家庭教師〟になった市兵衛に迫る二つの影とは？ 〈風の剣〉を目指した過去も明かされる興奮の上下巻！

祥伝社文庫の好評既刊

祥伝社文庫の好評既刊

辻堂　魁
遠き潮騒《しおさい》　風の市兵衛⑲
失踪した弥陀ノ介の友が銚子湊で目撃された。そこでは幕領米の抜け荷が噂され、役人だった友は忽然と消え……。

辻堂　魁
架け橋　風の市兵衛⑳
相模の廻船問屋が市兵衛に持ってきた言伝は青からだった。女海賊に襲われた彼女を救うため市兵衛は平塚へ！

辻堂　魁
暁天《ぎょうてん》の志　風の市兵衛　弐《に》㉑
市中を脅かす連続首切り強盗の恐怖が迫るや、市兵衛は……。大人気シリーズ新たなる旅立ちの第一弾！

辻堂　魁
修羅《しゅら》の契《ちぎ》り　風の市兵衛　弐《に》㉒
病弱の妻の薬礼のため人斬りになった男を斬った市兵衛。男の子供たちを引きとり、共に暮らし始めたのだが……。

辻堂　魁
はぐれ烏《がらす》　日暮し同心始末帖①
旗本生まれの町方同心・日暮《ひぐれ》龍平《りゅうへい》。実は小野派一刀流の遣《つか》い手。北町奉行から凶悪強盗団の探索を命じられ……。

辻堂　魁
花ふぶき　日暮し同心始末帖②
柳原堤《やなぎわらづつみ》で物乞いと浪人が次々と斬殺された。探索を命じられた龍平は背後に見え隠れする旗本の影を追う！